KB119202

수
림

수림 愁霖

어두침침하고 우울하게 내리는 긴 장맛비

백민석 소설

예담

차례

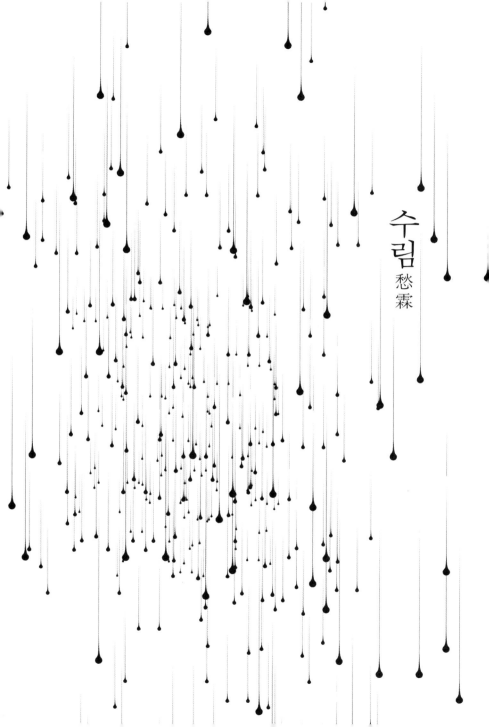

수림
愁霖

남자는 방마다 돌아다니며 바깥 창문을 닫았다. 아침 이른 시간에 잠깐 비가 그친 듯해 침실이며 주방이며 화장실이며 창문이란 창문은 죄다 열어놓았었다. 곰팡내 나는 무겁고 더운 공기를 아침 바람이 좀 몰아내줬으면 하는 생각이었다. 가능하다면 햇살도 비춰주었으면 했다. 어제 그는 주방 창가에 놓아두었던 다육식물 프리티를 꺼멓게 썩혀 죽였다. 하루에 단 두어 시간만, 햇살을 손바닥만 한 넓이만큼이라도 쬐어주었더라면……. 그는 곧 그치겠지, 곧 그치겠지, 하면서 한 주를 보냈다. 장맛비가 그치면 해가 나겠지, 해가 나면 윤기도 다시 흐르고 프리티의 탐스러운 핑크색도 돌아오겠지, 하면서 또 한 주를 보냈다. 그리고 그는 어제 흉측하게 비틀리고 물러져서 화분 바닥에 쓰러져 누운 핑크 프리티를 보았다.

남자는 무슨 놈이 삼천 원짜리 다육식물 하나 못 키우고 썩혀

죽이냐며 자책을 했다. 그는 고개를 들어 창밖으로 시선을 돌렸다. 하늘은 창 너머에 간유리 한 장을 덧끼운 것처럼 뿌옜다. 어딘가 해가 있는 것 같기도 했다. 구름의 귀퉁이가 하얗게 달아 있다면 어딘가에 해가 있긴 있다는 얘기였다. 하지만 지난 두 주간 해는, 구름의 실루엣만 달구고는 한순간도 나타나지 않았다. 그가 느끼기엔 그랬다. 그러면서도 바람은 더웠다. 해도 없는데 더운 바람은 어디서 불어오는 것인지.

오빠, 요즘 날씨는 정말 수림 같지? 물로 이뤄진 숲ㅠㅠ 물로 빽빽한 숲. 물의 정글.

여자가 보낸 문자 메시지에 그렇게 찍혀 있었다. 하지만 사전 어플리케이션을 돌려보니 수림에 그런 뜻은 없었다. 수림(愁霖)이라고 어두침침하고 우울하게 내리는 긴 장맛비라는 뜻의 한자말은 있었다. 요즘 날씨가 딱 그렇지. 남자는 다시 창밖 하늘을 올려다보았다. 빌어먹을 장맛비. 그에겐 지난 보름 동안의 날씨가 좀처럼 헤어날 길 없는 물의 터널만 같았다. 나무숲에 나무로 된 터널이 있듯이, 어쩌면 물의 숲 한가운데 물의 터널이 있어서 그 안을 걷고 있는 것만 같았다. 그리고, 꽤 걸어 들어온 듯한데도 맞은편 끝이 보이지 않는 이 낭패감.

남자는 바깥 창문을 닫을 때마다 새시의 홈에 고인 빗물을 확인했다. 삼십 분 남짓 들이친 비가 방충망을 적시고 새시 홈에까지 고여 찰랑거렸다. 두어 시간만 이대로 두면 방바닥에는 빗물이 고이고 창가의 가구는 흥건히 젖을 것이었다. 그런데도 올려다보는 구름의 귀퉁이마다 햇살이 가득했다. 그저 해만 보이지 않을 뿐이었다.

　남자는 어떻게 이럴 수가 있나 싶었다. 하지만 창문을 모두 닫을 때쯤 날은 다시 터널 안처럼 어두침침해졌다. 빗물에 살 속까지 젖어드는 느낌이었다. 그는 장마 전에는 아침 하늘이 어땠는지 떠올려보았다. 하지만 기억은 그저 어렴풋할 뿐이었다. 보름 전에는 방마다 돌아다니며 아침 하늘의 낯빛을 살필 이유가 없었던 것이다. 그는 터벅터벅 안방으로 돌아와 출근 준비를 했다.

　보통은 지하철역까지 십오 분 거리를 걸어 다녔지만 남자는 요즘 마을버스를 이용했다. 그는 버스 유리창을 흘러내리는 물줄기를 바라보았다. 옆 승객 우산에서 묻어나는 물기에 바지가 젖고 있었다. 그의 목덜미와 이마에선 땀이 흘러내리고 있었다. 바꿔 탄 지하철에서도 그의 겨드랑이에서는 땀방울이 굴러 떨어지고 있었다. 그는 무거워진 바짓단 탓에 틀어진 바지를 다시 추슬러야 했다. 사당역에서 강남역까지 한 번씩 정차할 때마다 밀려드는 출근길 승객들에 늑골이 죄어오고 숨이 막혔다. 주위 승객들의 이마와 뺨에서도 땀이 흐르고 있었다. 그는 땅 밑 사십 미터를 달리는 지하철이 물로 이뤄진 터널 같았다. 물 대신 사람들이 쏟아져 들어오는.

남자는 팔을 이리저리 꼬아 휴대폰을 꺼내선 문자 메시지를 한 번 더 확인했다. 구청 자원봉사센터에서 지난주에 보낸 메시지였다. 이번 주말 안양에서 주거환경 개선 자원봉사가 있을 예정이니 참가 가능한 회원은 아래의 주소로 아침 아홉 시까지 모여달라는 것이었다. 그는 문자 메시지를 받자마자 센터로 전화를 했었다.

날이 궂은데 일을 어떻게 하려고 합니까?

하지만 일정이 그렇게 잡힌걸요. 노인만 세 분 모여 사는 집이래요.

남자의 눈앞에 이삼십 년 된 노후 주택이 떠올랐다. 네모반듯한 단층 벽돌집에 평지붕. 옥상의 방수 우레탄은 부풀고 갈라졌고, 빨갛던 벽돌은 변색되어 흐린 갈색이 된 집. 창틀은 틀어져 여닫을 때마다 신음을 지르고 현관도 비틀리고 틈이 벌어져 한겨울이면 걸로로 손가락만 한 고드름이 달리는 집.

오빠도 올 거지? 이번에 바이스 플라이어인가 그거 사용법 가르쳐주면 나도 줄 게 있을지 몰라 ㅋㅋ

여자도 자원봉사에 나오는지 남자의 참석 여부를 묻는 메시지를 보내왔다. 그는 구청 자원봉사센터를 처음 찾았을 때를 떠올렸다. 입회 절차는 간단했다. 서류를 작성하고 구청의 빈 회의실에 모여 한 사람씩 앞으로 나와 자기소개를 하면 되었다. 비상연

락망을 작성하고. 그러고 나선 어떤 강요도 없이, 단 한 줄의 의무조항도 없이, 봉사 일정에 따라 자기 자신과의 약속만 지키면 되었다.

남자는 스무 명쯤 되는 지원자 앞에서 무엇이라고 자기를 소개했는지 기억이 나질 않았다. 뭐, 상투적인 얘기를 했겠지. 남는 시간에 뭔가 의미 있는 일을 해보고 싶었다. 이젠 남을 위해서도 살고 싶다. 별로 아름답게 살지 못했는데 이제라도 그러고 싶다. 그는 자기를 빼곤 모두가 여자라 창피했다. 지원자 모두가 여자였고 팀장도 여자였고 회장도 여자였다. 더 창피했던 건 여자들이 모두 진지한 눈길로 자기를 바라보고 있다는 사실이었다. 지금껏 살면서 이런 적이 한 번이라도 있었나. 그는 얼굴을 붉히고 말았다.

하지만 그날의 하이라이트는 청일점인 남자가 아니었다. 하이라이트는 하늘색 면티에 청바지 차림의 단발머리 여자였다. 친목 모임이 아닌지라 다들 수수하게 차려입고 나왔었다. 동네 슈퍼마켓에 가는 차림새들이었다. 여자도 그랬다. 화장도 거의 하지 않은 듯했다. 눈물을 흘리는데도 눈가든 뺨이든 번지는 게 없었다.

"삼십 대 초반의 가정주부이고요. 취미는 음악 감상인데 취미라니. 이 자리에는 어울리지 않는 얘기네요."

그러고 나서 아무도, 아무런 말도 건네지 않았는데 여자는 눈물을 죽죽 쏟기 시작했다. 세 번째 문장을 끝내자마자, 네 번째 문장을 시작하자마자.

"남들은 제가 이러면 무슨 문제가 있나 그러시는데 아무 문제도 없어요. 아이는 합의하에 좀 늦게 갖기로 한 거고 남편도 연애할 때처럼 친절해요. 시부모님을 모시는 것도 아니고. 먹고살 만해요. 그런데 어느 날인가, 남편이 출근하고 집안일 끝내고 혼자 거실에 앉아 차를 마시는데 눈물이 나는 거예요. 제가 그간 살아오면서 실수한 것들이랑 잘못한 것들이 떠올라서요."

여자는 울면서도 저 뒤에 앉은 남자에게도 선명하게 들리게끔 크고 또박또박한 소리를 냈다.

"그 다음부터 지금 이 순간까지 이렇게 울고 있어요. 밥 먹을 때도 울어요. 남편한테 미안해요. 그이한테 또 잘못하고 있는 거잖아요. 실수, 잘못. 별건 없어요, 뉴스에 만날 나오는 그런 사람들에 비하면. 그냥 부모님한테 버릇없이 군 거, 친구들한테 못되게 한 거."

기억이 똑바르지는 않지만 그런 이야기였다. 여자는 하염없이 울었다. 옆에서 사회를 보던 팀장이 다가가 어깨에 손이라도 얹을까 몇 번이고 망설이는 게 보였다. 그런데 그렇게 울어도 밉지 않았다. 밉지 않은 잘못만 할 여자 같았다.

"남을 위해 자원봉사라도 하면 그 생각들이 잊힐까, 마음이 가벼워질까, 그래서 왔어요. 어떻게 집에서 울고만 있어요. 다 갚고 싶어요. 다 내려놓고 싶어요. 사는 덴 아무 문제도 없어요. 맞아요, 아무 문제가 없다는 게 너무 끔찍해요."

여자는 자리로 돌아갔다. 그리고 잠시 숨을 돌렸다가 회장이 나와 봉사는 남을 위해 하는 거라고 생각하면 못 해요, 하고 자원봉사의 팁을 전했다. 다 나를 위해 하는 거다 하고 여겨야 해요, 그래야 계속할 수 있어요, 라고.

여자는 울음을 그쳤다. 따지고 보면, 정말 아무 문제없이 사는 여자의 아무 문제없는 이야기였다. 뭐, 다들 그러고 산다. 그리고 여자들이 우는 건 그저 우는 것이다. 남자들이 성질부리는 것이 그저 성질부리는 것이듯. 그날은 퍽 맑은 날이었다. 구름은 창 귀퉁이에 조금밖엔 안 보였는데 그마저도 바싹 말라붙은 먼지 뭉치 같았다. 그런 건조한 날에 여자의 얼굴에선 비가 내렸다. 장대비가 내리고 있었다. 여자의 볼과 턱이 흠뻑 젖어 반들거리고 있었다.

밀짚모자라도 가져가야지 ㅎㅎ 울 집 오빠가 쓰는 파나마모자도 있는데. 줘? 쓸래?

그러고 나서 첫 번째 주택환경 개선 자원봉사를 나가는 데까지 두 달이 걸렸다. 주말이 한가한 사람들이 달라붙어 뜯어고칠 낡은 집들이 그리 많지 않다는 데 남자는 놀랐다. 다들 먹고살 만해진 것이다. 무료로 아마추어 봉사단에게 맡기느니 그냥 집수리 전문가를 부르는 것이 낫다고들 생각하는 것이다. 그리고 고칠 만큼 고쳐봤으면 팔아치우거나 헐고 다시 짓는 것이다.

여자와 가까워진 건 그 첫 봉사활동에서였다. 지난 장맛비에 젖어 부른 배처럼 늘어지고 검게 얼룩진 안방 천장을 보수하는 일을 함께 했다. 남자가 천장에 바른 도배지에 칼집을 내고 잡아 당겨 북 찢어내자, 남자와 여자의 머리 위로 말라붙은 쥐똥이 한 소쿠리는 되게 쏟아졌다. 주인은 그거 십 년 동안 싸질러놓은 양인데 어찌 다 치우나, 어쩌려고 그랬냐 하면서 그들을 나무랐다. 입에선 쥐 털이 씹히고 속옷에서도 쥐똥이 껄끔거렸다.

여자가 밀짚모자라도 가져갈까 하고 문자를 보낸 건 그 일이 있어서였다. 남자 역시 뱉어내도 뱉어내도 사라지지 않던 그 이물감을 아직 기억하고 있다. 함께 쥐똥을 뒤집어쓴 뒤로 남자와 여자는 오빠 동생 하는 사이가 되었다. 열 살 연하인 여자가 오빠라 부르고 연인처럼 문자를 주고받는 게 민망하긴 했지만 잘못이라는 생각은 들지 않았다. 다만 좀 귀찮을 뿐이었다.

남자와 여자는 문자로, 몇 달씩 연락이 없는 자원봉사센터를 두고 우리가 도움을 청한 사람들 같다며 푸념을 했다. 아무 데서도 불러주지 않는 버림받은 봉사자들. 봉사 일거리들은 주로 지방 시도에서나 들어왔다. 그래서 오고 가는 데에만 만만찮은 경비와 시간이 들곤 했다.

비와 사무라이라는 영화 봤어? 사무라이의 칼 놀림은 장마철 빗줄기 같아야 한대요. ㅇㅇ 빈틈없고 억수 같고 상대를 다 적셔야 한대.

하지만 검색해보니 그런 영화는 없었다. 그 비슷한 영화도 없었다. 남자의 낡은 감각을 놀리는 여자의 조크였다. 답장을 보내지 않아도 여자의 문자는 그치질 않았다. 내가 또 낚였네, 하고 그는 혀를 찼다.

남자는 업무를 잠시 미뤄놓고 인터넷 쇼핑사이트에 들어가 타월과 팬티를 골랐다. 그는 팬티 열 장과 타월 열 장으로 한 주를 사는 싱글족이었다. 주 닷새 근무로 바뀌면서 빨래하는 날을 토요일로 정해놓고 세탁기를 돌렸다. 비 예보가 있거나 산행이 있으면 하루 앞당기거나 하루 늦춰 빨래를 했다. 지난 삼 년간 그 열 장으로 부족했던 경우는 세탁기가 고장 났던 작년 겨울 한 번뿐이었다. 그 한 번을 빼면 장마철에도 열 장이면 되었다. 기습 빨래할 갤 날이 열흘에 하루는 꼭 있었다. 하지만 올 장마는 이상하게 길고 도무지 틈을 주지 않았다.

"장마가 언제나 끝날 것 같아?"

"끝나긴요. 조만간 여의도 윤중로에 야자수가 자란다잖아요."

사무실의 누구도 이번 장마를 예년과 같은 것으로 보지 않았다. 남자도 이 장마가 한 달 안에는 끝나지 않을 거라 생각했다. 제주도에서나 잡히던 열대 어종들이 독도에서도 잡히고 있다는 기사를 읽은 기억이 났다. 남자는 인터넷 쇼핑사이트에서 우산 두 개와 팬티 세 장들이 두 세트와 타월 네 개들이 두 세트를 골랐다. 양말과 러닝셔츠도 샀다. 내년부터는 열 장이 아니라 열다섯 장이, 어쩌면 그보다 더 있어야 할 것이다.

주말의 자원봉사는 연기 문자가 날아 왔다. 장마가 끝날 때까지. 연기되지 않았더라도 남자는 나가지 않았을 것이었다. 현장

근무를 제법 해본 덕에 그는 비 오는 날 야외에서 몸을 쓰는 일은 부상의 위험이 크다는 것을 잘 알고 있었다.

수정과는 정말 만들어놨었는데 ㅜㅜ 유부초밥은 지금 만들어 내가 먹는다 ㅋㅋ

남자는 여자의 문자에 답하지 않았다. 그런지 벌써 몇 달 됐다. 하지만 여전히 문자는 왔다. 며칠에 한 번으로 줄어들긴 했지만. 문자 내용으로 봐선 무응답을 약간 섭섭해하는 것도 같았다. 그는 퇴근길에 삭제하지 않고 모아온 그녀의 문자를 하나씩 열어보았다. 문자 어투로만 보면 그녀는, 결혼 전부터 알고 있던 교회 오빠나 대학 선배한테 수다를 떨고 있는 명랑한 가정주부였다. 아무 문제없이 사는 여자의 아무 문제없는 수다. 명랑한 여자의 명랑한 문자. 하지만 그게 문제였다. 어떤 사람도 그렇게 시종일관 명랑할 수는 없다.

"아빠한테서 퀴퀴한 냄새가 나진 않아?"

아들은 남자의 눈을 빤히 올려다보았다. 중학교 일학년. 하지만 아무리 생각해보아도 나이가 몇인지에 대해서는 확신이 서지 않는다.

"어쩌면 쉰내가 날지도 모르고."

아들은 남자의 눈을 빤히 올려다보며 생각에 잠긴 모습이다.

"빨래를 못했거든."

"엄마는 홀아비 냄새가 난다고 했어."

"그게 무슨 냄샌지는 아니?"

다시 아들은 남자의 눈을 빤히 올려다보기 시작했다. 그는 피자 한 조각을 아들의 접시에 덜어주었다. 그리고 콜라를 잔에 채워주고 그러고도 아들이 시선을 거두지 않자 그는 아예 창밖 비 내리는 거리로 고개를 돌려버렸다. 하지만 거기엔 더 마주하기 싫은 아내의 그림자가 어른거리고 있을 터였다. 영화관에서 애니메이션을 보고 도미노피자에서 피자를 먹고, 멀티플렉스에서 부자가 삼 개월 만의 회포를 푸는 동안 아내는 우산을 쓰고 출입문 가까운 곳을 서성이고 있을 터였다.

이혼 후 남자는 아내가 아들을 만나지 못하게 해, 재판을 통해 법원 명령까지 받아와야 했다. 그러고도 아내는 그가 아들을 만나러 올 때마다 도끼눈을 뜨고 그를 쏘아보며 아들의 손을 놓지 않았다.

당신 손에 아이를 맡길 순 없어.

하지만 법원 명령이잖아.

정 그러겠다면 내가 어떻게 하는지 봐.

아내는 남자가 아들을 데리고 어디를 가든지 오십 발짝쯤 거리를 두고 따라다녔다. 그는 아내가 왜 그러는지 잘 알고 있었다. 아내에게 그는 한 아이의 아버지도 아니고, 한때 다정한 캠퍼스 커플이었다가 결혼까지 했던 전남편도 아니며, 다만 언제라도 똑같은 범죄를 저지를 수 있는 우범자에 불과했다.

　남자는 물줄기가 하염없이 흘러내리는 피자집 전면 유리창을 바라보았다. 아내가 매서운 눈초리를 하고 따라다니는 통에, 아들과의 만남은 한 달에 한 번이던 것이 두 달에 한 번으로, 다시 석 달에 한 번으로 줄었다. 그는 아들과 만날 때마다 주변에 아내가 서 있지는 않은지 분 단위로 확인을 해야 했다. 그게 버릇이 됐다.

　장맛비 탓에, 물줄기를 따라 자꾸 번지고 일렁이는 윤곽 탓에 피자집 창밖에 누가 서 있는지 잘 보이지가 않았다. 어두운 데다 오가는 행인도 많았다. 수림, 딱 이 날씨야, 하고 남자는 중얼거렸다. 그의 목소리가 들리자 아들은 고개를 들고 다시 그를 빤히 쳐다보기 시작했다.

　남자는 아들을 데리고 멀티플렉스 내 에이비씨 마트에 가 운동화를 사주었다. 아들이 골라온 운동화는 그에게는 낯선 괴상한 외관을 하고 있었다. 그는 다시 파리바게뜨에 들러 엄마와 함께 먹으라고 녹차 케이크를 사 들려주었다. 그러고는 시간에 맞춰 멀티플렉스 남쪽 출입문 앞으로 가 아들의 손을 잡고 서 있었다. 아내가 곧 회전문 밖에서 모습을 드러냈다. 소매 없는 카네이션 핑크색 원피스 차림에 검은 우산을 들었다. 어깨 넓이가 중학생인 아들 어깨만큼도 되지 않는 얇고 가는 체격이었다. 저런 여자의 인생을 내가…… 그의 가슴속에서 문득 치미는 것이 있었다.

　남자는 집으로 돌아와 택배 포장을 뜯고는 팬티와 타월을 장롱

안에 쌓아두었다. 새 양말과 러닝셔츠도 정해진 자리에 넣었다. 내일부터는 이 석유 냄새 나는 것들을 차례대로 꺼내 입고 나가면 된다. 그는 장롱 문을 닫은 다음 어지럽게 흩어진 포장지들을 주워 현관께의 쓰레기봉투에 넣었다.

남자는 차분하고 냉정한 기분을 되찾았다. 저녁 내내 그의 내면에서 지리멸렬한 소리를 내며 끓던 무언가가 차츰 식어 단단히 굳은 느낌이었다. 수림. 그가 아는 수림에는 시름겨운 장마라는, 슬픈 장마라는 다른 뜻도 있었다. 그는 커피를 내려 머그잔에 옮겨 담았다. 그러곤 거실로 가 소파에 앉아 텔레비전을 켰다. 그는 내일이면 다시, 입이 무겁고 잘 웃지 않으며 일처리가 느긋한 장과장으로 돌아갈 것이었다.

남자가 갓 입사했을 때 그의 선임이었던 직장 상사는, 벼락만 치면 턱살을 푸들푸들 떨며 눈을 희번덕거렸다. 현장근무 중에라도 하던 일을 멈추고 회사 차량에 가 앉아 있곤 했다. 그는 그때 벼락을 하늘이 내리는 벌쯤으로 여기는 사람이 있다는 사실을 처음 알았다. 스스로 털어놓기 전에는 누구도 눈치채지 못할 문제를 안고 살아가는 사람들이 있다. 선임도 그 하나였다. 지은 죄가 많아 그렇다고는 하는데 그 죄가 무엇인지는 말해주지 않았다.

남자는 문득, 주변에 그런 놈이 몇이나 더 있을지 궁금했다. 사기 전과가 있는 놈이 기술지원팀에 하나 있었고 폭력 전과가 있는 놈은 아래층 사무실에 근무하고 있었다. 성매매 특별법에 걸려 벌금형을 받은 놈도 이 빌딩에 적지 않을 것이다. 열 손가락으로도 세기 힘들 것이었다. 그러면 나는?

마침내 남자 자신에게까지 생각이 미치자 그는 자리에서 일어나 자재창고로 향했다. 그는 한 시간이나 예정에도 없던 자재 정리를 하면서 내내 여자를 생각했다. 그렇다면 여자는? 여자는 첫 모임에서 속마음을 시원하게 털어놓고 펑펑 울기까지 했다. 그 화창한 날에.

오빠, 난 잠만 자. 깨 있으면 달달한 것만 찾게 되거든. 장마가 수면젠가 ㅋㅋ

첫 자원봉사에서 남자와 여자는 천장을 뜯다 쥐똥을 뒤집어썼다. 뛰어나가 머리도 감고 입 안도 헹구어보았지만 속옷까지 범벅이 된 상태라 조금도 개운해지지 않았다. 그래도 둘은 자리를 뜨지 않고 청소까지 말끔히 마쳤다. 기다리던 자원봉사 기회를 망칠 수는 없었다. 둘은 결국 그날 스케줄을 다 끝내고 귀경하는 봉사자들을 배웅까지 한 다음에, 시내로 나와 속옷을 한 벌씩 사고는 목욕탕으로 갔다. 둘은 작업복과 더러워진 속옷은 쓰레기통에 버리고, 목욕을 마친 다음 입고 왔던 평상복과 새로 산 속옷으로 갈아입었다. 시간은 밤 여덟 시가 다 되어 있었다.

꽃게탕을 주문해놓고 여자는 야외 테이블 의자에 비스듬히 앉아 고개를 숙이곤 머리를 만지고 있었다. 단발머리라 손갈 곳도 없을 텐데 머리를 앞으로 드리우곤 결 따라 손가락으로 일일이 쓸어내리고 있었다. 남자는 화장실에서 손을 씻고 오던 참이었다. 숙이고 있는 그녀의 머리가 딱 그의 허리춤에 왔다. 꼭 그 위치였다. 아랫도리가 묵직해졌다. 그는 충동적으로 자기 자리를 지나쳐 그녀 앞으로 두 발짝 더 다가섰다. 이제 그의 허리춤과 그녀의 머리는 겨우 한 뼘밖엔 떨어져 있지 않았다. 그는 소리 없이 숨을 몰아쉬었다. 잠시 후 그는, 뒷걸음질 쳐 자기 자리로 돌아가 조심스레 앉았다. 심장은 두근거렸고 눈에선 불이 나는 듯했다. 그는 확실히 느끼고 있었다. 방금 무엇을 하려 했는지를. 그리고 그 짓을 하면, 그녀와의 사이가 어떻게 될 건지도 알고 있었다. 이후의 모든 일이, 관계가 어디로 흘러갈지 알고 있었다.

남자는 조용히 늦은 저녁밥을 먹었다. 그는 일부러 그녀 근처에 있는 반찬 그릇에는 손을 뻗지 않았다. 보이지 않는 방벽을 스스로 쳐놓곤, 그녀 반경 삼십 센티미터 안으로는 손을 뻗지도 눈길을 주지도 않았다. 그러자 묵직했던 게 차츰 가라앉는 것을 느꼈다. 그렇게 해서 그는 위기를 넘겼다. 그녀의 수다에 연신 고개를 끄덕이면서.

여자는 자기 이야기를 싫은 내색 한 번 않고 들어주는 남자에게 호감을 느꼈다. 그건 남편도 못하는 일이었다. 그녀는 식사를 마치고 자리를 옮겨 터미널 승차장에서 커피를 마실 때쯤 그를 오빠라 부르고 있었다. 그리고 서울로 올라오는 길에 둘은 휴대폰 전화번호를 교환했다. 그녀는 남부터미널에 내려선 맥주 한잔하고 가자고 졸랐다.

"연주 씨는 내가 어떤 사람인지 모르잖아요."

"연주라니까요. 그리고 오빠도 내가 누군지 모르잖아요."

그 일이 있고 한 달쯤 지나서 남자는 여자의 남편도 만났다. 셋은 강남의 통기타 가수가 나오는 어느 레스토랑에서 저녁 시간을 함께했다. 그는 그녀와는 열 살 차이가 났고 그녀의 남편과는 다섯 살 차이가 났다. 별다른 이야기는 없었다. 그녀의 남편은 시종일관 미소로 그를 대했다. 그를 형님이라고 불렀다. 꼭 대학과 후배를 만난 기분이었다. 그는 이따금 부부가 하는 말에 진지한 표정으로 대꾸를 하며 집중하는 척을 했다. 식사가 끝나고 후식이 나올 때쯤, 가수가 기타를 내려놓고 무대를 내려가 조용해졌을 때, 여자의 남편은 그가 쉽사리 잊지 못할 이야기를 꺼냈다. 아내를 부탁한다는 것이었다.

"연주가 사람 사귀는 데 서툴러요. 기분이 안 좋은 날이 많아요, 울기도 잘하고. 그런데 형님께는 어쩐지 연주가 기댈 수 있을 것 같대요. 자원봉사를 함께하면서 믿음이 생겼대요. 힘드시겠지만, 부탁드립니다."

여자는 또 울고 있었다. 남자는 뭐라 해야 좋을지 알 수가 없었다.

"글쎄…… 나이 들수록 느는 건 뱃살하고 모르겠다는 말뿐이니."

그렇게 해서 남자와 여자는 오빠 동생 하는 사이가 되어 문자를 주고받게 되었다. 하지만 직접 만나서 연극을 보거나 차를 마시거나 한 적은 지난 이 년간 손으로 꼽을 정도였다. 그는 여자의 남편이 자신을 늙은 수컷이라 여기고 안심했던 거라 짐작했다. 성적으로 주체 못할 시기는 지났다고. 그리고 결혼생활을 건강하게 유지하기 위해선 배우자가 아닌 다른 이성 친구도 필요하다고 판단했던 것인지도 몰랐다.

이제 장마는 한 달을 넘기고 있었다. 속옷과 타월을 사는 것만으로는 안 되서 출퇴근할 때 입을 옷 몇 세트와 이불도 사들였다. 셀프 빨래방을 처음으로 이용해보기도 했다. 장롱은 남자가 사들인 옷가지들로 그득했다. 집 안에선 곰팡이 냄새와 나무 썩는 냄새가 풍겼다. 그는 사무실에서 강풍에 휘어지는 길 건너편 가로수의 우듬지를 보며 고개를 저었다.

열한 시쯤 비가 그치고 해가 났다. 점심시간에 사무실이 텅 비는 것도 오랜만이었다. 남자는 아무도 없는 사무실의 창가에서 팔짱을 끼고 햇볕이 내리쬐는 거리를 내려다보았다. 빌딩 주변 여기저기에 흩어져 담배를 피우며 햇살을 즐기는 와이셔츠 차림의 사내들이 보였다. 축축하게 젖은 잿빛 거리가 반짝이고 있었다.

하지만 남자는 여전히 물의 터널 한가운데 있는 기분이었다. 장마가 시작되고 난 후로 그는 언제나 물의 터널 안에 있었다. 출퇴근길에서도, 사무실에서도, 집에서도, 헤어진 아내와 중학생이 된 아들 앞에서도. 그리고 이제는 기억마저도 축축해진 느낌이었다. 그는 이마 위에 뜬 태양을 보면서도 뼛속까지 흠뻑 젖어드는

25

느낌에서 벗어나지 못했다.

오후가 되어서도 해는 들어가지 않았다. 비도 내리지 않았다. 거센 햇볕에 가로수 잎사귀들과 거리를 적신 물기가 마르고 있었다. 한 달 만에 하늘이 태양의 창백한 빛으로 환했다. 어디선가 사이렌 소리가 났다. 앰뷸런스의 사이렌인지 소방차의 사이렌인지는 알 수 없었다. 서울 번화가인 이 거리에선 하루에도 몇 번씩 들려오는 소리였다.

퇴근할 무렵이 되어서야 남자는 그게 앰뷸런스 사이렌이었다는 것을 알게 되었다. 그것도 옆 빌딩 화단 근처에서 들려오는. 다들 퇴근 준비를 하다 말고 옆 빌딩 옥상에서 뛰어내린 여자에 대해 한마디씩 했다.

"어제 그 탤런트가 자살했잖아요."

"따라 죽은 거지. 그런 게 있다고 하잖아. 따라 죽는 거."

"젠장, 그게 그건지 어떻게 알아? 여자는 남자 때문에 죽고 남자는 돈과 명예 때문에 죽는 거야."

옆 빌딩 옥상에서 뛰어내린 게 남자였다면 차라리 나았을지도 몰랐다. 그러면 한번 비꼬고 말았을 텐데. 보란 듯이 창밖에는 다시 장대비가 내리고 있었다. 남자는 이 기나긴 장마가 사람을 잡는다고 생각했다. 퇴근 시간이 되자 다들 따로따로 사무실을 나갔다.

남자는 집에 돌아가 씻고 저녁밥을 먹고 양치질을 한 다음, 커피를 내려 머그잔에 담아 소파로 가 앉았다. 그리고 아홉 시 뉴스

까지 보고 침실로 가 침대에 누웠다. 그런 다음 휴대폰을 켜 지금
껏 저장해놓았던 여자의 문자 메시지를 하나하나 열어보았다. 함
께 쥐똥을 뒤집어쓴 날 이후로 지난 이 년간 오빠라고 부르며 여
자가 보내왔던 모든 메시지를.
　이번 주에는 여자로부터 문자가 없었다. 남자는 문자를 찍기
시작했다.

자냐? 너무 자서 머리가 띵하고 허리가 결리고 그러지 않아?

십 분 후에 여자에게서 답 문자가 왔다.

ㅎㅎ 그거 오빠 얘기 아냐? 내 허리는 낭창낭창 하늘하늘 ㅋㅋ

장마 끝나면 봉사 나가야지. 좀이 쑤셔서. 너도 OK?

　여자는 왜 그동안 문자를 씹었느냐고 묻지 않았다. 문자를 백
개나 보내는 동안 왜 한 번도 답을 하지 않았느냐고 묻지 않았다.
남자는 열 개쯤 문자를 주고받다가 만날 약속까지 해버렸다. 그
러고 나니, 막 무너지려던 물의 터널 하나를 살린 기분이 들었다.

　남자는 일찍 집을 나서 이혼한 아내의 집에 가 아들을 태우곤
여자의 동네에 들러 여자를 태웠다. 그러곤 어색한 분위기를 깨

기 위해 아웃백에 가서 이른 점심을 먹었다. 여자와 아들은 의외로 잘 어울렸다. 그는 둘의 수다에 즐거워하면서, 중학생인 아들과 삼십 줄에 들어선 여자의 머리 크기가 똑같다는 데 내심 놀라기도 했다. 장마는 물러갔고 칙칙하던 거리에선 이제 흙바람에 가을 낙엽이 날리고 있었다. 그의 집에서도 곰팡이 냄새가 가시고 주방과 침실의 맞창 사이로 찬바람이 오가기 시작했다. 안양으로 자원봉사도 한 번 다녀왔다.

남자는 둘을 과천 국립현대미술관으로 데려갔다. 아들이 미술관에서 무슨 숙제할 게 있다고 했다. 그에 대해 그는 어젯밤 여자와 문자를 나눴다. 그녀는 과천 미술관은 처녀 때나 가보았다며 함께 가자고 졸랐다. 그는 망설이다가 그러면 열한 시에 나올 수 있겠느냐고 했다.

아내는 운전면허증이 없었다. 그래서 대개는 아들을 살고 있는 동네 밖으로 데리고 나가지 못하게 했다. 하지만 오늘은 숙제라는 핑계가 있었다. 남자는 옅게나마 해방감을 느꼈다. 차가 없다고 그를 쫓아오지 못할 아내는 아니었다. 하지만 그냥 집에 있을 가능성도 있었다.

셋은 미술관 일 층의 특별기획전을 둘러본 다음 아들이 고른 그림 앞에 다시 와 섰다. 일층 전시실의 동쪽 면 전체를 털어 세워놓은 대형 나무 그림 앞이었다. 가지가 이리저리 얽힌 갈색 나무들이 실물 크기로 담겨 있었다. 아들은 스무 발짝쯤 떨어진 바닥에 주저앉아 스케치북을 펼치고 파스텔이 든 양철 케이스를 열었다. 여자는 어디론가 갔다가 아들이 깔고 앉을 스펀지 방석을 갖고 돌아왔다.

아들이 스케치북에 나무 그림을 옮겨 그리는 동안 남자는 전시실 중간에 놓인 벤치에 여자와 함께 앉아 있었다. 둘은 소곤거리며 지난주에 있었던 자원봉사에 대해, 그의 등산모임에 대해, 그녀의 시댁 식구들에 대해 수다를 떨었다. 그러다 너무 친밀해진다 싶은 기분이 들면 그는 살짝 가시 돋친 말을 해서 그녀를 뒤로 물러서게 했다. 그러곤 다시 수다를 떨고 그러면 또다시 친오누이 같아지곤 했다.

아내는 없었다. 아내가 근처에 있다면 남자가 모를 리 없었다. 멀리서도 그는 아내를 느낄 수 있었다. 아들이 스케치를 끝내고 오자 그는 일행을 데리고 카페테리아로 갔다. 여자는 체리 에이드를 아들은 레몬 에이드를 그는 아메리카노를 주문해 가져다 마셨다. 아들은 여자에게 학교 선생님들 얘기를 재잘대기 시작했다.

남자는 어떤 예감에 고개를 들었다. 아내의 실루엣이 방금, 아주 잠깐 카페테리아의 발코니 쪽으로 난 유리문에 어른거린 듯해서였다. 그는 어깨를 틀어 출입문 쪽을 바라보았다. 아내는 없었다. 여자와 아들은 스케치북을 펴 한 장씩 넘기며 아들이 그린 그림들을 보고 있었다.

"엄마한테 전화했어?"

"응."

"아줌마 얘기도 했어?"

"응."

"뭐라고?"

"아빠 친구라고."

출입문 너머 그늘진 복도에서 이쪽으로 올라오는 아내가 보였다. 아내는 출입문에 바싹 다가서선 열림 버튼에 손을 얹고 있었다. 연두색 카디건의 가슴 부분이 유리에 살짝 눌리고 있었다. 출입문이 열리자 아내는 잠시 제자리에 서서 남자와 눈을 맞췄다. 크게 떠진 아내의 두 눈에서 노여움과 두려움이 동시에 느껴졌다. 아내는 그의 눈을 똑바로 바라보며 잰걸음으로 테이블로 다가와 섰다. 아들은 겁먹은 얼굴로 엄마, 하고 부르며 일어나 아내의 허리를 안았다.

"도대체 당신 왜 그래?"

아내가 떨리는 목소리로 말했다. 아내의 검은 두 눈동자는 격정으로 흔들리고 있었다. 남자는 일행의 얼굴과, 카운터에서 이쪽을 바라보는 종업원의 얼굴을 번갈아 바라보았다. 여자는 놀란 눈으로 아내를 올려다보고 있었다.

"뭐가?"

"이 여자는 당신이 어떤 사람인지 몰라서 이러고 있는 거야."

그 소리에 남자는 자리에서 벌떡 일어섰다. 아내는 시선을 피하며 한 발짝 물러섰다. 하지만 곧 도로 한 발짝 다가서며 눈을 더 크게 부라리고 그의 두 눈을 똑바로 쏘아보았다.

"잠깐 나가서 말하자."

남자는 아내를 카페테리아의 안쪽으로 데리고 가 유리문을 열고 발코니로 나갔다. 그리고 테이블에 아내를 앉히곤 뭣 좀 마시겠느냐고 물었다. 아내는 고개를 저었다.

"저 여자가 당신하고 문자를 주고받는다는 그 여자야?"

남자는 기막힌 표정을 지었다. 하지만 그가 아내에게 카페테리아의 여자에 대해 들려줄 수 있는 이야기는 많지 않았다. 구청 자원봉사단에서 만났다, 우울증이 있는 여자다, 그래서 만남을 거절하기가 참 어렵다, 여자의 남편도 이 관계를 알고 있다…… 그러다가 그는 이혼한 전처에게 이런 이야기까지 시시콜콜 보고하듯 들려줘야 하나 알 수가 없어 혼란스러워졌다. 알 수 없긴 아내도 마찬가지였다. 아내는 여자의 사연 따윈 상관할 바 아니라고 했다.

"그런데 왜 애 앞에서 만나냐고!"

아내는 소리를 높였다.

"내가 문자라도 해주지 않았으면 저 여자는 벌써 자살했을지도 몰라!"

남자는 뺨이 달아오르는 것이 느껴졌다.

"근데 왜 하필 애 앞에서냐고!"

아내는 거침이 없었다. 남자는 드디어 시작됐다고 생각했다. 저도 모르게 두 손으로 귀를 막았다.

"또 자지 꺼내놓고 덜렁덜렁 흔들면서 빨아달라고 할 참이었잖아!"

아내는 떨리는 목소리로 남자에게 호소라도 하듯 소리를 높이고 있었다.

"애가 보기라도 하면 어쩌려고! 무서워, 무서워 죽겠어!"

손으로 귀를 가려도 들리는 소리는 막을 수 없었다. 남자는 자신의 이마 위로 물의 터널이 무너져내리는 것을 느꼈다. 장마도 끝난 마당에, 입추도 지난 마당에, 그 기나긴 터널을 다 지나왔다고 마음을 놓은 참에, 그는 머리 위로 물의 터널이 무너져 다시 한 번 허우적대는 자신을 느꼈다. 살 속에서, 뼛속에서 다 지나간 줄 알았던 시름 깊은 장마, 슬픈 장마, 수림이 아직도 비를 뿌리고 있었다.

아내는 더는 말이 통하지 않는다고 생각했는지 자리에서 일어나 안으로 들어가 아들의 손을 잡아 일으켜 세웠다. 남자는 아내를 쫓아 들어갔다. 그러면서, 그제야 유리문이 삼 분의 일쯤 열려 있었다는 것을 깨달았다. 테이블의 여자는 고개를 숙이고 있었다. 아내는 아들을 끌고 카페테리아를 나가고 있었다. 그는 층계가 시작되는 곳에서 아내를 붙들어 세웠다.

"왜 그래? 나한테 왜 그래? 나도 네가 무서워."

남자가 말하는 동안 아내는 팔목을 잡은 그의 손을 뿌리치려고 알따란 어깨를 거칠게 흔들고 있었다.

"어쩌다 서로 무서워하는 사이가 됐지? 갈라섰으면 됐지, 왜 서로 무서워 죽겠는 사람들이 되었느냐고!"

아내는 입을 꼭 다물고 있었다. 남자는 손을 놓았다. 일 초라도 더 잡고 있으면 아내의 팔이 어깨에서 뽑혀 나올 것 같았다. 그가 손을 놓자 아내는 아들을 잡아끌며 미술관 출입구 쪽으로 복도를 종종걸음쳤다.

남자는 미술관 로비를 가로지르는 아내와 아들을 넋을 놓고 잠시 따라가다가 문득 겁에 질린 얼굴로 뒤를 돌아보았다. 여자가 카페테리아로 올라가는 코너 부근에 두 손을 모으고 서 있었다.

남자는 여자와 연락이 끊겼다. 그는 그날 이후로 문자 메시지를 보내지 않았다. 그날 있었던 일로 모든 것이 설명이 될 것이라고 여겼다. 그녀가 다 봤으니까, 다 들었을 테니까. 그녀도 더 이상 문자 메시지를 보내지 않았다. 그녀에게서 한 달 이상 메시지가 오지 않은 것은 지난 이 년 동안 처음 있는 일이었다. 그는 그녀가 그 모든 너절한 상황을, 알려지지 않은 또 다른 그의 추악한 일면을 잘 이해했을 거라고 여겼다.

"잘됐어, 잘됐어."

남자는 시도 때도 없이 몇 번이고 중얼거렸다. 아무 때나 아무데서나 하루에도 몇 번씩.

남자가 여자를 다시 만난 건 가을도 다 지나서 털스웨터를 꺼내 입어야 할 즈음이 되어서였다. 안산 변두리의 이십 년 된 가옥의 수리 일이었다. 둘은 누가 누구랄 것도 없이 반가운 얼굴로 다가가 인사를 했다. 만남을 기대한 바도 없지 않았다. 하지만 막상

인사를 나누고 보니 얘깃거리가 얼른 떠오르지 않았다. 쌀쌀해도 워낙 날이 좋아서, 놀러들 갔는지 모인 인원은 넷밖엔 되지 않았다. 그는 그녀가 전에 가져다준 밀짚모자를 쓰고 있었다. 그녀는 파나마모자를 쓰고 있었다. 둘은 준비해 온 공구 세트와 절연 전선 한 타를 마루 아래 내려놓고 사다리를 폈다. 이 집에는 전선이 낡아 비만 오면 불똥이 튀고 전기가 끊기는 문제가 있었다. 다른 사내 둘은 지난 장마 때 흙더미가 덮친 뒷마당을 복구하는 작업을 맡았다.

남자는 계량기에 이어진 전선을 풀어 전기를 차단하곤, 구십 년대나 쓰던 커버나이프 스위치를 떼어내고 요즘 쓰는 배선용 차단기를 새로 달았다. 여자는 사다리 아래에서 그를 올려다보고 있다가 그가 주문을 하면 이것저것 공구상자에서 집어 올려주었다.

"다음 장마를 대비하는 거야."

"알아요. 내년에도 두 달은 비가 오겠죠."

차단기 교체 작업을 마무리한 다음 남자는 사다리에서 내려와 줄자로 방 안까지의 거리를 쟀다. 그런 다음 전선을 잘라 여자에게 들리곤 한쪽 끝을 잡고 다시 사다리를 올라갔다.

사다리에 올라가 고개를 드니 남자 앞에, 겨울이 코앞에 닥친 변두리 동네의 살풍경이 펼쳐졌다. 메마르고 스산한 바람이 낮은 기와지붕들과 희고 검은 비닐의 잔해만 남은 논밭들 위로 불고 있었다. 검게 빛나는 나뭇가지들, 차량의 후드를 덮은 낙엽들, 무른 채로 썩어가는 까치밥들. 가장 높은 건물이라야 저 멀리 삼층 높이의 상가 건물뿐이었다.

남자는 자신의 수림이 여름과 함께 마침내 끝이 났는지 궁금했다. 그게 도대체 끝이 날 수가 있는 것인지 궁금했다. 자기 살 속의, 뼛속의 빗줄기가 겨울바람에 얼어붙어 이번엔 얼음의 터널을 만들지나 않을지 궁금했다.

남자는 문득 생각난 것처럼 주머니에서 휴대폰을 꺼내 켜고는 문자 메시지를 작성했다. 그러다가 멈추곤 휴대폰을 다시 주머니에 넣었다.

"내가 얼마나 끔찍한 사람인지 이제 좀 알지 않았어?"

남자는 아래를 내려다보며 말했다. 여자는 무슨 뜻인지 몰라 어리둥절한 표정을 짓고 있었다. 그녀가 대꾸가 없자 그는 다시 전선을 잡아당기기 시작했다. 그가 그러는 사이 그녀는 휴대폰을 꺼냈다. 그녀는 잠시 생각에 잠기는 듯하더니 천천히 손가락을 놀렸다. 그러곤 그를 올려다보며 빙긋 웃었다. 문자 도착 신호음이 울리자 그는 휴대폰을 꺼내 켰다.

끔찍한 걸로 따지면 내가 더 끔찍할걸 ㅋㅋ 확인하고 싶다면 조만간 기회가 있을 거야^^

그러곤 곧 두 번째 문자가 왔다.

난 울고 싶을 때면 베란다에 나가 창밖을 봐요. 울 집은 십오 층. 그런다고 날 눈물이 안 나는 건 아니지만, 눈물을 좀 아낄 수 있으니까.

남자는 휴대폰을 집어넣곤 고개를 들어 멀리, 더 멀리, 가능한 한 멀리까지 시선을 던졌다. 아주 멀리까지 시선을 두고 바라보았다. 그러자 격정이 좀 가라앉는 듯했다. 계절이 바뀌었다. 비가 걷히고 먹구름이 물러간 지도 오래였다. 이제 그것들은 세상을 한 바퀴 돌아 내년 유월쯤 남자와 여자를 다시 찾아올 것이었다. 그때까지 남자와 여자에겐, 수림을 대비할 기회가 한 번 더 주어진 것이다.

(『문예중앙』 2014년 봄)

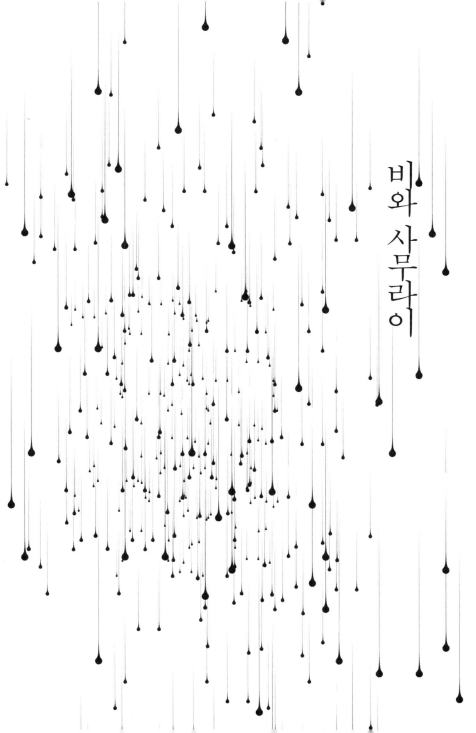

비와 사무라이

여자는 베란다에 빨래를 널다가 바구니를 내려놓고 창문에 다가가 섰다. 유리창에 이마를 기댄 채 그녀는 벚꽃이 흰 꽃망울을 달기 시작한 아파트 단지 진입로를 바라보았다. 유리창에 이마를 기댄 채. 아직 대기가 찬지 입김이 서렸다. 색색 숨소리가 입천장을 울리고 다시 고막을 울리고 그리고 경직된 그녀의 얼굴 전체를 울렸다. 유리창 찬 기운에 이마가 얼얼했다. 그녀는 이마를 떼고 힘주어 창문을 연 다음 베란다 난간에 손을 얹고, 배를 대고 허리를 굽혔다. 난간을 바르쥐고 점점 더 길게 허리를 폈다. 그렇게 몸을 빼면 단지 진입로 너머 한강 둔치로 내려가는 길의 공원이 살짝 엿보였다. 그녀는 몇 분이나 난간에 몸을 기댄 채 목까지 길게 빼고 체력단련 시설이 늘어선 공원 쪽을 바라보았다. 왼발까지 타일 바닥에서 떼고 점점 더 쭉 허리를 폈다. 이제 바닥에 붙어 있는 건 오른발 발가락 두 개뿐이었다. 엄지발가락을 살짝 튕겨만 주면 그녀는 중심을 잃고 난간 너머로 넘어가게 될 것이었다.

여자는 두 손으로 난간을 살짝 밀며 배를 떼곤, 약간 허리를 젖히면서 두 발을 바닥에 디뎠다. 얼음장 같은 강풍이 그녀의 단발머리를 채가기라도 할 듯 훑기 시작했다. 십오 층 상층부를 휘감아 돌며 때로는 건물을 통째로 쥐고 흔들기도 하는 강풍이었다.

"뭐해?"

거실에서 여자는 한 손으로 남편 전화를 받으며, 다탁에서 귤 하나를 집어 엄지 끝으로 껍질을 갈랐다.

"빨래 널어."

남편은 벌써 삼 년째, 회사에 출근해 이 시간이면 전화를 걸어왔다. 이유를 물으면 남편이 아내한테 전화도 못 하냐고 건조한 목소리로 대꾸했다. 하지만 그녀는 알고 있었다. 남편이 전화를 거는 건 밀어를 나누고 싶어서가 아니라 겁이 나서라는 걸. 그리고 오후 시간에도 귀찮아하지 않을 만큼만 전화를 해 여자의 목소리를, 기분을 확인하곤 한다.

"어쩐지 올해는 노숙자들이 좀 일찍 나온 것 같지 않아?"

"노숙자들이 나왔어? 봤어?"

"출근할 때 오빠도 보지 않았어? 강변도로로 가잖아?"

"가지. 하지만 그런 사람들은 못 봤는데."

"난 봤어. 어제."

여자는 어쩐지 올해는 열흘쯤 일찍 나온 것 같아, 하고 덧붙였다.

"작년엔 공원의 목련 몽우리가 다 터진 다음에 나왔단 말이야. 올해는 아직 벚꽃도 피지 않았어."

하지만 전화를 끊고 보니 꽃이 피는 차례가 목련이 먼저인지 벚꽃이 먼저인지 언뜻 기억이 나지 않았다. 둘 다 앞서거니 뒤서거니 하며 폈던 것 같기도 했다. 어쨌든 분명한 건 목련이든 벚꽃이든 개나리든 봄꽃이 피기 전에는 공원이며 강변 산책로에 노숙인들이 나오지 않는다는 사실이었다. 봄꽃이 피기 전에는. 자칫 삼월에도 얼어 죽을 수 있기 때문이었다.

여자는 그렇다면 봄꽃이 피기 전에는 노숙인들이 어디 가 있을지 궁금했다. 그저 잠깐만 궁금했다. 예전에 그녀는 노숙인들의 노숙터로 알려진 서울역 인도육교에 한 번 들어서본 적이 있었다. 대학을 졸업한 해 봄에 중림동에서 면접을 보고 서울역으로 걸어 나오다 길을 잘못 든 것이었다. 초입부터 오줌 지린내와 술내가 코를 찔렀다. 겨울용 점퍼를 껴입은, 땟국이 질질 흐르는 사내들이 육교 양편으로 흩어져 자리를 잡고 있었다. 첫 번째 사내는 종이박스를 덮고 대자로 드러누워 있었다. 떡이 된 반백의 머리와 쥐가 뜯어먹은 것 같은 수염. 그녀는 그의 곁을 지날 때부터 종종걸음을 치기 시작했다. 두 번째 사내는 난간을 향하고 서 있었다. 새까맣게 때가 탄 주름진 것을 바지춤에서 꺼내 손에 쥐고 소변을 보고 있었다. 세 번째 사내 하나는 바닥에 주저앉아 고개를 들고 해바라기를 하고 있었다. 햇빛에 그의 검고 부은 얼굴이 번들거렸다. 반짝이는 갈색의 두 눈동자가 그녀를 쫓는 듯했다.

황사 때문에 공기는 탁한 납빛을 띠고 있었다. 육교 중간쯤 다다랐을 때 그녀는 악취에서 어떤 힘을, 밀도를 느꼈다. 그녀를 자꾸 끌어당기는 어떤 힘을, 그녀의 하이힐을 한자리에 붙잡아두려는 어떤 밀도를 느꼈다. 그녀는 악취 속을 허우적대고 있었다. 코도 맵고 눈도 매웠다. 그녀는 이제 뛰고 있었다. 더럽고 뚱뚱하고 느려터진 사내들이 그녀 왼편 오른편에서 꿈지럭대고 있었다. 그녀는 육교를 달려 내려와 정류장으로 가 숨을 몰아쉬면서 버스에 올라탔다. 그녀는 집에 돌아와선 속옷까지 싹 벗어 세탁기에 던져 넣었다.

여자가 그 인도육교에서 해를 입은 것은 없었다. 누가 그녀를 모욕한 일도 없었고 침을 뱉지도, 더러운 부은 손으로 발목을 부여잡지도 않았다. 오래 머물지도 않았다. 기껏 삼 분이나 오 분쯤 있었다. 넘어지지도 발목을 삐끗하지도 하이힐 굽이 부러지지도 않았다. 하지만 그녀는 인도육교에서 보고 느꼈던 그 봄날 아침의 광경을, 그 역겨운 힘과 밀도를 결코 잊지 못했다.

오늘 아침도 여자는 하품을 하며 귤을 까먹었고 텔레비전으로 〈기분 좋은 날〉을 보았다. 그러는 틈틈이 휴대폰으로 트위터를 확인했고 모바일 쇼핑 사이트에 들러 할인 이벤트를 뒤져보았다. 쇼가 끝나자 채널을 돌려 커피를 마시며 아침 드라마를 봤다. 드라마가 끝나고 그녀는 시디플레이어에 걸어놨던 시디를 돌렸다. 트럼펫 소리가 빽빽거렸다. 한국전쟁 때 미군 양키들이 술집 주크박스에 동전을 넣고 저런 음악을 들었다는 거지. 그녀는 스윙 리듬에 맞춰 허리를 흔들며 진공청소기를 돌렸다. 맑은 봄날에 햇살은 넘쳐나고 공기는 알맞게 따뜻하고 거실 바닥도 알맞게 차가웠다. 그녀의 눈이 닿는 거실 어디에도 그녀를 아프게 하거나 어둡게 하는 그늘은 없었다. 그녀가 알지 못하는 걱정거리도, 그녀가 알지 못하는 위협도 없었다. 그늘이라고 하면 다탁 밑에 조금, 텔레비전을 올려놓은 거실장 안에 조금, 그리고 등 뒤에 그녀의 그림자가 짧게 조금…… 그마저도 속이 훤한 그늘이고 어둠이었다.

하지만 벌써 삼 년째였다, 이렇게 이유도 없이 코허리가 시큰해지는 게. 여자는 거실 유리창을 돌아보았다. 물얼굴처럼 떠 소리 없이 일렁이는 자신의 상반신 어디에도 그늘지고 어두운 부분은 없었다. 그녀의 모습은 아직 남편이 반했던 모습 그대로였다. 그녀는 일어나 시디플레이어를 끄고 점심으로 흑빵 샌드위치를 만들어 먹었다. 그리고 남편 방에서 잠깐 웹서핑을 하다가 침대에 엎드려 낮잠을 잤다.

여자는 약속시간이 가까워 집을 나서면서 주변을 두렷댔다. 아파트를 나서면서는 단지 진입로를, 마을버스 정류장으로 가면서는 공원을, 버스에 올라서는 멀리 내려다보이는 한강 둔치를 살폈다. 단지 안 목련의 꽃망울은 거의 벌어져 있었다. 벚나무의 우듬지 쪽은 벌써 희끗희끗했다. 꽃들이 폈으니 노숙자들이 오겠지, 하고 그녀는 생각했다. 아홉 정거장을 지나 버스에서 내려서야 그녀는 똑바로 앞만 보고 걸었다.

"어째 넌 볼 때마다 눈이 빨가냐?"

남자의 말에 여자는 가볍게 어깨를 으쓱해 보였다. 눈 흰자위의 핏발 선 부위를 가릴 수 있는 컨실러가 있다는 얘기는 들어보지 못했다.

"얼굴에 잠시 비가 내린 거야."

남자는 그런 여자를 귀여워 죽겠다는 표정으로 바라보았다. 대학 새내기 시절 이후로 남자가 여자에게 줄기차게 지어 보였던 그 표정이었다. 그 표정이 좋아서 그녀는 그와 함께 다녔고 커플이 됐다. 그러다가 어느 날 똑같은 표정을 다른 여자애들한테도 지어 보인다는 사실을 알아차렸다. 그 순간부터 그가 징그러웠다. 그는 입대를 했고 그녀는 졸업을 했고, 직장을 잠깐 다니다 지금의 남편을 만나 결혼했다.

그뿐이었다. 아프지 않았다. 자기가 보기에도 여자는 아프지 않은 사랑만 해왔다.

너는 너무 애매하게 생겼어, 네 삶도 그렇고. 네 미래도 그럴 거야, 하고 여자는 편지로 이별을 통고했었다. 그때 남자는 군대에서 행군을 나가 있었고 배달 사고가 나 편지를 읽을 수도 답장을 쓸 수도 없었다. **넌 언제나 얼굴에서 비가 올 거야, 이 愁霖 같은 계집애. 평생 愁霖 속에서나 살아라,** 하고 그는 두 달이 지나서야 떨리는 필체로 답장을 썼다.

여자는 愁霖이라는 단어를 알지 못했다. 남자는 여자보다 지적으로 우위에 서지 않으면 못 견디는 성미였다. 그녀에게 아는 척 하며 스윙 음악 같은 재즈의 맛을 가르쳐준 것도 그였다. 그녀는 획수를 하나하나 세어가며 한자사전을 찾았고 그래서 愁霖이 수 림이며 어두침침하고 우울하게 내리는 긴 장맛비란 뜻이 있으며 풀어쓰면 시름겨운 장마, 슬픈 장마라는 뜻도 된다는 사실도 알 아냈다.

그런 남자를 여자는 지난해 여름, 대학 선후배 모임에서 다시 만났다. 둘은 반가운 마음에 철없던 시절에 나눠 가졌던 저주는 다 잊고 시종 즐거운 미소를 지어 보였다. 그때 그는 호프집 유리 창을 적시는 가는 비를 보며, 팔십 년대 동시상영관 냄새가 풍기 는 어떤 이야기를 들려주었다.

비와 사무라이는 뭐랄까, 교훈담 같은 거야. 사무라이의 칼 놀 림은 장마철 빗줄기 같아야 한다는 거지. 장마철 빗줄기? 그때 여자는 무슨 일본 영화에 대해 얘기하는 줄 알았다. 그녀는 다즐 링 티백을 컵에 담갔다 꺼냈다 하며 무표정한 얼굴로 남자를 바 라보았다. 그녀의 저주와는 다르게 그는 소설가로 나름대로 성공 해 있었다. 어느 일간지에서 주최하는 공모를 통해 소설가가 되 었고 인터넷으로 검색하면 이름도 좀 나온다.

"사무라이들이 즐기던 경기 중에는 자기 배를 얼마나 더 잘 가 르느냐를 겨루는 것도 있었대."

"상대 배가 아니라 자기 배를?"

"웃기지?"

"웃을 일은 아닌 것 같은데?"

여자가 정색을 하자 배를 가른다고 꼭 죽는 건 아니라고 남자는 덧붙였다. 일단 살아야 상대의 갈린 배도 보고 자기 배가 더 예쁘게 갈렸다는 걸 확인할 수 있을 테니까, 하고. 그리고 승자는 갈린 배를 꿰맸다가 다 아물면 다시 시합에 나갔다고 했다.

여자와 남자는 뮤지컬 〈맘마미아〉의 낮 공연을 봤다. 남편은 코까지 고는 뮤지컬을 그는 한번 졸지도 않고 끝까지 즐겼다. 둘은 케이크 하우스에서 간단히 이른 저녁을 먹고 버스 정류장에서 헤어졌다. 그녀는 버스를 기다리며 넌 왜 사무라이 따위에 그리 관심이 많은 거야, 하고 입을 뗐다. 그때 채 말이 끝나기도 전에, 그가 두 손으로 그녀의 머리를 감싸고는 이마에 입을 맞췄다. 그녀는 놀라 뒤로 물러섰다. 이마에 그의 입술이 와 닿는 순간, 오랫동안 잊고 있었던 그의 부드러운 콧김이 느껴지는 순간, 그녀는 자기 안에서 무언가가 눈을 뜬 것만 같았다.

목련꽃과 벚꽃 중 어느 것이 먼저 피는지 미처 알아내기도 전에 여자가 사는 아파트촌은 봄꽃들로 온통 희고 노랗게 물들었다. 그리고 그와 동시에 공원의 벤치도 노숙인들의 차지가 되었다. 노숙인들은 둔치의 산책로에도 띄엄띄엄 엉덩이를 붙이고 있었다. 그녀는 멀리서 그들을 지나칠 때마다 〈TV 동물농장〉에서 본 시간이 멈춘 동물, 나무늘보 같다는 생각을 했다. 기름기와 먼지로 뭉친 터럭하며, 어제나 그제나 오전이나 오후나 한결같은 그들의 자세가. 소주병을 두고 두엇이 둘러앉았거나 해바라기를 하며 벤치에 쭉 뻗었거나 가방 같은 것에 팔을 걸친 채로 비스듬히 앉은.

"요즘 서울역 가본 적 있어?"

여자가 물었다. 남편은 삼 년째 퇴근하자마자 곧바로 귀가하기를 반복하고 있었다. 어쩌다 부서 회식이 있거나 하는 날은 일차까지만 자리를 지키다 왔다. 평소 귀가시간은 어김없었다. 오늘은 일곱 시 오 분에 현관문을 열었고 어제는 일곱 시 십 분이었다. 그제는 여섯 시 오십오 분이었고. 지난달의 평균을 내보면 일곱 시 일이 분 언저리가 될 것이었다.

"서울역에 노숙자들이 사는 육교 있잖아."

여자는 방금 씻고 나와 주방 식탁에 앉은 남편의 얼굴을 바라보며 말했다.

"그런 육교가 있어?"

여자는 저녁을 먹으며 서울역 인도육교와 그 육교에 사는 사내들에 대해서 말했다.

"근처에 가지 말고 빙 둘러가. 그거 살 썩는 냄새야. 사람이 산 채로 썩어들어 가는 냄새라고."

식사를 마치고 여자와 남편은 거실에 가 앉았다. 둘은 커피를 마시며 여자가 낮에 다운 받아놓은 대만 영화를 봤다. 어제는 태국 영화를, 그제는 일본 영화를 봤다. 지난 삼 년간 둘의 저녁 시간은 거의 똑같다고 해도 좋을 정도로 엇비슷하게 흘러갔다.

"순전히 나라 잘못이야."

침실로 들어가 불을 끄며 남편이 말했다.

"뭐가?"

"아무리 사람이 게으르다고 그렇게 살게 놔두면 안 되지. 어째서 그 사람들은 만날 육교 위에 있는 거야? 나도 어렸을 적 본 적이 있다고. 거지 하나가 육교 난간에 기대고 앉아 사람들 다니는 쪽으로 두 발을 쭉 뻗고 있는데, 양쪽 발바닥에 백 원짜리 동전만한 뻘건 구멍이 서너 개나 뚫려 있는 거 있지. 학교를 가려면 그 육교를 건너야 했거든. 얼마나 씻지 않았는지 발은 온통 시커먼데, 썩어서 균이 파먹은 건지 어디에 다친 건지 뻘겋게 속살이 드러나 있더라고."

여자는 삼 년 전 이 아파트촌으로 이사 와서 맞았던 첫 번째 봄을 떠올렸다. 목련꽃이며 벚꽃이며 개나리며 꽃잎의 천지를 거닐다, 얼굴과 손발이 퉁퉁 부은 새카만 노숙인 서넛과 마주쳤던 날을 떠올렸다. 목련과 벚나무들의 성긴 틈으로 언뜻언뜻 비치던 얼굴 서넛. 흰 꽃방석에 눌러앉은 몸뚱이 서넛. 그들은 순백의 아름다운 세상에 끼얹어진 오물들 같았다. 열 발짝쯤 거리를 두고 걷는데도 오줌 지린내와 묵은 똥내가 진동했다.

새 보금자리를 튼 해의 첫 봄날은 그렇게 망가졌다. 여자는 그렇게 망가졌다고 여겼다.

토요일, 여자는 휴일 근무가 잡힌 남편과 함께 아침 일곱 시에 아파트를 나섰다. 등에 맨 류색엔 갈아입을 작업복과 장갑, 혹시 몰라 챙긴 속옷과 세면도구가 응급약품 몇 가지와 함께 들어 있었다. 파나마모자도 챙겼다. 그녀가 구청 자원봉사센터에서 주선한 집수리 봉사를 마지막으로 나갔던 게 작년 늦가을이었으니까 육 개월 만에 일거리가 들어온 것이었다. 자원봉사는 그녀가 요즘도 유지하고 있는 단 하나의 사회활동이었다. 그녀에겐 교회도 직장도 동호회 활동도 없었다.

여자는 남편 차로 의정부로 가서 남편을 보내고, 다시 시외버스를 타고 포천시 송우리까지 갔다. 거기서 약도를 따라 주택가로 들어섰다. 봉사 현장엔 낯익은 얼굴도 몇 있었다. 봉사 일을 하면서 알게 된 이들이었다.

"안녕하세요."

여자는 등산조끼 차림의 중년 사내에게 다가가 반갑게 인사했다. 사내도 그녀의 손을 잡고 흔들며 소리 내 웃었다.

"아, 이 친구는 새로 봉사센터에 등록한 미선 씨야. 미선 씨, 이 친구는 연주 씨라고 나랑 센터 동기야."

중년 사내가 같이 온 여자를 소개했다. 그와는 가끔 문자 메시지를 주고받는 사이였다. 그 밖에는 별로 아는 것이 없었다. 초로에 가까운 나이라는 것, 강남으로 출퇴근하는 회사원이고 몇 년 전 이혼했다는 것, 잘 웃지 않고 말도 걸음걸이도 느리다는 것 정도. 언젠가 이혼한 처와 다투는 것을 우연히 보았는데, 그녀는 얼른 그 일을 기억에서 지워버렸다. 봉사 일거리는 두 가지였다. 중년 사내와 다른 둘은 차량이 들이받아 엎어진 담을 다시 쌓는 일을 했고, 여자는 다른 봉사자 둘과 함께 옥상으로 올라가 옥상 바닥에 방수 페인트를 칠했다. 한 시가 넘어서 다들 마당에 모여 중국음식을 시켜 먹었다.

"운동화가 다 망가졌네요. 어째요?"

중년 사내 곁의 미선이라는 여자가 자장면을 한 젓가락 뜨다 말고 여자의 발치를 가리키며 말했다. 그녀의 운동화는 초록색 방수 페인트로 반 넘어 물들어 있었다. 둘러앉은 사람들 사이에서 저런, 어째 하는 소리가 들려왔다. 집수리는 저녁 일곱 시가 넘어서야 끝이 났다. 마무리 쓰레질까지 하고 나왔다. 남은 일은 내일 일요일에, 센터의 다른 팀이 와서 할 것이었다. 그녀는 중년 사내의 차를 얻어 타고 서울까지 왔다. 운동화는 망가졌지만 그녀의 기분은 날아갈 듯했다.

여자가 아파트에 도착했을 때는 아홉 시가 가까워 있었다. 남편은 거실 소파에 앉아 뉴스를 보고 있었다. 그녀는 중년 사내 얘기를 했다.

"아, 그 변태 이혼남 말이야?"

남편이 호기심 가득한 얼굴로 여자를 돌아보며 말했다.

"오빠는 그게 무슨 소리야! 그냥 불쌍한 사람이지."

"여자만 보면 바지를 까고 오럴을 해달라고 한다며? 그게 변태 아냐?"

여자는 커피가 든 머그컵을 들고 소파로 오다 말고 걸음을 멈췄다. 나한텐 친절하게 잘해줬단 말이야, 하는 말이 혀끝에서 맴돌았다.

여자는 공원에서 한강 둔치로 연결된 나무층계를 내려가다가 어느 모자가 하는 말을 들었다. 엄마는 아이의 손을 잡아끌면서 너도 커서 저리 될래? 하고 다그치고 있었다. 그러고는 그녀를 지나쳐 식식거리면서 층계를 잰걸음으로 올라갔다. 그녀는 둔치 산책로로 접어들 즈음, 아이 엄마가 뭘 두고 그런 소리를 했는지 보았다. 두툼하게 겨울옷을 꺼입은 노숙인이 등받이 없는 시멘트 벤치에 가랑이를 쩍 벌리고 앉아 있었다. 그녀는 넓게 사선을 그리며 노숙인과 사이를 벌리며 걸었다. 그래도 노숙인을 지나칠 땐 쾨쾨한 사타구니 내가 코를 찔렀다.

여자는 산책을 했다. 매일 오후 두 시. 해가 좋은 날이면 워킹화를 신고 한강이 흘러가는 쪽을 따라 이십 분쯤 걷다가 되돌아오기를 반복했다. 삼 년째였다. 휴일이면 남편을 끌고 나와 함께 걷곤 했다. 하지만 코스를 바꿔 간다든가 밤 시간에 산책을 나간다든가 하는 일은 없었다. 낮이더라도 비가 와서 시야가 어두우면 나가지 않았다. 노숙인들 때문이었다.

여자는 자기 행동반경에 노숙인 몇이 어디에 있는지 일일이 꿰고 있었다. 단지 앞 공원엔 윗몸 일으키기 기구에 하나, 트위스트 앞에 둘, 온몸노젓기 앞에 하나가 있었다. 둔치로 내려가는 나무 층계엔 일주일에 두어 번 꼴로 하나가 나와 앉아 있었고, 사십 분

51

왕복 코스인 그녀의 산책로엔 일이백 미터의 간격을 두고 두어 명이 뚝뚝 떨어져 앉아 있었다.

주민과 트러블이 나기도 했다. 여자가 홈플러스에 가고 있는데 공원에서 한 사내가 노숙인에게 고함을 지르고 있었다. 들어보니, 어째서 공원을 노숙자들이 다 차지하고 있느냐는 얘기였다. 공원은 근린 시설인데 당신들 때문에 정작 주민들이 사용을 못하고 있지 않느냐고. 사내는 손등으로 코를 가리고 있었다. 상대도 물러서지 않았다. 노숙인 넷이 사내를 둘러싸고 얼굴을 바싹 들이대고는 입에 거품을 물었다. 노숙인 중 하나가 그러면 우리는 이웃이 아니고 뭔데, 하고 소리를 높였다.

"이 자식아, 내가 이래 봬도 연대 나온 놈이야."

"아이 씨, 입에 썩은 쥐를 물고 다니나! 야, 니들은 씻지도 않냐? 좀 씻어라!"

사내가 진저리를 치며 몇 걸음 물러섰다. 그러곤 더는 참기 힘들었는지 허리를 굽히곤 구역질을 하기 시작했다. 꺽꺽 소리가 여자한테까지 들렸다.

여자는 장을 보고 와서 정리를 한 다음 거실에 앉아 차를 마시다가, 아까 공원에서 본 일에 대해 누구한테든 이야기를 해야 되겠다고 느꼈다. 그녀는 남자에게 전화를 했다. 그리고 아까 있었던 일을 들려주었다. 그러면서 노숙자가 정당한 요구를 하는 주민을 위협한 것으로 해석할 수도 있는 거냐고 물었다. 남자는 생각 좀 해보겠다고 했다. 수화기 너머에서 전화벨이 울리고 있었다.

그러고 삼십 분쯤 후에 문자 메시지가 왔다. **야, 네가 얘기한 거, 신고했다간 인정머리 없다는 소리 듣기 딱 좋다. 노숙자들은 게으르거나 무 능력해서 그리 된 게 아냐. 마음에 아주 큰 상처를 입어서 그리 된 거야.** 그 러고 나서 또 무슨 볼일이 생겼는지 잠잠하다가, 십 분쯤 지나 서 두 번째 문자가 왔다. **그 사람들, 좀 내버려둬. 구청에서 어려운 사람 들 돕겠다고 자원봉사까지 한다면서 왜 그래?** 여자는 충고가 고맙긴 한 데, 자원봉사랑 노숙자 문제랑 무슨 상관이냐고 답문자를 보냈 다. 왜 이거에 그거를 슬쩍 끼워 넣느냐고 따졌다.

아직 장마 시즌은 아니었지만 궂은비가 삼 일 밤낮으로 내렸 다. 베란다 너머의 세상은 쥐색으로 물들었다. 해가 없어 거실은 낮에도 불을 켜두어야 했다. 빗줄기 입자가 얼마나 고운지 창문 에 물방울 하나가 맺히려면 꽤 긴 시간이 지나야 했다. 하지만 그 런 비가 하루 종일 삼 일을 내려, 여자가 다니던 모든 길과 도로 를 어두운 빛으로 물들였다. 그녀는 남편이 출근하자마자 침실 침대로 돌아가 잠을 잤다. 잠이 오지 않으면 거실 소파에 누워 쳇 베이커의 트럼펫 소리를 들었다. 그러다 선잠이 들기도 했고 깨 면 베란다에 나가 아파트 진입로와 공원을 살폈다. 찻길 쪽엔 낮 시간인데도 가로등 불이 들어와 있었다. 하지만 그 때문에 공원 쪽은 더 어두워 보였다. 그녀는 다시 소파에 누워 잠을 청하며 아 몬드 초코볼을 씹어 먹었다.

여자의 얼굴에서도 침침한 비가 내렸다. 그녀는 울지 않기 위해서라도 잠을 자야 했다. 저녁이면 아침에 새로 뜯은 초코볼 통이 반 넘게 비곤 했다. 이러다간 돼지가 될 테지, 하고 충혈된 눈을 거울에 비추어보며 중얼거렸다. 그리고 마침내 비가 그치고 해가 났을 때, 그녀는 남자에게 전화를 걸었다.

"오늘은 무슨 일로 얼굴에 비가 내렸을까나?"

남자는 구 서울역사 앞에서 여자의 흐트러진 옆머리를 만져주었다. 그녀는 그의 손길이 와 닿는 게 싫지 않았다.

"여기 어디였는데."

여자는 휴대폰을 켜고 지도 검색창에 '서울역 인도육교'라고 쳐 넣었다. 잠시 후 그녀는 오른편으로 몸을 돌려 성큼성큼 앞으로 나아갔다. 겨우 몇 발자국 앞이었다. 믿을 수가 없었다. 기억에는 백 미터는 뛰었던 것 같은데, 겨우 몇 미터 앞에 인도육교가 있었다.

하지만 인도육교로 가는 통로는 허리까지 오는 쇠울짱으로 가로막혀 있었다. 그리고 십여 미터 안쪽, 육교의 입구 부분에도 연초록의 펜스가 높게 쳐져 있었다. 현수막이 보였다. 육교를 철거할 예정이라 통행로를 폐쇄한다는 내용이었다. 여자는 놀란 눈으로 어디 돌아서 들어갈 곳은 없는지 살폈다. 지린내의 흔적이라도 찾는 듯 코를 킁킁거리기도 했다. 노숙자들을 어떻게 떼어내고 몰아낼 수 있었을까. 그녀는 쇠울짱을 잡고 몸을 기울여 목을 길게 뽑았다. 하지만 아무리 뽑아도 펜스 너머 육교 안쪽은 보이지 않았다. 그녀는 두 손으로 쇠울짱을 바르쥐고 배를 대곤, 허리를 쭉 펴고 목을 앞으로 뺐다. 왼발이 공중으로 들렸다. 오른발의 구두코만 아슬아슬하게 바닥에 걸쳐 있었다. 그녀는 입을 꾹 다문 채 왼발을 허공에서 흔들면서 몇 분이나 그러고 있었다.

남자는 여자가 균형을 잃고 휘청하자 허리를 잡아 끌어당겼다. 그는 그녀를 길 건너 투썸플레이스로 데려갔다.

"육교가 저렇게 된 줄, 난 몰랐어."

여자가 컵을 내려놓으며 말했다. 그러고는 표정이 지워진 얼굴로 한참이나 말이 없었다. 그러다가 어느 순간 입술을 쭈그러뜨리고 핏발 선 눈의 초점을 흐리더니 울상을 지었다. 하지만 그녀의 기분은 점차 되살아나고 있었다.

"내가 널 왜 찾는지 알아? 네가 너무 애매하게 생겨서였어."

여자가 문득 생각난 듯이, 톤을 낮춰 으르렁거렸다.

"그러고 보니 내가 쓰는 소설도 뭔가 애매해, 쯧."

"난 네가 불행해지길 바랐어. 소설가들, 가난하지 않아?"

"하지만 우리 집은 원래 부자였는걸. 지금도 부자고. 대학에 강의도 나가고, 난 인생을 즐기고 있다고."

남자가 이런, 기대에 못 미처서 어쩌나 하는 표정으로 말했다.

둘은 천천히 커피를 홀짝이며 말없이 앉아 있었다. 컵이 비자 남자는 노숙자들이 어디 있는지 알 것도 같아, 하면서 여자를 잡아끌었다. 둘은 카페를 나와 길을 건너고 서울역 광장을 가로질러, 점차 밭아지는 인도를 따라 지하철 사호선 서울역으로 향했다. 가까이, 한 발씩 앞으로 내디딜수록, 그녀는 아까 육교에서 찾았던 악취가 자신의 힘을 드러내는 것을 느꼈다. 십 미터 앞쪽으로 사호선 서울역 십삼 번 출구를 알리는 플라스틱 기둥이 눈에 띄었다.

"쳐다보지 마."

남자가 낮게 중얼거렸다. 여자는 뭐? 응? 하다가 지하철로 내려가는 층계를 보곤 아, 하고 탄식을 질렀다. 지난 세월 자신의 기억 속에 단단히 틀어박혀 있던 육교 위의 그 잿빛 그림자들이, 지하철 층계를 따라 기다랗게 줄을 서 있었다. 그녀는 힐끔힐끔 왼편을 곁눈질하며 잰걸음을 옮겼다. 노숙인 행렬의 끝은 지하철 층계 아래 저 깊숙한 내부로 스며들듯 사라지고 있었다.

여자와 남자는 이십 미터쯤 지하철역을 지나쳐 갔다가, "사랑의 빨간 밥차"라고 쓰인 특수차량 앞에서 걸음을 멈췄다. 짠 된장국 냄새와 김치 냄새가 진하게 풍겨왔다. 잠깐 서서 밥차를 바라보다가 둘은 길을 잃고 헤매는 사람들처럼 오던 길을 되짚어 걷기 시작했다. 이제 왼편으로 노숙인들을 위한 쉼터며 진료소가 지나갔다. 노란색 간판의, 선교회가 운영한다는 노숙인 쉼터가 눈길을 끌었다.

여자는 그동안 아프지 않은 사랑만 해왔다. 아프지 않은 사랑은 사랑이 아니라지만 어쨌든 그녀는 아니었다. 사는 데도 별 문제가 없었다. 남편은 연애할 때처럼 잘 챙겨주고 아이는 좀 늦게 갖기로 합의했다. 시댁과도 큰 문제는 없었다. 친구는 많지 않지만 너무 외롭지 않을 만큼은 있었다. 그녀는 베란다 창밖을 내다보며 유리창에 이마를 기댔다. 온기가 느껴졌다. 벌써 이틀째 더운 바람에 섞여 비가 내리고 있었다. 빗살은 가늘고 약했지만 끈질기게 창문을 훑어 내리고 있었다. 예보에 장마는 삼사 일 뒤였다.

지난번에 구 서울역사에 다녀온 후로, 여자는 자기 과거의 어느 시점에 단단히 붙박여 있던 한 세계가 사라진 것만 같았다. 그녀는 정말로 마음속 공허를 느꼈다. 그것도 상실감이라면 상실감이었다. 그녀는 머그컵에 든 커피를 한 모금 마셨다. 척 맨지오니의 쭉쭉 뻗어나가는 플뤼겔호른 소리와 함께 〈산체스의 아이들〉 시디가 돌아가고 있었다. 서울역에 갔다 헤어질 때 남자가 사준 음반이었다. 일 번 트랙을 들어봐, 라면서. 그녀는 일 번 트랙에 무한반복을 걸어놓고 있었다.

"자기도 저녁에 둔치에 나가는 거 아니지?"

남편이 그제 아침 넥타이를 고쳐 매며 말했다.

"응?"

"인터넷 검색해봐. 어젯밤에 내가 무슨 기사를 본 것 같아. 한강 둔치에서 연쇄성폭행사건이 일어났는데 그게 이 아파트촌 근처 같아."

여자는 청소를 끝내고 컴퓨터 앞에 앉아 검색창에 연쇄성폭행이라고 쳐 넣었다. 몇몇 기사가 떴다. 그녀는 컴퓨터를 끄고 베란다로 나가 창밖을 바라보았다. 노숙자에 성폭행범이라니. 그 더러운 걸…… 그녀는 머리가 아파왔다.

마침내 장마가 시작되었을 때, 여자는 남자에게서 만나자는 전화를 받았다. 그녀는 해 없이 어두침침하고, 더운 바람이 거칠게 우산을 치고 도는 거리로 나갔다. 그녀는 휴대폰에 찍힌 약도대로 논현동의 카페를 찾았다. 차를 마시는 동안 그는 창밖에서 시선을 떼지 않고 바람이 잦아들기를 기다리고 있었다.

"나가자."

남자는 크로스백에서 단렌즈가 볼록 튀어나와 있는 미러리스 카메라를 꺼내 들었다.

"사무라이 정신을 만끽해보자고."

둘은 카페를 나와 골목으로 꺾어 들어가 비탈길을 올랐다. 곧 내리막이 나왔다. 번잡한 골목 풍경이 펼쳐졌다. 고소한 기름내와 쉰 음식 냄새, 왁자지껄한 소음이 후텁지근한 바람을 타고 여자에게로 밀려왔다. 머리 위엔 현수막이 달려 있었다. 골목을 하나만 더 꺾어 들어가면 영동시장이 나오는 모양이었다. 남자가 우산을 내밀었다. 좀 씌워줘. 그녀는 양손에 우산을 들고 하나는 남자 머리 위로 높이 치켜들었다. 그는 카메라를 이리저리 휘두르며 유별날 것도 없어 보이는 골목 곳곳을 향해 셔터를 눌러댔다. 골목은 어느 건물 앞에서 네 갈래로 갈라지고 있었다. 그는 휴대폰으로 검색해보더니 십자로의 정중앙에 서서 다시 카메라를 눌렀다.

그러곤 일층의 횟집 옆에 난 입구를 통해 건물로 들어갔다. 남자는 일층에서 이층까지 계단을 오르며 여자가 보기엔 평범하기 그지없는 내부 풍경을 담았다. 층계의 스테인리스 난간, 얼룩진 빨간 굽도리 널, 층계참에 놓인 공용화장실, 노랗게 기름때가 앉은 흰 벽면, 이층의 돼지고기 구이집 앞에 놓인 빈 맥주박스와 냉장고. 좁아터지고 답답하고 유리창에 낀 때 탓에 햇빛도 잘 들지 않았다. 그는 화장실 안에까지 들어가 셔터를 눌렀다. 그러곤 삼층으로 올라가는 사우나 출입문 앞에 서서 다시 플래시를 터뜨렸다. 삼층과 사층은 남성 전용 사우나였다.

　"뭐하는 거야?"

　여자가 남자에게 물었다.

　"비와 사무라이의 배경을 찍어두는 거야. 비가 꼭 사무라이의 칼날처럼 뿌려지는 것 같잖아?"

　남자는 이번엔 고개를 들고 빗살이 사선으로 흩날리는 하늘을 향해 셔터를 눌러댔다.

　"카메라 휘두르는 폼이 꼭 네가 사무라이 같다."

　여자는 남자의 카메라를 따라 우산을 뒤로 기울이며 눈을 들었다. 골목에 들어찬 삼사층짜리 건물들에 가려 잿빛 하늘이 시장 골목만큼이나 좁다래져 있었다. 그만 가자, 젖었어. 그녀는 어깨의 맨살을 적시는 물기를 느끼며 말했다. 하지만 그는 깜빡 잊었다는 투로 지하도 있었지, 하고 중얼거리며 도로 건물 안으로 들어갔다. 지하층에서 카메라 플래시가 열 번쯤 번쩍였다.

"저기에 뭐가 있다고 찍어?"

남자가 나오자 여자가 물었다. 그는 젖은 얼굴을 닦으려고도 하지 않았다.

"뭐가 있냐고? 사무라이가 있지. 아까 그 사우나가 고시원이었을 때, 가진 건 원한뿐인 은둔자가 살고 있었어. 세 평짜리 방 한 칸에서. 그 은둔자의 꿈은 최고 레벨의 사무라이가 되어 칼로 세상을 다 베어버리는 것이었어. 무협판타지의 리얼 버전이지. ⋯⋯오랜 세월 많은 공력을 들인 끝에 사무라이는 드디어 깨달아. 사무라이의 칼 놀림은 장마철 빗줄기와 같아야 한다고 말이야."

남자는 고개를 돌리고 눈을 껌벅거리며 골목 저쪽 어딘가를 잠시 바라보았다.

"세상을 칼날로 다 적시려면, 칼 놀림이 장마철 빗줄기와 같아야 한다고 말이야. 증오, 사무라이의 순수한 증오. 세상을 흠뻑, 아주 흠뻑 적시려면 대충 해선 안 된다고 말이야. ⋯⋯칼 놀림이 빈틈없고 억수 같고 상대가 누구든 증오로 흠뻑 적셔야 한다고 말이지. 그리고 마침내 그 사무라이 은둔자는 자리를 떨치고 일어나⋯⋯."

하지만 그 뒷이야기는 여자로선 받아들이기 힘든 것이었다. 무협판타지가 아니라, 몇 년 전에 뉴스에서 들었던 고시원 살인 사건 같기도 했다. 그녀는 남자들이란 정말 칼싸움이나 좋아하고, 하며 혀를 찼다.

버스 정류장에서 여자는 우산을 접고 버스를 기다렸다. 집으로 가는 버스의 번호판이 보이자 그녀는 돌아서서 나 갈게, 하며 우산을 폈다. 그때 남자가 우산 속으로 불쑥 들어왔다. 그러고는 두 손으로 그녀의 얼굴을 감싸곤 입을 맞췄다. 엉겁결에 당한 일이라 그녀는 입을 다물 수도 없었다. 그의 혀가 입 속으로 들어와 돌아다녔다. 침에서 아메리카노의 쓴 맛이 전해졌다.

여자는 집으로 돌아가는 동안 휴대폰에서 남자의 번호를 지웠다. 그를 다시는 보지 않을 셈이었다. 하지만 그의 휴대폰에 있는 자신의 번호까지 맘대로 지울 수는 없었다. 아파트촌에 거의 도착했을 때, 그에게서 수수께끼 같은 문자 메시지가 왔다. **세상은 조만간 미친 사람들로 가득 찰 거야, 아직도 널 사랑해.** 그리고 이렇게 덧붙여져 있었다. **난 아무 짓도 안 했는데 왜 세상은 날 증오하는 거지? ㅎㅎ** 그렇지만 그녀는 무슨 얘기인지 알고 싶지 않았다.

그날 저녁, 여자는 남편과 싸웠다. 남편은 오늘도 일곱 시 오분에 귀가했다. 그러고는 자기 빨래를 챙겨 세탁기에 넣고, 손발을 씻은 다음 식탁에 앉아 그녀가 밥상을 다 차리고 자리에 앉기를 기다렸다. 하지만 그녀는 자리에 앉는 대신 주방 싱크대에 허리를 기대고 섰다.

"오빠는 친구도 없어? 왜 맨날 일곱 시 땡 하면 집에 오는 거야?"

"무슨 소리야?"

"남자가 좀 어울려도 다니고 모임도 갖고 그래야지. 직장 선후배도 집에 데려오고. 과장이 벌써 몇 년째야? 이제 좀 늦게 오라고. 외박도 가끔 하고."

남편은 묵묵히 저녁을 먹었다. 여자는 자기를 애 취급한다느니, 환자 보듯 한다느니, 정신 나간 여자 보듯 하는 그 눈빛이 마음에 안 든다느니, 하며 숨도 돌리지 않고 쏘아댔다. 그러는 동안 남편은 밥 한 공기를 다 비웠다. 그러고는 반찬 그릇까지 싹 비우고 물을 한 잔 마셨다. 이제는 어쩔 수 없이 그녀가 하는 말에 뭔가 대꾸를 해야 할 차례였다. 남편이 수저를 내려놓고 두 손을 가지런히 식탁에 올려놓으며 고개를 들자 그녀는 덜컥 겁이 났다.

"우리가 왜 이 아파트로 이사 왔는지 벌써 잊었어? 삼 년 전에 말이야. 그 대출 이자 갚으려고 내가 담배까지 끊은 거 기억 안 나?"

남편은 식탁에서 일어나 천천히 빈 그릇들을 챙기기 시작했다. 여자는 몇 걸음 물러났다. 남편은 자기가 먹은 그릇들은 싱크대에 넣고, 여자 밥그릇의 밥은 음식물 쓰레기통에 넣었다. 그러고는 커피메이커에 커피를 덜고 물을 넣고 전원을 켠 다음 다시 식탁에 가 앉았다.

"연주야, 난 너랑 같이 백 살까지 살다 늙어죽었으면 좋겠어. 다른 사람은 하나도 필요 없어. 네 말대로 내가 사회생활을 하더라도 난 너를 혼자 놔둘 수가 없어. 그러면 아마 간병인을 이 집에 들이겠지. 그러곤 간병인더러 어떤 일이 있어도 너한테서 눈을 떼지 말라고 시킬 거야. 그러면 좋겠어?"

커피메이커에서 끓는 소리가 그쳤다. 남편은 일어나 머그컵을 꺼내 커피를 담곤 불 꺼진 거실의 소파로 가 앉았다. 하지만 오늘은 텔레비전을 틀지 않았다. 그냥 어스름에 잠겨 말없이 커피를 홀짝였다.

여자는 싱크대에 허리를 기댄 채 소리 죽여 울었다. 남편에게 우는 모습을 보이고 싶지 않았다. 어깨가 파르르 떨리다가 곧 들썩이기 시작했다. 하지만 소리는 내지 않았다. 그녀는 미끄러지듯 주방 바닥에 주저앉았다. 남편도 잘 알고 있을 것이었다, 자기를 출근시켜놓고 점심때쯤이면 그녀가 죽고 싶다는 생각을 열 번쯤 했으리란 사실을. 일곱 시 퇴근해 귀가할 때쯤이면 그녀가 자살 생각을 구체적인 방법까지 더해서 스무 번쯤 했을 거라는 사실을. 베란다 난간에 배를 걸칠 때마다 이대로 발가락 두 개만 더 떼면 떨어지겠지, 하고 생각한다는 것을. 그래서 남편은 오전 열 시면 세상없어도 확인 전화를 하고, 틈만 나면 전화해 목소리를 들어보고, 저녁 일곱 시면 반드시 귀가하는 것이다. 그 같은 일을 삼 년째 하루도 빼놓지 않고 계속해오고 있는 것이다.

그리고 여자는 삼 년 전에, 그 끔찍한 생각을 자신이 정말로 행동으로 옮겼다는 사실을 떠올리곤 몸서리쳤다. 그때의 약물 과용 후유증으로 그녀의 간은 아직도 제 기능을 발휘하지 못하고 있었다. 그래서 이곳으로 이사 온 것이었다, 지푸라기라도 잡는 심정으로. 아파트의 조망과 생활환경이 나은 강남의 이곳으로 이사까지 했던 것이다.

"나도 아파. 칼날 백 개로 가슴을 갈기갈기 찢어놓는 것 같아. 그렇지만 너만 건강하다면 난 잘해나갈 수 있어."

고개를 드니 남편이 앞에서 허리를 굽히고 들여다보고 있었다.

"날이 정말 어둡구나, 아직 초저녁인데. 이러다간 올 겨울에 정말로 검은 눈이 올지도 몰라. 검은 눈."

이제 장마도 깊어가고 있었다. 수림은 이 땅에서 여자가 갈 수 있는 모든 장소에 머무르며 비를 뿌려대는 것만 같았다. 그녀가 갈 수 있는 모든 곳을 깊은 속까지 젖게 하고 있는 것만 같았다. 하지만 이제 그녀는 암만 날이 궂어도 우산에 판초우의까지 두르고서라도 밖으로 나갔다. 장화를 신고서라도 외출을 했다.

노숙인들은 이제 문제가 아니었다. 서울역의 인도육교에도, 여자의 머릿속에도 더 이상 노숙인들은 살고 있지 않았다. 공원과 둔치 산책로에도 노숙인들은 없었다. 장맛비를 피할 데도 마뜩찮은 데다, 연쇄성폭행사건 이후 자율방범 순찰대가 구성되어 밤낮으로 산책로를 훑으며 노숙인들을 귀찮게 하고 있었던 것이다. 주민들도 흥분 상태에 있었다. 그녀도 보았다. 며칠 전, 한 건장한 아파트 주민이 공원 벤치에 앉아 있던 노숙인을 때릴 듯 위협해 쫓아내는 것을.

여자는 우산을 쓰고 비를 맞으며 산책을 했다. 장화 밑에서 찰방찰방 소리가 났다. 하루 한 번, 왕복 사십 분 코스는 꼭 돌았다.

코스를 돌고 돌아올 때 아까는 보지 못했던 그림자 하나가 시멘트 벤치에서 눈에 띄었다. 비에 흠뻑 젖은, 계절에 맞지 않은 두툼한 옷가지로 몸을 칭칭 동여맨 노숙인이었다. 유월 수림이 빈틈없이 그의 몸을 두들기고 있었다.

유월의 깊디깊은 장마가 노숙인의 퉁퉁 부은 몸뚱이를 남김없이 적시고 있었다. 아무거나 되는대로 집어먹어 겉은 퉁퉁 붇고 속은 공허하게 썩어가는 그를, 가차 없이 흠뻑 적시고 있었다. 마음에 상처를 입어 그 고통에 몸까지 둔하게 마비되어버린 그를, 억수처럼, 사무라이의 칼날처럼 적시고 있었다. 그의 몸을 다 저미고 조각내어버릴 듯이 적시고 있었다.

여자는 용기를 내어 다가가 노숙인 앞에 섰다. 노숙인은 눈을 뜨고 있었지만 시선은 약간 하늘을 향한 채로 그녀를 거들떠도 보지 않았다. 비가 눈두덩에 고이면 눈꺼풀을 깜박여 물방울을 털어냈다. 실성한 게 분명했다. 그녀는 한 발짝 더 가까이 갔다. 비에 맞아서 노숙인 얼굴의 얼룩이 점점이 지워지고 있었다. 군데군데 땟국이 흘러내리고 누런 피부가 드러나고 있었다. 그녀는 우산 아래서 울고 있었다. 그녀는 자기가 사무라이라도 된 것 같은 기분이었다. 그녀는 자기가 사무라이가 되어 이유도 없이 눈앞의 노숙인을 베어버린 기분이었다. 그녀 자신이 방향을 잘못 잡은 원한이 된 것처럼, 증오가 된 것처럼.

우산을 두들기는 빗소리에 여자의 울음소리가 묻혔다. 울음소리는 이제 그녀의 귀에만 들렸다. 그녀는 무언가 말하려 했지만 이번엔 울음에 자기 말소리가 묻히고 막혀버렸다. 그저 입만 몇 번 벙긋거릴 수 있을 뿐이었다. 미안해요, 정말 미안해요. 노숙인은 어쩌면 그녀가 찾아낸 가장 만만한 적이었는지도 몰랐다. 그녀의 우느라 일그러지고 흔들리는 두 눈에, 노숙인은 씻겨 내린 땟국과 함께 쥐색 구정물로 흘러내리고 있었다. 구정물로 흘러내려 빗물과 함께 이십 센티미터쯤 불어난 한강으로 빠르게 쓸려 들어가고 있었다.

(『세계의 문학』 2014년 여름)

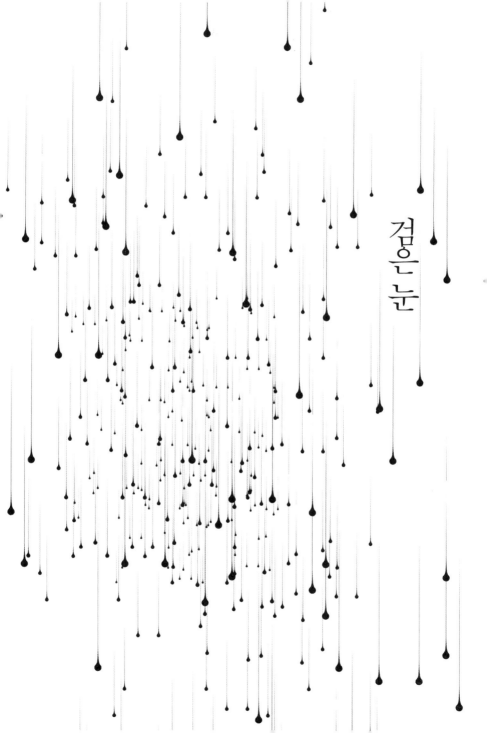

검은 눈

쳇 베이커의 트럼펫 소리가 나른하게 차 안을 흘러다녔다. 쭉 쭉 뻗어나가는 맛은 없지만 달착지근하게 귓전에 달라붙는 맛은 이 친구를 따라올 연주자가 없었다. 듣고 있으면 생각도 감정도, 시름도 기쁨도 흐리마리해져, 볕 아래 안개처럼 녹아 사라지고 마는 느낌이었다. 사내는 차창 밖으로 바람이 쓸고 지나가는 억새밭을 보았다. 아니 갈대밭인지도 몰라. 그는 마흔이 가깝도록 갈대든 억새든 그런 것들과 친해본 적이 없었다.

지금처럼 그런 것들의 한가운데로 들어와본 적도 없었다. 사내의 SM5 차량을 둘러싸고 먼지떨이 같은 이삭 다발이 차 지붕 높이로 솟아 햇살을 흩어놓고 있었다. 뒤편으로 차량이 밀고 지나온 자리에 구부러지고 짓이겨진 줄기와 잎들이 어질러져 있었다. 하지만 몇 차례 바람이 부는 동안 그것들 대부분은 다시 일어서 시야를 가렸다.

사내는 왼편으로 시선을 돌려 억새들 좁은 틈으로 멀리 자갈톱을 바라보았다. 아파트 단지 지하주차장 넓이만 한 자갈톱 끝에 반짝반짝 개흙이 빛을 내고 있었다. 그 너머로 강물인지 바닷물인지 알 수 없는 코발트빛 물결이 싸늘하게 일렁이고 있었다. 아까 낚시꾼 몇이 하구 쪽으로 자전거를 타고 내려갔다. 그는 차창을 내리고 자갈톱 쪽으로 목을 뽑았다. 그러고는 자신의 두 아이가 어디쯤 있는지 찾았다.

잠시 인적 없는 적막만 흐르다 오렌지와 가짓빛 점 둘이 자갈톱에 모습을 드러냈다. 꼬물거리는 작은 애벌레 같기도 하고 통조림에서 떨어진 강낭콩 두 알 같기도 했다. 하늘거리는 원피스 자락에 통통한 패딩을 걸친 옷차림 정도만 겨우 알아볼 수 있었다. 어떤 표정을 짓고 있는지, 이를테면 즐거워하고 있는지 겁에 질려 있는지, 그런 것은 아무리 목을 뽑아도 알아낼 수가 없었다. 잠깐 즐거워하다가 주변에 아빠가 없다는 사실을 깨닫고 나면…… 어쩌면 벌써 울고 있는지도 몰랐다.

억새밭에 들어서기 전 사내는 혜원, 혜령 두 아이를 강변이 시작되는 지점에 내려주었다. 도로에서 십 미터쯤 널다리가 뻗어 있어 구두에 모래나 진흙을 묻히지 않고도 자갈톱까지 갈 수 있을 것 같았다. 그는 물에 가까이 가지 말라고 일렀다. 어차피 물이 얼음처럼 차가울 늦가을 날씨니 물속에 발을 담그지는 않을 것이었다. 그는 그러고 나서 물보다 무서운 게 사람이란 걸 떠올리고는, 낯선 사람이 주는 건 먹지도 말고 따라가지도 말라고 몇 번이나 강조했다. 그러다 눈을 들어보니 자갈톱과 강물 사이에 손톱 반달처럼 개흙이 펼쳐져 있었다. 그는 개흙에 대해선 무어라 주의를 주어야 할지 알 수 없었다. 개흙을 어떻게 불러야 좋을지도 알지 못했다. 그래서 그는 진흙이 구두에 묻으면 빨아야 하니까 가까이 가지 말라고만 했다.

두 딸은 말을 잘 들었다. 아직 속 썩일 나이가 되지 않았으니까, 하고 사내는 생각했다. 아이들은 자갈톱의 한가운데를 맴돌며 뛰어다니고 있었다. 바람에 다시 억새가 요동치기 시작했다. 어찌나 가볍게 속이 비어 있는지 그저 하구에서 불어오는 산들바람일 뿐인데도 부러질 듯이 몸을 흔들고 있었다.

사내는 다시 한 번 자갈톱의 아이들을 바라보다 차 안으로 고개를 들이곤 차창을 모두 올렸다. 그러곤 바깥에선 열 수 없도록 도어에 록을 걸고 뒷좌석으로 팔을 뻗어 큰딸의 백팩을 끌어당겼다. 억새다발 너머로 청색의 하늘이 펼쳐져 있었다. 하늘의 색이 지금처럼 단단해 보이기는 처음이었다. 너무 단단해서 푸른빛이 도는 강철의 반들반들한 표면처럼 느껴졌다. 어떤 것도 하늘을 뚫고 그 바깥으로 나갈 수 없을 것 같았다. 그런 강철 같은 하늘이 억새밭 저 너머 마을까지, 마을 너머 산머리까지, 그리고 자갈톱 너머 하구까지, 하구 저 너머 잿빛의 바다까지 뻗어 있었다. 그는 백팩을 열어 서울에서 사온 번개탄을 꺼내 비닐포장을 뜯었다. 그러곤 아이들이 뒷좌석에 먹다 둔 버터쿠키 양철 케이스를 조수석 바닥에 뒤집어놓고, 번개탄을 그 위에 올려놓았다.

사내는 다시 한 번 자갈톱 쪽을 바라보았다. 차 안에서는 살랑대는 억새 말고는 아무것도 보이지 않았다. 그는 문득 뺨에서 물기를 느꼈다. 고개를 들어 백미러를 보니 넓적한 두 뺨이 다 젖도록 눈물을 흘리고 있었다. 그는 다용도 보관함에서 아까 주유소에서 받은 티슈를 꺼내 뺨을 닦았다. 눈물에 턱까지 흠뻑 젖어 있었다. 그는 티슈의 마지막 한 장까지 꺼내 쓰곤 체념한 듯 고개를 숙이고 백팩에서 생수병과 알약이 든 지퍼백을 꺼냈다. 희미하게 초록빛이 도는 하얀 알약들의 무게가 손가락 끝에 느껴졌다. 그는 지퍼백을 열고 알약을 한줌 집어 입에 털어넣은 다음 생수병을 열고 꿀꺽꿀꺽 물과 함께 삼켰다.

사내는 휴대폰을 꺼내 일일구를 눌렀다. 그러면서도 그는 말을 잘할 수 있을지 자신이 서질 않았다. 울먹이지 않고 남의 일인 양 내용을 잘 전달할 수 있을지 자신이 서질 않았다. 하지만 신호음이 끝나고 콜센터 접수원이 전화를 받고 그의 위치를 확인할 때까지 그는 잘 버텼다. 그는 교통지도에 표시해둔 마을 이름과 자갈톱의 위치를 접수원에게 불러주었다. 그는 울먹이지도 더듬거리지도 않았다. 뒤집힐 것처럼 속이 요동쳤지만 그것도 잘 버텼다.

"거기서 외지 애들 둘이 놀고 있어요. 여자애 둘이요. 어른은 없는 것 같네요. 자꾸 물에 들어가려고 해요."

사내는 휴대폰의 전원을 껐다. 서울 말씨를 쓴 게 꺼림칙했지만 충청도 말씨는 또 어떤 건지 짐작도 할 수 없었다. 그는 마지막으로 라이터를 꺼내 번개탄에 불을 붙였다. 일일구 구급차량에 아이들이 오르는 것을 보고 싶었지만 그래선 아무것도 되지 않을 것이었다. 그는 번개탄의 노란 불꽃이 파랗게 변해가는 것을 반쯤 감긴 눈빛으로 바라보았다. 차 안에 연기가 빠르게 차올랐다. 이제 눈을 감기만 하면 되었다.

사내는 다시 고개를 들었다. 아직 눈이 올 시기는 아니었다. 하지만 시퍼렇던 하늘은 어느새 회색이 되고, 그 회색의 바탕을 검고 가벼운 것들이 메우기 시작했다. 검고 가벼운 것들이 이리저리 흩날리고 있었다. 이리 눕고 저리 눕는 억새밭 위로 검은 눈의 물결이 밀려오고 있었다. 어찌 보면 재가 날리는 것 같기도 했다. 그는 검은 눈의 심연으로 자신의 SM5가 가라앉는 것을 보며 고개를 떨궜다. 번개탄의 일산화탄소가 더 빨랐는지 수면제가 더 빨랐는지는 알 수가 없었다. 하지만 뭐가 됐든 그를 덮쳤고 효과는 확실했다. 검은 눈, 하고 사내는 중얼거렸다.

"검은 눈이잖아. 검은 눈이라니, 거짓말."

남자는 억새밭 한가운데 서서 미간을 찌푸렸다. 어른 키만 하게 자란 억새 탓에 형의 SM5 차량은 이틀이나 발견되지 않았다. 흰색 도장 차량이라 더 눈에 띄기 힘들었다. 낚시꾼도 억새밭에는 들어오지 않는다. 그는 구급차와 경찰차가 진흙에 남긴 바퀴 자국을 따라왔다. 그러는 동안 구두는 검고 악취 나는 진흙에 걸음걸음마다 찐득거렸다. 바람이 얼음장 같았다. 형이 죽던 날은

73

첫눈까지 왔다지. 한 달 전의 그 눈은 아니겠지만 여기저기 잔설이 밟혔다. 그의 미간은 더 구겨졌다. 아침 아홉 시에 일어나느라 잠이 부족했다. 눈까지 오는 그 추운 날, 다섯 살 여섯 살배기 조카들이 자갈톱에서 바들바들 떨고 있었다고 했다. 그는 가래침을 뱉었다. 그리고 목을 길게 빼고 억새밭을 둘러보았다. 겨울 강바람이 얼굴로 돌진해 들어왔다. 그는 눈을 감았다 떴다. 저 멀리 시골 마을의 윤곽이, 어두운 빛깔의 산머리 풍경이, 그리고 더 멀리로는 강인지 바다인지 모를 침울한 낮빛의 물이 보였지만 그는 거기서 정확히 뭘 봐야 할지 알 수가 없었다. 그는 가방에서 미러리스 카메라를 꺼내 되는대로 셔터를 눌렀다.

남자는 충남 서산시의 견인차량보관소로 가 그곳에서 형의 SM5를 중고차량 매입업자에게 넘겼다. 업자는 운전석에 앉아 코를 킁킁대더니 잠시 그를 빤히 쳐다보았다. 그는 아무 말도 하지 않았다. 매입업자는 살짝 녹은 조수석 시트와 그을음이 낀 내장재 이것저것을 교체해야 한다며 비용을 제할 것이라고 했다. 그는 말없이 눈만 껌벅거렸다. 그게 제값인지 묻지도 않았다. 그래도 견인비와 차고지 한 달 보관료를 제하고도 형의 화장비용 정도는 빠졌다.

차는 잘 처리했어? 같이 가줄 걸 그랬지? 춥진 않았어?

남자는 날아온 문자를 보곤 답문자 없이 휴대폰을 도로 집어넣

었다. 그는 서울로 올라왔다. 그리고 여자를 불러내 핏제리아오
에서 피자와 파스타로 이른 저녁을 먹었다.

**서울 도착했지? 아까 뉴스 보니까 서해대교에 무슨 사고가 났다고 하던
데, 아니지?**

또 문자가 왔다. 남자는 이번에도 답장 없이 휴대폰을 테이블
에 내려놓았다. 여자는 테이블 이쪽으로 고개를 쓱 들이밀었다.
"누구야?"
"누구긴. 말했잖아, 옛날 여자친구. 살짝 자살중독 걸린 애."
여자는 눈을 홉떴다. 남자는 그런 그녀가 귀여워 죽겠다는 표
정을 지었다. 문자는 그들이 식사를 마치고 후식을 먹을 때도 왔
다. 문자도착 알림소리가 나자 그녀는 그가 어떻게 할지 은근히
궁금하다는 표정으로 손등에 턱을 괴었다. 그는 휴대폰은 건드리
지도 않았다.
문자 알림소리는 둘이 차를 다 마시고 자리에서 일어날 때도
났다. 남자는 이번에도 무시했다. 여자는 확인해봐, 딴 사람일 수
도 있잖아, 했다. 그는 그녀의 어깨에 팔을 두르고 이따금 힘을
주고 그래서 그녀가 아프다고 입을 벌릴 때마다 입을 맞추며 그
녀가 사는 빌라로 갔다. 문자는 둘이 식탁에 앉아 맥주를 홀짝일
때도 왔다. 그가 샤워를 할 때도 왔고, 침대에서 그녀의 젖을 주
무를 때도 왔다.

"엄마일 수도 있잖아."

여자가 남자를 밀쳐내며 말했다. 그러면서 침대 위쪽으로 엉덩이를 끌며 올라가버렸다. 그는 휴대폰을 끄곤 벗어놓은 옷가지 위로 던져버렸다. 그는 고개를 돌리다가 유리창에 비친 누군가의 얼굴을 언뜻 보았다. 그는 무릎을 꿇고 기어서 그녀에게 다가갔다. 그러면서 방금 마주친 그 얼굴이 이번엔 내 엉덩이를 보겠지, 하는 생각을 했다.

오늘은 남자가 원하는 대로 되지 않았다. 여자의 입 속에서는 단단했다가도 삽입하려고만 하면 곧 물렁해져버렸다. 그는 싫다는 그녀의 고개를 억지로 들어올려 몇 번이고 입에 물렸다. 나중에는 버티는 그녀를 그냥 눕혀놓은 채로 위로 올라가 입에 넣었다. 그러는 사이사이 그는 유리창에 어리는 자기 엉덩이를 떠올렸다. 그리고 그 엉덩이를 바라보는 어떤 시선을 생각하고 느꼈다. 그는 그 시선을 어떻게 해볼 수가 없었다. 그녀의 입에 성기를 넣고 엉덩이를 흔들면서도 그는 그 시선을 느꼈다. 그녀의 입에서 크게 한 번 신음이 터져나왔다.

남자가 문득 정신을 차렸을 때, 여자는 침대 끝 벽 쪽 모서리에 바싹 붙어 쪼그리고 앉아 붉으락푸르락하고 있었다. 그는 다시 물렁해져 있었다.

"꺼져, 자식아."

여자는 입가의 침을 닦으며 으르렁거렸다. 남자는 그러는 여자를 귀여워 죽겠다는 표정으로 바라보았다. 저 귀여운 입으로 나한테 욕도 했다가 키스도 했다가 내 자지도 빨다가 오물오물 파스타도 씹다가 시를 써서 낭송도 하고 좆물도 핥고 와인도 홀짝이고 아메리카노도 마시지. 그는 다시 그녀에게 기어갔다. 그녀는 얼른 몸을 일으켜 침대 발치로 달려가 뛰어내렸다. 그러곤 팬티와 바지를 집어들곤 쿵쾅 소리를 내며 주방으로 가버렸다.

"미안해. 근데 너도 알다시피 내가 요즘 안 좋잖아."

"알긴 뭘 알아, 하나도 알고 싶지 않아. 꺼져!"

남자는 여자의 우는 소리를 들으며 옷을 챙겨 입고 빌라를 나왔다.

형이 죽던 날 저녁, 남자는 여자와 함께 욕조에 앉아 있다가 엄마의 전화를 받았다. 주방에서 계속 전화가 울리는데도 그는 그녀의 장딴지 마사지에만 열중했다. 끊어졌다 다시 울리기를 네 번쯤 반복했을 때, 여자가 욕실을 나가 휴대폰을 갖고 들어왔다. 엄마였다.

"애들이 대산 어디 경찰서에 있단다. 네 형은 전화도 안 받고."

"대산? 대산이 어디야?"

엄마는 대산은 서산이란 데 있고 서산은 충남 당진 옆에 있다고 했다. 남자는 그러면 당진은 어디 있느냐고 물었다. 그는 전화를 끊었다. 여자가 서산은 작년 여름 둘이 놀러 갔던 태안해수욕장 옆에 있다고 했다. 그는 엄마 집으로 가 경찰이 엄마에게 보낸 문자를 받아 적곤 바로 서해대교로 차를 몰았다. 그는 서산을 거쳐 대산으로 갔고 서산경찰서 대산지구대에서 보호 중인 조카 둘을 데리고 밤 열한 시를 넘겨 다시 서울로 돌아왔다. 형은 찾지 못했다.

다음 날 조카들의 엄마, 이혼숙려기간 중인 형수를 찾아갔다.

"전화를 안 받아요. 꺼버렸어요."

남자가 말하자 형수는 집전화로 형에게 전화를 걸었다.

"껐네요."

그러고는 형수는 입을 다물어버렸다. 물 한 컵 권하지 않았다.

이틀 후 남자는 다시 서산으로 내려갔다. 조카들이 발견된 자갈톱 근처 억새밭에서 형의 SM5가 발견됐다는 전화를 받고서였다. 엄마도 형수도 따라나서려 하지 않았고 그래서 그는 여자를 데려갔다. 둘 다 아침 아홉 시에 일어나야 했기에 컨디션도 기분도 좋지가 않았다. 그는 서산경찰서에서 이 킬로미터쯤 떨어진 서산의료원으로 가 시신의 신원을 확인했다. 밖에서 기다리던 여자는 추위에 입을 꼭 다물고 목을 움츠렸다. 그는 다시 경찰서로 갔다.

"댁에 유서나 뭐 그런 거 없었어요?"

경찰의 물음에 남자는 고개를 저었다. 그러고는 경찰을 똑바로 바라보며 어깨를 펴고 허리를 빳빳이 세웠다. 그가 서울 엄마 집으로 돌아왔을 때 엄마는 눈으로는 울면서 입으로는 똑같은 것을 한없이 묻고 또 물었다. 하지만 그에게는 답할 거리가 없었다.

"엄마, 그게 다야. 난 더 모른다고."

바로 그런 일들이 있었다. 오피스텔로 돌아와 남자는 커피를 끓여 홀짝이며 침실로 들어가 쳇 베이커의 〈마이 퍼니 밸런타인〉을 들었다. 그는 경찰에 아무것도 묻지 않았고 시신 외에 무엇도 보려고 하지 않았으며, 줄곧 여자의 허리 라인에 대해서만 생각했다. 차 안에 유서가 있었는지 없었는지도 경찰에 묻지 않았다. 의사에게도 아무것도 묻지 않았고 사망확인서에는 눈길도 주지 않았다. 그래서 남자는 형의 카스테레오에 뭐가 들어 있는지, 어떤 시디가 들어 있는지 알지 못했다. 그 시디가 그가 지금 듣고 있는 것과 똑같은, 재작년에 별거에 들어간 기념으로 자신이 선물한 쳇 베이커의 히트곡집이라는 사실도 알 수 없었다. 쳇 베이커의 이 무기력하고 낙담한 듯한 나지막한 지껄임이, 형의 최후를 배웅한 유일한 목소리였다는 사실도 알 수 없었다.

남자는 똑같은 시디를 작년 화이트데이에 여자에게도 선물했다. 그는 침대에 누워 트럼펫 소리를 들으며 여자에게 문자를 날렸다. **쳇 베이커 음악을 들으면 꼭 패배자란 단어가 떠올라. 이 친구 전성기 음악에서조차 그런 게 느껴진다니까, 패배자.** 여자에게서 삼십 분쯤 있다가 답문자가 왔다. **자살했지, 암스테르담에서? 아, 나도 가고 싶다, 네덜란드.** 자살이라는 단어가 그의 생각을 잠시 멈칫거리게 했다. 기분이 살짝 나빠지려고 했다. **형처럼 자살했는지는 잘 몰라. 아무튼 호텔 옥상에서 떨어지긴 했지. 깡패들**

남자는 문자를 끝맺지 못하고 손가락 끝을 허공에서 잠시 머뭇거리다가 휴대폰을 침대 협탁에 내려놓았다. 그러곤 잠깐 형이 왜 그런 선택을 했을까 생각했다. 그러다가 그는 다시 쳇 베이커로 돌아갔다. 쳇 베이커는 깡패들에게 두들겨 맞아 치아가 모두 부러졌었다. 트럼펫의 마우스피스는 무엇으로 지탱했을까, 잇몸으로? 쭈글쭈글한 입술 새로 바람이 죄다 새나올 텐데?

　남자는 조카들이 이 방에서 저 방으로 주방에서 베란다로 깔깔거리며 뛰어다니는 것을 보다 형수에게 눈을 돌렸다. 그녀는 커피 잔의 가장자리를 따라 손가락을 돌리면서 시선을 내려뜨리고 있었다. 장례 이후 처음 보는 그녀였다. 그는 어제 서산에 내려가 차를 팔았다고 했다. 그러곤 편지봉투에 넣은 매매계약서와 대금을 앞으로 내밀었다. 그녀는 죽은 형이 무슨 말이라도 남긴 게 있는지 찾아보았느냐고 물었다. 그는 없다고 했다. 그러자 그녀는 휴대폰을 들고 만지작거리더니 그의 앞으로 내밀었다.
　"장례 때문에 경황이 없어서 못 보여줬어요. 아니, 별 의미도 없어 보였고."
　남자는 발신자가 '애들 아빠'로 표시된 문자 메시지를 잠시 들여다보았다.
　"죽던 날 아침에 온 문자예요."
　남자는 다시 물끄러미 문자 창을 내려다보았다. 그러곤 이 날짜가 그 날짠가 하고 잠시 생각했다.
　"이게 뭐죠? **죽은 아이들은 멀리 간다,** 이게 뭐예요?"
　"**바다 보러 간다. 궁금하지도 않지? 니가 언제 남편 대접 한번 해봤니? 죽**

은 아이들은 멀리 간다."

형수는 문자를 처음부터 끝까지 소리 내어 읽었다.

"그뿐이에요. 그냥 그거."

"그거라니요?"

"아이들까지 데려가려고 했던 거라고요. 동반 뭐라고 하나. 그 사람 자존심에."

남자는 형수를 똑바로 쳐다보았다. 뭐라 말해야 할지 알 수 없었다.

"자기 새끼라고. 자기 새끼니까."

형수는 커피 잔을 들어 한 모금 마셨다. 그리고 휴대폰을 다탁 한편으로 치우곤 자기를 바라보는 남자의 성난 눈을 말없이 마주 바라보았다. 둘은 커피 잔이 다 빌 때까지 아무 말도 나누지 않았다. 그는 조카들을 어떡할지 의논하기 위해 들른 것이었다. 하지만 형수의 표정을 보니 묻지 않아도 답을 알 것 같았다.

남자는 몇 분인가 더 말없이 앉아 있다가 자리에서 일어섰다. 그리고는 조카들을 불러 외투를 입히고 목도리를 둘러줬다. 형수는 다탁 앞에 팔짱을 끼고 선 채로 그런 그를 바라만 보고 있었다. 그녀는 그가 조카들을 몰고 현관으로 가서 신발까지 다 신기도록 그 자리에 가만히 서 있었다. 그녀는 그가 현관의 잠금장치를 풀지 못해 허둥대자 그제야 다가와 문을 열어주었다. 그녀의 화장 안 한 맨살 냄새가 흐릿하게 풍겨왔다.

조카들은 남자의 양편에서 각각 손을 잡고 말똥말똥 제 엄마를 쳐다보고 있었다. 그는 뭔가 있어야 할 장면 같은 것이 빠진 기분이 들었다.

"아이들을 사랑해요. 하지만, 그 사람 아이들이기도 하죠."

형수는 팔짱을 낀 채 물끄러미 자신을 올려다보는 아이들을 쳐다보았다. 그녀는 남자가 현관문을 닫을 때까지 팔짱을 풀지 않았다.

남자는 조카들을 엄마 집으로 데려갔다. 엄마가 원한 바이기도 했다. 그는 엄마가 캐묻는 대로, 형수가 몇 평방미터짜리 아파트에 살고 있고 가구는 어떤 거고 텔레비전은 얼마나 크며, 신발장에 남자 신발이 있는지 없는지 거실에 펼쳐놓은 신문은 있는지 없는지 욕실 세면대에 칫솔이 몇 개 놓여 있는지 주방 식탁에 사람이 앉았던 흔적이 남아 있는 의자가 몇 개나 되는지 하나하나 답했다. 그는 형수의 휴대폰에 남겨놓은 형의 문자에 대해서는 이야기하지 않았다.

"엄마, 형에 대해 궁금해하는 사람은 엄마밖엔 없어."

그러자 남자의 엄마는 눈을 크게 뜨고 목소리를 높였다.

"내가 언제 네 형에 대해 물었어? 네 형수가 어떻게 살고 있느냐고 물었지!"

그러곤 일어나 조카들을 몰고 안방으로 들어갔다.

이제 제대로 쌓인 눈을 보려면 대관령에나 가야 한다고 남자는 생각했다. 그리고 몇 차례 갈 계획을 세우고 여자에게 문자를 남기기도 했다. **양떼목장 가지 않을래?** 하고 문자를 보내거나 **풍력발전소 보지 않을래? 날개가 어마어마해,** 하고 문자를 보냈다. 하지만 답문자는 오지 않았고 전화도 받지 않았다. 여자의 성격이라면 대관령 산머리에서 정월 추위에 맞서느니 그냥 따뜻한 방 안에서 구글 어스로 눈 구경하는 것을 택할 것이었다. 그래서 그는 언젠가 여자가 발 없는 새와 장국영에 대해 시를 써보고 싶다고 했던 것을 기억해내곤 **캄보디아에 가지 않겠어??? 거긴 따뜻할 텐데,** 하고 문자를 보내기도 했다. 하지만 여전히 답은 없었다.

　남자는 한 달 내내 헛문자질만 했다. 그리고 이월이 되자 대관령도 눈도 여자도 심드렁해졌다. 그사이에 조카들에 대해서도 잊었다. 형수도 잊었고 형도 잊었다. 그러다 옛 여자친구와 나눴던 문자 메시지를 끄집어내보기도 했다. **눈은 어째서 흰 눈뿐이지? 초록 눈, 빨간 눈, 노란 눈, 파란 눈 이딴 건 있을 수 없나?** 그의 무료함이 묻어나는 문자에 옛 여자친구는 이렇게 답문자를 보내왔다. **검은 눈도 있지. 우리 남편이 가끔 그걸 봐.** 그는 그렇게 해서, 그 검은 눈 이야기가 언젠가 옛 여자친구의 입에서 나왔었다는 걸 기억해냈다. 그는 그때 그 얘기를 형한테 주워섬겼다.

　"어떤 남자들은 검은 눈을 본대."

　"무슨 말이냐?"

　"날이 너무 어두우면 검은 눈이 내리기도 한다는 거야."

　형과의 그 짧은 대화가 있었던 건 늦여름쯤이었다. 그리고 계절이 겨울로 접어들어 서쪽 땅에 첫눈 소식이 있던 날, 형은 조카들을 차에 싣고 서산 억새밭으로 떠났다.

남자는 상념에 젖어 문자질을 하다가, 인터넷을 뒤지다가, 잠깐 졸다가, 그러다 우연히 조건만남 채팅창을 검색하다가 같은 동네의 오피스텔 주소를 발견하곤 약속을 잡았다.

오피스텔 현관문을 열어준 것은 형광오렌지색 탱크톱을 입고 형광보라색 반바지를 입은 와인빛깔 머리의 여자애였다. 여자애를 따라 안에 들어가니 구레나룻을 기른 사내애가 거실 소파에 앉아 텔레비전을 보고 있었다. 흰 러닝셔츠에 트렁크팬티 차림이었다. 난방이 후끈했다. 남자가 다가가니 사내애가 힐끗 돌아보며 사타구니를 긁었다. 여자애가 그의 손목을 잡고 방으로 들어갔다.

"좀 씻었으면 좋겠는데."

남자가 닫힌 방문을 보며 말했다. 그의 시선은 방문 맞은편에 달린 새시 창문에 멎었다. 밖은 이미 밤이었다.

"내가 잘 닦아줄게."

"난 너도 좀 씻었으면 좋겠어."

남자의 말에 여자애는 까르르 웃었다. 돈이나 줘, 이 아저씨야. 그는 지갑을 열어 오만 원권 넉 장을 건네주었다. 여자애는 채팅창에서 형광소녀라는 아이디를 쓰고 있었다. 둘은 옷을 벗었다. 그는 여자애가 유아용 물티슈로 그의 성기를 닦는 동안, 옷이 형광색이라 아이디를 그렇게 지었느냐고 물었다. 여자애는 원래는 음란소녀가 아이디였는데, 빳빳이 선 것들이 떼로 몰려들기에 이번에 바꾼 것이라고 했다. 여자애는 그를 침대에 눕혀 다리를 들게 하곤 이번에 항문을 닦기 시작했다.

"음란소녀 멋진데. 네가 지었어?"

"아니, 군자동 모텔에서 어떤 아저씨가. 내가 중 삼이었을 때."

"중삼 음란소녀."

남자는 신음했다. 여자애는 합의한 대로 남자의 몸을 구석구석 핥기 시작했다. 남자는 이번에는 잘해낼 수 있을 거라고 생각했다. 결함 있는 여자 앞에서는 자신이 있었다. 이 형광소녀처럼 창녀라든가 옛 여자친구처럼 살짝 돈 여자라든가 뭐 그런.

남자는 여자애를 번쩍 들어 눕혀놓다가 창문과 언뜻 시선을 마주쳤다. 창문이 아니라 창문에 어린 어떤 남자의 얼굴과. 아니, 얼굴이 아닌 그 얼굴에서 희번덕이는 누군가의 두 눈과. 그는 까르르 웃는 여자애 안으로 삽입하려다 힘없이 구부러져 빗나가는 자기 성기를 느꼈다. 그는 성기를 쥐고 흔들다가 다시 집어넣으려 시도했다. 그러기를 몇 번이고 반복했다.

여자애는 뭔가 귀찮은 일이 생겼다는 표정으로 허리를 일으켜 남자의 성기를 입에 물었다. 그러고는 딱딱해졌을 때 재빨리 빼내 자기 손으로 제 안에 집어넣었다. 그는 다시 엉덩이를 흔들기 시작했다. 여자애는 그가 그러는 동안 엄지와 검지로 그의 성기를 꼭 쥐고 있었다.

하지만 얼마 버티지 못하고 또 물렁해져버렸다. 남자는 창문 유리에 어리는 자기 엉덩이를 바라보는 희번덕거리는 그 시선을 떨쳐낼 수가 없었다. 여자애가 새된 소리를 뱉으며 몸을 일으켰다. 그러면서 이번에 마지막으로 해보고 안 되면 얌전히 돌아가라고 했다.

"저 밖에 오빠가 우리 친오빠거든. 여기 왔다가 자기 머리 깨질 때 무슨 소리가 나는지 확실히 듣고 간 아저씨가 여럿이야."

하지만 남자는 그 기회도 살리지 못했다.

남자는 다시 여자에게 문자를 보내기 시작했다. 그러고 보니 그에겐 그녀만큼 편한 친구가 없었다. 그는 이월의 둘째 주 내내 오십 통도 넘게 문자를 보냈다. 잘못했다는 단어를 스무 번도 더 찍었다. 하지만 무엇을 잘못했는지에 대해선 언급할 수 없었다. 그도 몰라서였다. 자기가 지금 짐작하고 있는 게 잘못이 맞는지 확실하지가 않았다. 수신 차단을 해놓은 것 같지는 않았다. 그래서 그는 다시 삼 일 동안 문자를 삼십 통 더 보냈고, 무료한 기분에 인터넷 서핑을 하다가 이번 목요일에 홍대 카페에서 여자가 시낭송회를 갖는다는 포스터를 봤다.

주차장에서 카페로 가는 길에 남자는 눈을 맞았다. 그는 조금 고개를 들고 내리는 눈을 보았다. 보안등 근처를 날리는 눈이 희게 반짝였다. 오다 말다 하는 눈은 그의 정수리에 내려앉다 녹았고 어깨에 내려앉다 녹았고 구부정한 등을 타고 내려앉다 녹았다. 시낭송회 삼십 분 전이었다. 그는 카페 앞에 옹기종기 모여 담배를 피우는 동료 문인들 곁으로 가 섰다. 그러곤 담배연기를 옴팡 뒤집어쓰면서 인사를 나누고 농담을 하고 어색하게 입을 다물고 있다가, 그들의 꽁무니를 쫓아 계단을 올라 이층 카페로 들어갔다.

여자는 남자를 보지 않았다. 다른 문인들이 이름을 부르고 손을 흔드는 동안에도 그녀는 고개를 수그린 채 보면대 위의 악보와 시낭송 원고를 정리하고, 기타 줄을 튕기며 튜닝을 했다. 함께 시낭송을 하기로 한 시인과 기타 톤을 맞추며 뺨이 닿을 듯 얼굴을 가까이 하고 이야기를 나눴다. 남자는 객석에 앉아 여자가 알은척을 해주길 기다렸다. 그럴듯하게 눈짓만 해줘도 그가 달려갈 것이었다.

여자와는 여러 차례 만났다 헤어지다를 반복하고 있었다. 소설가가 되고 나서 얼굴을 익히고 만나기 시작했다 금세 헤어졌고, 두어 해 후에 그가 첫 책을 내고 마련한 술자리에서 다시 만나 제대로 사귀기 시작했다. 그러다 그가 알 수 없는 어떤 이유로 또 헤어졌고, 작년 봄 그녀의 에세이집 출간을 축하하는 술자리에서 다시 만나 또 함께 다녔다. 그녀는 형의 장례식 때 하루도 빼놓지 않고 그의 곁을 지켰다.

사이가 좋을 때 남자와 여자는 이른 오후부터 삼청동으로 나가 미술관을 하나씩 차례로 돌곤 했다. 둘 다 영화관에서 이십사 프레임짜리 활동사진을 보는 것보다 미술관 벽에 걸린 프레임 하나짜리 그림을 더 좋아했다. 삼청동을 돌다 지치면 인사동으로 가 단골 밥집에서 점심 겸 저녁을 먹었다. 그러고 나서 또 인사동 미술관을 하나씩 들렀다 종로로 나와 헤어지거나 광화문 교보문고로 갔다.

남자는 무대에서 보면대 위에 악보를 펼쳐놓고 기타 줄을 튕기는 여자를 멍하니 바라보았다. 그러다 바 카운터로 자리를 옮겨 기네스 맥주를 마셨다. 곧 누군가 옆에 와 앉았다.

"날이 내내 어두웠는데, 드디어 눈이야."

누군가 레드 독을 홀짝이며 말했다. 그러고 보니 아까 네 시에 눈을 떴을 때 창밖이 캄캄했던 것이 기억났다.

"이 날씨에 눈이라니."

남자는 무대를 보며 중얼거렸다. 몇 편의 시가 기타 반주에 얹혀 더 읽혔다. 하지만 집중해 들을 수가 없었다. 그에겐 그녀의 공연이, 이 시낭송회 자체가 그저 농지거리 같았다.

남자가 두 병째 기네스를 비울 때 마지막 순서인 독자와의 대화가 시작됐다. 웃음소리가 취기에 젖은 카페 안 여기저기서 출렁였다. 그의 귀에 그것은 밀려오는 물결의 부서진 끝자락, 물보라 같았다. 자갈톱에 부딪혀 지리멸렬하게 흩어졌다 돌아나오는 겨울 강물의 잔물방울들. 하얗지만 어둡고 흩날리지만 결국 제자리이고 멀어지는 것 같지만 곧 돌아오는.

"자살 시도를 실제로 해보았다고 느꼈는데요, 그랬나요?"

여자가 마이크를 쥐고는 앞뒤로 조금씩 흔들었다. 대답이 없자 곧 다른 질문이 나왔다.

"남자 경험이 많으신 것 같아요. 첫 섹스와 마지막 섹스는 언제

였나요?"

남자는 맥주병을 바 카운터에 내려놓고 객석으로 들어가 질문을 던진 사내의 멱살을 잡았다. 눈가와 입가에 주름이 자글자글한 중년 사내였다.

남자는 서른을 넘긴 이 나이가 되도록 멱살을 잡아본 적이 없었다. 그래서 자기 두 손이 사내의 멱살을 잡고 힘을 주어 객석에서 끌어낼 때 스스로 놀라기까지 했다. 다른 문인들이 사내를 끌고 카페 밖으로 나갔고 시낭송회는 그것으로 끝났다. 어차피 마칠 시간이었다.

남자는 바로 돌아가 병을 비웠다. 객석은 몇몇 문인들만 남고 텅 비었다. 시낭송회를 주최한 친구들 같았다. 그중 하나가 다가왔지만 그는 오지 마, 하고 중얼거렸다. 잠시 후 그들도 카페를 나갔다. 그는 아직도 여자가 이것도 다 너 때문이야, 하고 소리를 지르는 것만 같았다. 귀청이 떨어져라 꺼져, 너에 대해서라면 하나도 알고 싶지 않아, 하고 소리 지르고 있는 것만 같았다.

그러고 나서 삼월이 되었다. 남자의 마음은 수치심으로 차올라 그는 이제 문자 메시지도 보내지 않게 되었다. 여자가 무엇을 하는지는 출판사 홈페이지나 SNS를 통해 대충 알고 있었다. 유명 작가들의 동정만 일간지를 통해 알려지는 시대는 이미 아니었다. 그는 페이스북과 트위터로 그녀가 어떤 친구들과 몇 날 몇 시에 일산 어디에서 무엇을 했는지도 제 일처럼 알고 있었다. 그는 물론 그 시간에 자기 방에서 SNS나 인터넷을 뒤지고 있었다. 그러다 지겨워지면 외국 드라마를 보거나 영화를 봤고 책도 좀 읽다가 강의 준비도 하고, 아무 데서도 달라고 하지 않은 소설을 쓰기도 했다.

남자는 조카들을 데리고 대림역 근처의 아파트 단지로 갔다. 엄마 보고 싶다고 칭얼대는 두 어린것들을 보고 있자니 울컥 치미는 것이 있었다. 할머니한테는 비밀이라며 몇 번이나 다짐을 받았다. 할머니가 엄마한테 갔었냐고 물으면 삼촌이랑 롯데월드에서 〈겨울왕국〉을 봤다고 하라고 교육까지 시켰다. 그러고는 정말로 롯데월드로 〈겨울왕국〉을 보러 갔다.

머리 위로 다시 눈이 내리고 있었다. 눈은 조카들의 머리에도 내리고 있었다. 남자는 조카들의 패딩 목덜미에서 모자를 빼내 머리에 씌워주었다. 오렌지와 가짓빛의 통통한 패딩. 그날도 이 옷을 입고 자갈톱을 뛰어다녔지, 아마. 그는 조카들 사진을 찍었다.

조카들이 먼저 엄마를 발견했다. 형수는 횡단보도 건너편에서 팔짱을 끼곤 조카들이 달려드는데도 꼿꼿이 서 있었다. 조카들이 허리며 엉덩이에 매달리는데도 그녀는 팔짱을 풀지 않았다. 남자는 조카들의 뒤에서 느긋하게 횡단보도를 건넜다. 그는 그녀 앞에 서서는 이제는 남이 된 그녀를 어떻게 불러야 할지 인사는 어떻게 해야 할지 잠시 곤혹스러웠다. 인사는 그녀가 먼저 했다. 호칭은 생략하고 잘 지냈어요, 하고 물었고 그도 호칭은 생략하고 동네가 좋네요, 했다.

남자는 팔짱을 풀지 않는 형수를 대신해 조카들의 손을 잡고 새로 이사 들어간 형수의 아파트로 갔다. 평수만 조금 커졌고 두 명 분의 살림이 갖춰져 있다는 것만 빼면 이전 집과 별다를 게 없었다. 하지만 그녀는 이 집이 전망이 더 좋다고 했다. 그녀는 그와 조카들을 베란다로 데리고 나가 탁 트인 전망창 앞에 세웠다. 먼지 한 점 앉지 않은 맑은 유리창이었다. 하지만 오전부터 눈이 날렸고 도심의 빌딩숲은 잿빛으로 너저분했고 시계는 짧았으며 그의 기분은 더 나빠지기만 했다.

화장실에 가보니 욕실 세면대 위 칫솔걸이에 칫솔이 두 개가 걸려 있었다. 그중 하나는 전동칫솔이었다. 거실 다탁에는 패션 월간지와 동아일보가 포개져 놓여 있었다. 조카들은 주방 식탁에 앉아 발을 떨며 형수가 코코아를 타 내오기를 기다리고 있었다. 코코아의 달콤한 향내가 거실까지 날아왔다. 그녀는 조카들 앞에 코코아잔을 내려놓고 커피잔이 놓인 쟁반을 들고 거실로 왔다.

"아직도 다이어트를 해요?"

형수가 커피잔을 내려놓으며 물었다. 남자는 그렇다고 했다.

"텔레비전이 크네요. 몇 인치예요?"

"저게 육십 인친가 그럴 거예요."

형수는 같이 사는 남자가 영국 축구를 좋아한다고 했다. 자기도 오페라를 좋아하니 화면이 큰 게 좋다고 했다. 그는 시커멓게 죽은 텔레비전 화면만 멀뚱멀뚱 바라보다가 화면에 그녀도 멀뚱히 그러고 있는 게 비치자 시선을 돌려버렸다. 식탁에서 코코아를 마시던 조카들은 이제야 무언가 느꼈는지 주방에서 꼼짝 않고 있었다. 칭얼대지도 뛰어 돌아다니지도 않았다.

남자는 홀가분한 마음으로 일어섰다. 그는 조카들을 불러 신발장 앞에서 모자를 꺼내 씌우고 장갑을 끼게 하고 신발 신는 것을 지켜보았다. 그리고 현관 잠금장치를 풀고 문을 열었다. 싸늘한 기운이 조금 밀려들었다. 조카들이 엘리베이터 앞에서 바장거리는 동안 그는 현관에 서서, 아직도 거실에서 등을 돌린 채로 앉아 있는 형수를 바라보았다. 이젠 형수도 아니었다. 남이었다. 그는 일어서지도 돌아보지도 않는 그녀에게 인사를 해야 할지, 조카들을 불러 인사를 시켜야 할지 얼른 판단이 서질 않아 머뭇거리고 있었다. 그러다 어느 순간, 그녀의 고개가 앞으로 푹 꺾이는 것을 보았다. 앓는 소리 같은 것도 들렸다. 그는 느릿느릿 현관문을 닫았다. 잠금장치가 돌아가며 록이 걸리는 소리가 났다.

사월이 가까웠지만 아직 날은 춥고 습했다. 바람이 닿으면 살이 아렸다. 그렇다고 옷을 껴입으면 땀에 겨드랑이가 젖어왔다. 남자는 차를 억새밭 가운데로 몰았다. 이곳이 그곳인지는 알 수 없었다. 지난겨울에 딱 한 번 와본 기억으론 그 자리를 정확히 찾을 수 없었다. 이 시골 동네는 사위에 억새밭이 펼쳐져 있었다. 지난번에 찍은 사진 파일을 가져올걸 그랬다고 그는 생각했다.

그래도 남자는 여기쯤이 맞을 거야, 하고 생각했다. 형이 그때

본 것을 내가 보고 있는 거야, 하고. 그는 창문을 내리고 고개를 내밀었다. 바람은 얼음장 같고 날은 흐렸다. 눈이라도 올 기세였다. 멀리 자갈톱이 보였다. 남색 물결이 일렁이고 있었다. 낚시꾼 몇이 방조제 쪽으로 걸어가고 있었다. 그는 구두를 망치기 싫어 차에서 내리지 않았다.

남자는 억새밭 가운데서 두 시간을 보냈다. 그동안 그가 할 수 있는 일은 억새가 바람에 일렁이는 것을 바라보며 카메라 셔터를 누르는 것뿐이었다. 카스테레오에선 쳇 베이커의 자꾸 뒷걸음질 치는 것만 같은 나지막한 트럼펫 소리가 흘러나왔다. 그는 그 시디만 네 번째 반복해 듣고 있었다. 두 시간이 지나고 다섯 번째로 일번 트랙이 돌아가기 시작할 때, 그는 시동을 걸었다. 형이 마지막 순간에 본 것을 자기가 볼 가능성이 얼마나 될까. 또 본다 한들 그걸 누가 확인해줄 수 있을까.

남자는 다시 창문을 내리고 손을 내밀었다. 손바닥에 눈송이가 하나 떨어졌다. 흰색이었다가 금세 투명한 물방울로 녹아내렸다. 그는 억새밭을 떠났다. 그는 형이 본 것은 하나도 보지 못했다. 그래도 그는 억새밭을 뜨면서, 그의 형이 마지막 어느 즈음에 들었던 소리는 똑같이 듣고 있었다. 무기력하고 낙담한 듯한 지껄임을. 천하고 너절한 사랑에 대해 읊조리는 노래를.

사월 내내 남자는 여자에게 문자 메시지를 보냈다. 벼르던 군항제 벚꽃 출사도 나가지 않았다. 이젠 자기가 뭘 잘못했는지 따져보지도 않았다. 그냥 자기 인생 전부가 그녀한테 잘못인 것 같았다. 그라는 존재 자체가 그녀에게 미안한 일인 것 같았다.

그러다 남자는 엉겁결에 여자의 빌라로 쳐들어가겠다고 문자로 엄포를 놓았다. 그는 일어나 팬티를 갈아입고 양치질을 하고 향수를 뿌리고 후드티를 걸친 다음 주차장으로 내려가 차에 올랐다. 아마 삼십 분쯤 지났을 것 같은데, 여전히 여자로부터 반응은 없었다. 병신이 오든 말든, 이라든가 오면 죽인다, 든가 아무튼. 빌라 앞에 도착할 때까지도 답문자는 없었다. 그는 그녀가 그를 피해 집을 비웠을 수도 있겠다는 생각을 했다. 그는 차에서 내려 빌라 입구 비디오폰 앞에 섰다.

남자의 문 열어달라는 말에 아무 대꾸 없이 빌라 출입문이 열렸다. 그는 믿기지 않는다는 표정으로 비디오폰의 렌즈를 노려보다가 출입문을 열고 들어섰다. 그리고 엘리베이터를 타고 삼층으로 올라갔다.

남자는 여자의 빌라 현관에 붙어 있는 A4용지를 바라보았다. 거기 인쇄된, 시인지 편지인지 모를, 행갈이되고 가운데정렬된 짧은 글을 읽었다. 한 번 읽어서는 알 수가 없었다. 그래서 두 번 세 번 읽었고, 그렇게 해도 다시 만나주겠다는 건지 이걸로 완전히 끝내자는 건지 그는 아리송했다. 그는 손가락으로 그 많지도 않은 행들을 하나씩 짚어가며 열 번이나 더 읽었다. 그는 인터폰을 몇 번 눌렀고 주먹으로 현관을 쾅쾅 내리치기도 했다. 그는 이게 무슨 뜻인지 얘기해주기 전까지는 꼼짝도 않겠다고 소리를 질

넌 나한테 죽은 아이야

넌 죽은 아이였던 거야. 지난여름부터,

작년부터, 기원전부터, 백만 년 전부터 너한테는

내일이 없었어. 없으면 잠자코 죽어나 있지. 내 입이

변기야? 왜 자꾸 집어넣어? 너랑 있으면 죽은 아이랑 있는 것

같아 너한테 없는 시간을 자꾸 내 입에서 꺼내가는 것

같아 내 입을 벌리고 네 죽은 아이가 자꾸

내 시간을 꺼내가

네 아이 짓이야 왜

내 말할 시간을

빼앗아가는

건데?

네 불알은 죽은 아이들을 위한 썩은

요람이야. 근데 넌 언제

죽은 거야?

렀다. 그리고 십 분쯤 있다가 경찰이 왔다.

　남자는 자정이 다 되어서야 자신의 오피스텔로 돌아올 수 있었다. 그는 곧장 침실로 걸어가 침대에 몸을 던지고는 누워서 한 시간쯤 꼼짝도 하지 않았다. 아직 정신이 말짱할 시간이었다. 그는 늘 자기한테는 시간대에 따라 다른 중력이 작용한다고 믿어왔다. 아침에 햇살 아래 눈을 뜨면 머리가 짜부라질 듯이 무거웠다. 그가 아침에 눈 뜨자마자 제일 먼저, 혹은 두 번째로 하는 생각은 오늘은 어떻게 죽을까였다. 그는 늘 늦잠을 잤고, 삶에서 아침을 지우고 햇살을 몰아냈다.

　남자는 불 밝힌 방에서 눈을 감은 채 새벽 세 시까지 깨어 있었다. 그러다 하찮게도 자존심 때문에 형이 자살했을 거라는 생각이 어쩌다 잠깐 스쳐 지나갔다. 아닐 수도 있었다. 그는 몸을 일으켜 침대에 걸터앉은 자세로 바지를 벗었다. 셔츠를 벗고 팬티 밖으로 성기를 끄집어내었다. 밖으로 난 창문에는 또 누군가의 얼굴이 어리고 비치고 있었다.

　"거짓말, 형이잖아."

　남자는 바닥에 던져놓은 가방에서 카메라를 꺼내 창문을 향해 셔터를 눌렀다. 플래시 기능을 켜고 두 번, 플래시 기능을 끄고 두 번. 형의 얼굴이 제대로 찍혔는지 알려면 컴퓨터에 연결해야 했지만 그건 나중에 해도 좋은 일이었다. 그는 카메라를 내려놓고 자위를 시작했다. 창문에 어른거리는 얼굴을 똑바로 바라보면서, 노려보면서 자위를 했다.

"날이 이렇게 어두우니 검은 눈이 내리겠어."

남자는 밤 세 시가 조금 넘은 시각, 창밖 새카만 어둠을 흔들리는 눈으로 노려보며 중얼거렸다. 죽은 형이 자기 섹스를 가로막고 있다는 생각이 순간 스쳐 지나갔다. 그러자 반사적으로 그의 입에서 지지 않아…… 나는 지지 않아…… 하는 소리가 절정의 신음처럼 흘러나왔다. 뜨거운 것이 그의 손등과 손가락 사이를 흘러내렸다.

(『문학동네』 2014년 가을)

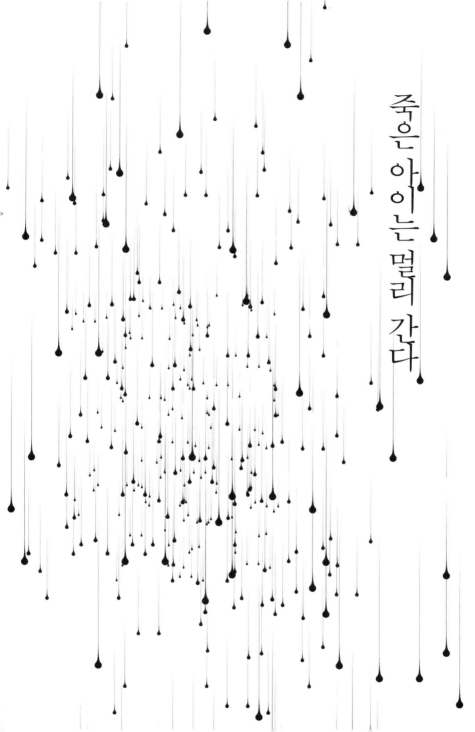

죽은 아이는 멀리 간다

그 래브라도 레트리버처럼 순하게 생긴 사내가 불타는 금요일 밤에 클럽에서 건네준, 꼬깃꼬깃하게 구겨진 담배가 아직도 화장대 한편에 놓여 있었다. 오늘이 벌써 수요일이니 엿새째 던져둔 그대로 놓여 있는 셈이었다. 사내든 약이든 클럽에서 갖고 놀던 것은 집까지 들고 들어와선 안 된다. 하지만 그 사내는 너무 순하게 생기지 않았나? 맹도견처럼 흥분하는 법도 화내는 법도 없는 차분한 짐승. 그런 교육 잘 받은 맹도견 같은 사내가 자기 입에 물고 있던 담배를 여자의 입술에 꽂아주고는 더 줄 테니 말만 하라고 했을 때, 그녀는 이런 개라면 적어도 물지는 않을 거야, 하고 생각했다. 어쩌면 짖지도 않을 거라고, 내가 아무리 덜렁대고 히스테리를 부려도. 핥지도 않으면 딱 좋을 텐데, 라고.

엄지손가락만 한 담배는 립스틱 꽂이의 나스 립스틱과 맥 립스틱 사이에 비스듬히 걸쳐져 있었다. 반코트를 벗으면서 주머니에

든 구겨진 것을 꺼내 이건 또 뭐야, 하다가 식겁하곤 손을 털듯 던져버린 기억이 났다. 그러곤 씻지도 않고 쓰러져 잤다. 그 상태로 술이 깨고, 며칠이 지나도록 담배엔 손도 대지 않았다.

여자는 지난 금요일 밤에 무슨 일이 있었는지 제대로 알고 있었다. 술은 즐기는 편이지만 기억을 잃거나 할 만치 마셔대는 건 아니었다. 그래서 레트리버 같은 사내가 자기 몸엔 손도 대지 않았고 끝까지 존대를 했다는 사실을 기억해냈다. 사내가 꺼림칙한 건 저 꼬깃꼬깃한 담배 한 개비 때문이었다. 그녀 입술에 이쑤시개를 물려주듯 담배를 물려주었을 때, 그녀는 그게 마약류일 거라고는 생각도 못 했다. 그저 필터도 없이 손으로 만 담배라고만 생각했다. 홍대 근처에서 롤링 토바코 세트를 파는 가게를 본 적도 있다.

여자는 담배를 피우지 않았다. 고교 시절 담배에 손을 댄 적은 있었지만 그 후로 쭉 잊고 지냈다. 그래서 현기증을 느끼기 시작했을 때도 그저 좀 독한 담배구나 했다. 하지만 삼십 초도 지나지 않아 오금을 못 추게 되고 입가로 흘러내리는 침이 느껴지자 그녀는 비로소 자신이 피우는 게 담배가 아닐 수도 있겠다는 생각을 했다. 그녀는 두 팔꿈치를 테이블에 대고 엉덩이에 힘을 주고 맞은편의 낯모를 사내를 똑바로 노려보면서 안간힘을 다해 입에 물린 담배를 뱉어냈다. 맥주 잔 위로 불똥이 튀었다. 눈앞의 사물과 머릿속 생각이 온통 뒤섞이는 그 몇 십 분 동안, 그녀는 소파에 등을 기댄 채 오로지 눈을 감지 않을 요량으로 갖은 애를 다

썼다. 맞은편의 사내도 자리를 뜨지 않고 뚫어져라 그녀를 노려보고 있었다. 그녀에겐 일행이 있었다. 하지만 이미 한 시간 전에 그녀를 버려두고 집으로 가버렸다.

겨우 팔을 들어올릴 수 있게 되자 여자는 반코트 주머니에서 휴대폰을 꺼내들어 켰다. 그러고는 여전히 맞은편 사내를 똑바로 노려보며 번호를 눌렀다. 귀에 익은 목소리가 들렸다. 그녀가 휴대폰을 들어 귀에 대자 그제야 맞은편 사내는 가볍게 한숨을 쉬며 테이블에서 일어나 미러볼이 반짝이는 홀 스테이지 쪽으로 사라졌다.

여자는 그러고도 삼십 분은 꼼짝도 않고 소파에 앉아 있었다. 두 눈은 딱히 바라보는 곳도 없으면서 부릅뜨고 있었다. 정신은 서서히 맑아왔다. 누군가 테이블로 와 그녀의 얼굴을 들여다보았다.

"여기서 뭐해?"

"놀아."

"노는 것 같지는 않은데?"

"입 다물고 날 좀 데리고 나가줘."

여자의 전 남자친구는 여자를 일으켜 세우고 어깨에 팔을 둘러 그녀를 기대게 한 다음 클럽을 빠져나갔다. 한 시간 후 빌라에 도착할 때쯤, 그녀는 그를 밀어낼 만큼은 기운을 차렸다. 그녀는 목덜미에 대고 입술을 비비는 그를 힘껏 떼어내고는 정강이를 걷어찼다. 그러고는 상욕을 몇 마디 뱉었고 끝으로 고맙다는 말도 잊지 않았다.

담배는 가루가 비어져 나오지 않게 말지 끝을 돌돌 말아 양끝이 뾰쪽했다. 여자는 빈 립스틱 용기를 열어 담배를 집어넣곤 립스틱 꽂이에 도로 꽂았다. 어쩔 셈이야, 이 멍청아, 하고 그녀는 중얼거렸다. 네 집에 있으면 네 건데.

여자는 의자에 앉아 고개를 숙이고 학생들이 제출한 과제를 들춰보고 있었다. 실은 고개를 들 수가 없었다. A반 스무 명의 학생 중 적어도 한 명은 자신이 지난주 금요일에 어디를 갔는지 알고 있었다. 그 한 명도 지금 그녀처럼 고개를 들지 못하고 있었다. 하지만 칠판에 판서할 때나 과제물 묶음을 넘길 때 그녀는 그 아이, 나른 보이의 시선을 확실히 느낄 수 있었다.

나른 보이는 시를 썼다. 제출한 습작품을 보니 좋다는 느낌은 들지 않았다. 자기 성 경험을 노골적으로 드러낸 점은 눈에 띄었다. 합평 시간에 제출한 첫 작품의 제목이 「나는 중학교 동창과 삼 주째 사귀고 있다」였다. 시는 그녀가 뺨을 붉힐 만한 난잡한 표현들로 가득했다. 기분이 상한 그녀는 일학년 때 그를 가르쳤던 강사를 찾았다. 아직도 그런단 말이죠? 하고 강사는 반문했다. 누굴 놀리려는 수작은 아니었다. 원래부터, 입학 전부터 남녀의 성 분비물로 흥건한 시를 써왔던 것이다.

하루 강의가 끝나고 가방을 꾸리는데 나른 보이가 강사실로 찾아왔다. 그는 문을 닫으며 큰 소리로 교수님, 시집에 사인 좀 해

주세요, 하고 여자의 시집을 내밀었다. 제출하는 시 습작품과 달리 차림새는 깔끔했고 냄새도 좋았다. 대학 초년생의 서툴고 앳된 풋내 같은 것은 느껴지지 않았다. 금요일의 클럽에서도 그는 높다랗게 솟은 파도 위에서 보드를 타는 프로 서퍼처럼 매끄럽게 움직였다.

"평소에도 엄마 말을 그렇게 잘 들어?"

밤 열한 시에 엄마 전화를 받고 나른 보이는 부리나케 집으로 가버렸다. 그는 그 뒤로 여자에게 무슨 일이 있었는지 모른다. 레트리버를 닮은 사내에 대해서도, 손으로 만 담배에 대해서도, 여자가 어떻게 클럽을 빠져나와 집으로 갔는지도.

"엄마가 아파요. 우울증이에요. 심할 땐 약이 욕실 찬장에 있는데도 제가 갖다드려야 해요."

어찌나 말끔히 면도했는지 나른 보이의 턱에도 코밑에도 수염이 났던 흔적은 보이지 않았다. 부드러운 진보라색 바람막이 외투는 프랑스 몽클레르 제품이었다. 후부 진은 방금 매장에서 가져나온 듯 새 옷 티가 났다. 손톱은 말끔히 정돈되어 보호제가 발라져 있었고, 주황색 나이키 트래킹화는 방금 빨아 신고 나온 듯 얼룩 한 점 없었다. 하고 다니는 차림새만 본다면 정확히 여자의 취향이었다.

나른 보이의 입술에선, 삼월 하순 환절기의 봄볕처럼 나른한 목소리가 흘러나왔다. 그런 추잡한 시를 쓰는 남자가 이런 달콤한 목소리를 갖고 있으리라고는 여자는 생각지도 못했다. 학기 첫 시간에 그의 목소리를 처음 듣고 그녀는 별명까지 붙였다. 나른 보이. 그녀는 팔십 센티미터쯤 떨어진 자리에서 달싹달싹 움직이는 그의 가늘고 혈색 좋은 입술에 정신이 팔렸다.

"내일은 수업이 없으시잖아요. 저도 없어요."

나른 보이는 부끄럽게 웃었다. 눈을 맞추지도 못했다. 그러면서 휴대폰으로 무언가를 찾더니 그녀 앞에 내밀었다. 미술관 홈페이지에 뜬 전시회 포스터였다.

"아하!"

여자는 나른 보이의 눈을 똑바로 들여다보면서 무언가 쏘아붙일 말을 찾았다. 하지만 그런 게 떠오를 리가 없었다. 그녀의 비난하는 눈초리가 느껴졌는지 그가 덧붙였다.

"낮에는 일하는 아줌마가 와 있어요. 혼자 놔두고 가는 일은 없을 거예요."

나른 보이의 나른하게 늘어지는 목소리가 여자의 양쪽 귓바퀴에서 부드럽게 소용돌이쳤다.

여자가 처음 자작시를 낭송한 곳은 초등학교 육학년 교실에서였다. 그녀는 이미 육학년 이반의 음유시인이었다. 사춘기에 접어든 그녀는 산울림풍(風)의 나른하고 애절한 포크 록 같은, 그러면서도 찌릿찌릿한 공격성이 느껴지는 시를 지었다. 물론 그녀는, 산울림이 한창 비닐 음반을 내던 시절에는 갓 태어나 젖을 빨고 있었다.

여자는 교탁에 정서한 시를 올려놓고 읊기 시작했다. **낙엽이 구르는 벤치에 앉아 그대를 생각해요/따뜻한 커피가 그리워지는 날/옷깃을 적시며 노을이 져요/지는 노을을 보는//내 뺨은 눈물에 젖어요/해의 것도 달의 것도 아닌 시간/가을의 것도 겨울의 것도 아닌 계절/더 이상 내 것이 아닌//눈물이 뺨에 흘러요/낙엽이 구르는……** 이쯤 하다가 그녀는 울음을 터뜨렸다. 시를 어떻게 줄여야 할지 몰라 두 페이지나 써왔는데, 아직 첫 페이지도 넘기지 못한 상태였다. 그녀는 뜨거운 눈물이 뺨을 적시는 것을 느끼면서도 아무것도 할 수가 없었다. 그냥 뻣뻣이 서서 그 많은 눈물을 다 흘렸다. 눈물이 턱밑까지 흘러내리고, 방울져 공책에 떨어지고, 사인펜으로 정성스레 써내려간 글자들이 눈물에 퉁퉁 불어 형체를 잃을 때까지 울었다. 너무 갑작스럽고 전에는 없던 일이라 담임선생도 나서서 말리질 못했다.

여자는 그렇게 십 분이나 교탁에 두 손을 얹고 울었다. 그녀는 그만큼 감성이 넘치는 소녀였다. 지금의 그녀를 보면, 한때 그녀 안에 그런 소녀가 살고 있었다는 사실을 짐작도 할 수 없을 것이다. 지금의 그녀는 남들 앞에서, 더욱이 남자 앞에서 눈물을 흘릴 바에야 펜촉으로 눈을 긁어 뽑아버리는 편이 낫다고 다짐하고 있었다. 그 다짐은 오래되었다. 생애 첫 남자친구가 중학교 졸업반이었던 그녀를 강간했을 때 그런 다짐을 했고, 그 다짐의 순간에 울보 소녀는 죽었다.

다음 날 이른 오후에 여자와 나른 보이는 서울 통의동에 있는 대림미술관 앞에서 만났다. 뭘 봤는지는 기억나지 않았지만 전에 와봤던 미술관이었다. 둘이 미술관에 들어가 전시된 그림들을 돌아보는 데 이십 분밖엔 걸리지 않았다. 둘은 미술관을 나와 이십 미터쯤 떨어진 옆 골목의 화랑으로 들어갔다. 그 화랑에서는 십오 분을 있었고 그러고는 골목 끝의, 가정집을 개조한 화랑으로 갔다. 둘이 그렇게 통의동 골목 화랑들을 한 바퀴 돌고 나오는 데 채 한 시간 반이 걸리지 않았다. 둘은 통의동 화랑가를 벗어나 경복궁 북측을 돌아 북촌으로 넘어갔다. 둘은 북촌에서 늦은 점심을 먹었다. 그리고 다시 삼청로를 따라 내려오며 경복궁 이쪽 편의 화랑들을 훑었다. 사월 초, 한나절을 쏘다녀도 신발엔 땀이 차지 않았고 목덜미도 땀에 젖지 않았다.

오후 네 시쯤 여자와 나른 보이는 인사동에서 발과 다리를 쉬며 차를 마셨다. 그녀가 시인이 되고 나서 사귄 남자친구와 최근까지도 오곤 하던 전통찻집이었다. 그 친구와도 화랑가를 오후 내내 찬찬히 돌아보는 식의 데이트를 즐겼다.

"시시하지 않아? 그림이나 보고."

"그림만 본 건 아니잖아요, 설치작품도 있고……."

여자는 어쩌면 이 아이가 자기 뒤태를 감상하는 재미로 따라다닌 것일 수도 있다고 생각했다. 그림 앞에선 나란히 서지만 길을 갈 땐 살짝살짝 뒤처지곤 했던 것이다.

여자와 나른 보이는 인사동의 몇 남지 않은 화랑들을 들렀다가 길을 건너 종로 관철동으로 넘어갔다. 둘은 카페테라스에서 맥주를 마셨다. 그녀의 에코백은 화랑에서 집어 온 리플릿과 그림엽

서로 두툼했다. 그녀는 그것들을 꺼내 테이블 한쪽에 수북이 쌓아놓고 하나하나 들춰보며 가져갈 것과 버릴 것을 갈랐다. 맞은편에 앉아서 그는 그 일을 하는 그녀의 두 손을, 리플릿을 들었다 놓았다 하고 허공에서 잠시 멈칫하기도 하는 그녀의 두 손을 흥미롭게 바라보았다.

여자는 소장할 몇 장만 챙겨 에코백에 넣었다. 버릴 것이 한 무더기였다. 해가 어느 방향에선가 지고 있었다. 이제 이 테이블에서 할 일은 없었다. 둘은 어둑어둑해지는 거리와 하나둘씩 켜지는 조명을 보며 맥주를 마셨다. 사람들이 몰려들고 있었다. 그녀는 문득 이 아이도 래브라도 레트리버를 닮은 건 아닐까 생각했다. 자연광과 인공조명이 산만하게 경합을 벌이며 거리를 물들일 때 그녀는 나른 보이에게서 개를 보았다.

개도 이 아이처럼 얄따란 입술을 갖고 있지 않나? 수염은 없지만 전체적인 인상은 골든레트리버의 황금빛 털처럼 부드럽고 깔끔하지 않나? 나른 보이는 나이에 어울리지 않게 이따금 눈빛에서 슬픔이 엿보이기도 했다. 눈먼 주인의 발길을 인도하는 맹도견의 순하게 처진 눈초리처럼. 목소리가 나른하게 늘어지는 것도 레트리버의 길쭉한 등줄기를 연상시켰다. 나른한 각도로, 나른하게 휘어진.

나른 보이에 대한 여자의 인상이 그렇다는 거지, 그가 정말로 귀가 축 늘어지고 혀를 길게 빼물고 있는 건 아니었다. 그의 귓불이 좀 넓다고 개 같다고 할 순 없다. 그는 갸름한 턱선에 시선을 끄는 빨간 입술을 갖고 있고, 누가 봐도 개처럼은 생기지 않았다.

"수염은 안 나?"

여자가 물었다.

"나요."

나른 보이가 왼손 손가락 끝을 모아 턱을 쓸어보며 말했다.

"그냥 잘 깎는 거예요."

여자는 나른 보이에게 담배를 피우고 싶으면 피우라고 했다. 그는 캐주얼 재킷의 속주머니에서 만다린 담배를 꺼내 입에 물고 불을 붙였다. 그리고 어느 순간 그가 테이블 위로 몸을 뻗어 그녀의 아랫입술을 살짝 깨물 듯하며 입을 맞췄다. 여자는 눈을 크게 떴지만, 화가 난 표정을 짓지는 않았다. 화가 날 리가 없었다. 그녀가 가만있자 그는 다시 한 번 입을 맞췄다. 이번엔 윗입술을 깨물었다. 그의 두 손은 그녀의 두 손을 꼭 쥐고 있었다. 여덟 시가 될 때까지 둘은 맥주 몇 병을 더 마셨고 가벼운 키스도 몇 차례 더했다. 밤은 아직 추웠다. 둘은 마지막 맥주병을 비우고 나와 종로의 번화가를 조금 더 걸었다.

집전화 벨이 울려 여자는 잠결에 무심코 수화기를 집어 들었다. 새벽 네 시가 넘어 있었다. 그녀는 요즘 오전 강의가 있어 새벽 세 시면 잠자리에 들었다. 거친 숨소리와 함께 흐느끼는 소리가 섞여 있었다. 전화기의 표시창을 보니 전 남자친구의 전화번호가 찍혀 있었다.

"내 문자가 그렇게 싫어?"

그러고 나서 무언가를 거칠게 식도로 넘기는 소리가 났다. 지난해 겨울, 여자가 차버린 소설 쓰는 남자였다. 지난 육 년간 애인은 그 하나였다. 드물게 이런저런 사내들과 섹스를 하긴 했지만 애인이라고 할 만한 남자는 그 하나였다. 그와는 헤어졌다 만나길 육 년 동안 다섯 번을 반복했고 이젠 더 견딜 수 없다고 생각한 그녀가 절교를 선언했다. 이제 더는 너에 대해 알고 싶지 않다고. 하나도 알고 싶지 않아, 꺼져! 라고.

그러자 남자는 문자를 보내기 시작했다. 한 달에 백 통까지 보냈다. 내용은 주로 자기가 뭘 잘못했는지 얘기해주면 사과하고 고치겠다는 것이었다. 여자는 휴대폰에서 그의 전화번호를 수신 금지로 해놓았다. 더 이상 문자를 보낼 수 없게 되자 그는 그녀의 집전화로 전화를 걸기 시작했다.

표시창에 뜬 전화번호를 보고 보통은 받지 않는데 오늘 새벽엔 무심코 수화기를 들었다. 남자는 계속 듣기 불편한 소리를 냈다. 무언가를 급하게, 억지로 집어삼키는 소리. 잠에서 덜 깬 여자의 귀에는, 깊은 동굴의 속이 먼 쪽부터 차례로 무너져내리는 소리처럼 들렸다.

"뭐 먹어?"

여자는 남자의 형이 작년 겨울에 자살했다는 사실을 떠올렸다. 차에서 번개탄을 피웠다. 다시 꿀걱꿀걱 거친 소리가 났다. 그러면서 그는 울고 있었다. 개가 낑낑거리는 소리 같기도 하고 사람이 우물거리는 소리 같기도 한 것이 그의 흐느끼는 소리에 범벅이 돼 들려왔다. 꿀꺽꿀꺽 소리가 다시 났다. 목마른 개가 허겁지겁 혀끝으로 물을 퍼먹는 소리 같기도 했다. 그 너머로 들릴락 말락, 낯익은 악기 소리도 앵앵거렸다. 금관악기 소리, 꽤 들어본 트럼펫 소리.

"뭐 먹냐니까!"

여자는 이 상황을 컨트롤할 자신이 없었다. 그냥 자던 잠이나 자고 싶었다. 그녀는 침대에서 일어나 상황에 걸맞은 행동을 취할 자신이 없었다. 걸맞은 행동이 뭔지도 알 수 없었다. 그녀가 어쩔 줄 몰라 하는 사이 수화기 저편에서 남자의 기척이 사라졌다. 들려오는 것은 그가 재작년 화이트데이에 선물한 재즈 음반에 수록된 음악들뿐이었다. 트럼펫 소리가 도드라진 재즈 음반이라곤 그것 하나밖에 없었기 때문에 기억하고 있었다. 방금 〈마이 퍼니 밸런타인〉이라는 노래가 지나갔다. 사람의 기척이 사라지자 트럼펫 소리가 조금 더 또렷이 들렸다.

여자는 집전화 수화기를 베개 옆에 내려놓고, 휴대폰으로 동료 소설가에게 전화를 걸었다. 그러곤 다짜고짜 남자의 오피스텔에 가봐 줄 수 있겠느냐고 했다.

"난 그 친구 집을 모르는데. 네비는 어떻게 찍어?"

"어딘가에 주소가 있을 거야."

동료 문인은 겁이 나 죽겠다는 여자의 말에 알아서 하겠다고 하고 전화를 끊었다. 그녀는 다시 수화기를 주워 저편 세계의 쳇 베이커 히트곡집을 끝까지 다 들었다. 낙담하고 무기력한 남자, 인생을 탕진하고 세상에 실망한 남자의 김빠진 맥주 같은 목소리와 트럼펫 소리를. 그녀는 오전에 강의가 있었다. 그녀는 이불을 콧등까지 끌어올렸다. 어쩌지, 연락이 올 때까지 깨어 있을까? 하지만 까무룩 잠이 들고 말았다.

다음 날 오후 여자는 병원 입원실에 앉아 있었다. 남자는 그녀가 가져온 마카롱 세트의 뚜껑을 부질없이 열었다 닫았다 하고 있었다. 삼켰던 것을 다시 다 토해내다가 위산에 식도를 다쳤다고 했다. 왼쪽 콧구멍에 급식용 튜브를 달고 있었다. 동료 소설가가 이건 프라이버시지만, 하고 말해준 바에 의하면 오피스텔 문을 따고 들어가 보니 그가 화장실 변기에 속을 게워내고 있었다고 했다. 그러다가 약효가 나타났는지 변기에 머리를 처박고 쓰러지더라는 것이었다. 내가 제때 도착하지 않았다면 익사했을 거야, 하고 동료 소설가는 놀란 그녀의 어깨를 도닥거렸다.

"마카롱을 부숴서 우유에 타서 줄까?"

여자가 간신히 화를 가라앉힌 목소리로 말하자 남자는 마카롱 박스를 옆으로 치웠다. 그의 얼굴은 고통으로 일그러져 있었지만, 그녀를 보는 눈만은 다정하게 웃고 있었다.

"팔자 좋네. 이 인실을 쓰고."

여자는 병실을 둘러보며 말했다. 이 인실이지만 다른 환자가 없어 독실이나 마찬가지였다.

"어머니 안 오셨어?"

"안 알렸어."

"전화할 때 꿀꺽꿀꺽 소리가 약이었어? 왜 그딴 걸로 장난쳐?"

"장난? 무슨? 난 목숨 가지고는 장난 안 쳐."

여자는 눈을 부릅뜨고는 남자를 똑바로 노려봤다. 그가 말했다.

"보고 싶었어. 이제 겨우 널 보는구나. 네 히프는 내가 해본 여자 중에 뒤치기할 때 제일 경쾌한 소리를 내는 히프야."

그 말에 여자의 손이 저절로 올라가 남자의 뺨을 후려쳤다.

"네 뺨은 내가 때려본 남자 중에 제일 재수 없는 소리를 내는 뺨이야."

여자는 손목을 잡는 남자의 손을 뿌리치고는 병실을 나갔다. 그녀의 등 뒤에서 다시 개가 낑낑대는 소리가 났다.

사월의 하순으로 접어들었을 때 여자는 담배에 다시 손을 댔다. 여고 시절 친구들을 따라 한두 학기 피웠던 게 그녀의 끽연 경력의 전부였다. 하얗던 치아에서 누런빛이 나고, 담배 필터를 잡는 검지와 중지의 피부가 살짝 거칠어지면서 노랗게 물이 들자, 별로 고민도 않고 끊어버렸다. 십 년도 더 전의 일이었다.

교수님의 귓바퀴와 벚꽃이 얼마나 비슷한지 생각 중이에요. 여기는 학교 벚꽃 동산.

나른 보이와 첫 미술관 데이트를 한 다음 그로부터 날아온 문자 메시지들은 좀 어처구니없다 싶게 감상적이고 끈적끈적하게 달라붙는 어투였다.

교수님 손은 중학교 때 이후로 전혀 자라지 않은 것 같아요. 볼 때마다 마음이 설레는 거 있죠?

나른 보이가 써오는 시 습작품과 별반 다르지 않은 문자들이었다. 여자는 한 번도 답문자를 보내지 않았다. 자신의 답문자가 나중에 어떻게 이용될지 알 수가 없어서였다. 상대는 이제 겨우 이십 대가 된, 자기 컨트롤이 미숙한 어린 수컷일 뿐이었다.

어제는 교수님의 허벅지를 생각했어요. 어떻게 근육이 하나도 없을 수 있죠?

하지만 나른 보이는 여자에게 왜 문자를 씁느냐고 묻지도 않았다. 둘은 이미 서촌 카페의 은밀한 방에서 깊은 곳까지 스킨십을 해본 사이였다. 그가 그녀의 원피스를 들추고 허벅지와 엉덩이에 물결 문양을 반복해 그릴 때, 그녀는 오른손으로 그의 매끈한 턱과 목덜미를 어루만지며 왼손으론 슬랙스팬츠 위로 그의 성기를 만지작거렸다. 그녀는 이 관계의 끝에 무엇이 놓여 있을지 짐작도 할 수 없었다.

자요, 하고 나른 보이가 말했다. 그는 담배를 입술에 물고 불을 붙이고 흠뻑 빨아들여 담배 끝을 진한 오렌지빛으로 태우고는, 도로 빼내어 여자의 오른손 검지와 중지 사이에 끼워넣었다. 그녀는 잠깐 어쩔 줄 몰랐다. 순간적으로 이걸 뭐라 불러야 할지도 생각나지 않았다. 하지만 그녀는 선생답게, 차분히 오른손을 들어올려 필터를 입에 물고 소리 나지 않게 한 모금 빨아들인 다음, 조금씩 여러 번으로 나누어 연기를 뱉었다.

아, 그 쳇 베이커라는 사람, 우리 엄마도 아세요. 엄마가 교내 브라스 밴드에 있었거든요. 쓸쓸함의 본질을 아는 트럼페터였다고 하시네요.

여자는 나른 보이가 담배를 손가락 사이에 끼워주던 날, 쳇 베이커의 히트곡집을 사서 그의 손에 들려주었다. 그리고 편의점에 가서 자기 몫의 담배로 에쎄 한 갑과 라이터를 샀다. 쓸쓸함의 본질이 뭔지 말로 설명하기는 어렵지만 그녀는 사방에서 그걸 느끼고 있었다. 쳇 베이커의 〈마이 퍼니 밸런타인〉에서의 다 타버린 담뱃재 같은 목소리에서, 그녀 옆에 다리를 꼬고 앉아 그녀의 무릎을 만지작거리는 나른 보이의 손길에서, 끈끈하게 한없이 늘어지는 나른 보이의 목소리에서, 삼킨 약을 토해내다가 위산에 식도 점막이 녹아버린 전 남자친구의 앓는 소리에서, 쓰는 둥 마는 둥 이젠 활력도 의욕도 잃어버린 그녀의 시 작품에서, 무엇보다 그 한심한 것들을 죄다 끌어안고 있는 그녀의 삶에서.

"교수님, 우리는 너무 외롭지 않아요?"

나른 보이는 하이네켄 두 병 마시고 할 수 있는 얘기치고는 지나치게 신파조여서 웃지 않고는 배길 수 없는 말투로 속삭였다.

"닥치고 손이나 어떻게 해봐."

여자는 스키니 진 탓에 탱탱해진 허벅지 안쪽을 헤매고 있는 나른 보이의 손을 물끄러미 바라보며 말했다. 이제 둘은 같이 밥을 먹고 나오면 흡연 구역에 나란히 앉아 담배를 피우는 사이가 되었다.

계절이 오월로 넘어오자 여자는 자기 안에 전에 없이 뜨거운 무엇이 응어리처럼 뭉쳐가는 것을 느꼈다. 가슴 속 어디쯤이 단단해져, 뜨겁고 묵직했다. 젖꼭지도 수시로 발기했다 풀어지기를 반복하고 있었다. 수업 중에 몸이 달아오르면 그녀는 등과 어깨를 둥글게 말며 교탁 위로 윗몸을 숙였다.

내 중딩 때 애인은 고스 걸

지난밤, 너는 교복 재킷 소맷부리와 옆 솔기를
꾸불꾸불 검은 비로도 천으로 꿰매 잇더니,
내 앞에 서서 팔랑이더니 자기가
어둠의 천사 같내.
사망의 천사 같내.

나는 그냥 날다람쥐 비막 같지 않아, 좀 시커먼?

했다가 맞았다. 뺨 두 번. 정강이도 걷어차이고.

내 애인은 고스 걸이었거든.

날개야 아무럼 어때, 사망의 천사건 날다람쥐건.

넌 그 대신 예쁜 젖꼭지를 가졌잖아, 그게 더 무서워.

넌 그 대신 달콤한 클리토리스를 가졌잖아, 그게 더 큰 일이야.

나른 보이가 써오는 시들은 대충 이러했다. 그래도 학기 초에 비해 정액 애액으로 질펀한 표현들은 많이 가시고, 제 턱수염처럼 깔끔해지고 은근히 유머도 섞여 있었다. 여자는 수업 시간에 그의 「……고스 걸」 낭독이 끝나자 잠시 망설이다가 일부러 한껏 미소를 지으며 말했다.

"오늘 시는 어째 십구금에서 전체 독서가로 바뀐 것 같네. 이주환, 안 그래?"

그러자 나른 보이는 게슴츠레 뜬 눈을 들어 여자를 바라보며 느릿느릿 입을 열었다.

"요즘 사귀는 여자친구가 섹스를 거부하거든요. 섹스가 뭐야, 스킨십도 하기 힘들어요."

강의실이 환호와 야유가 범벅된 소리로 시끌벅적해졌다. 여자는 얼굴이 새빨개졌다. 학생 중 누군가는 그 여자친구의 정체를 알고 있을 것만 같았다. 그녀는 창피하고 당황해서는 하마터면 강의실을 뛰쳐나올 뻔했다.

너 아까 그게 무슨 말이야! 다신 그러지 마.

여자는 강사실로 돌아와서 한숨을 돌린 다음 문자 메시지를 보냈다. 나른 보이에게 보내는 첫 번째 문자였다.

그러니까 한 번쯤 남자가 하자는 대로 해주면 되잖아요?

나른 보이의 답문자에 여자는 화가 머리끝까지 올랐다. 그래서 그녀는 **네가 남자야?** 하고 답문자를 보냈다. 하지만 애초에 잘못은 자신에게 있었다. 수업 중에 발정기에 든 레트리버를 자극하는 말은 하지 말았어야 했다.

그날 오후 여자는 빌라로 돌아가자마자 성 분비물로 물든 팬티를 벗어 세탁기에 넣었다.

무슨 생각으로 그러는지는 알 수 없지만 여학생 중에는, 여자에게 와서 남학생들의 애정 행각을 미주알고주알 늘어놓는 친구들이 있다. 나른 보이의 애정담도 빼놓을 수 없는 메뉴였다. 이번 고자질쟁이는 자기의 절친한 친구 얘기라며 그 아이와의 첫 키스는 양재동에 있는 스테이크 하우스에서 디저트로 나온 아이스크림을 먹다 했고, 첫 섹스는 청담동에 있는 그의 집 이층 침실에

딸린 욕실에서 이뤄졌다고 했다. 그러면서 그는 여자와 함께 욕조에 들어가 삽입한 채 꼭 껴안고 있는 것을 좋아한다고 했다. 새벽까지 네 번이나 했다고도 했다.

여자는 이 여학생이 뭘 알고 있어서 이런 얘기까지 하나 싶었다. 하지만 섣불리 떠볼 수도 없었다. 눈치를 보면 그녀와 나른보이의 관계는 모르고 있는 것 같기도 했다. 여학생은 마침내 자기 친구가 그의 아이를 가지기도 했다고 털어놓았다. 작년, 그러니까 그가 일학년 때의 일이었다. 으흥, 그래서? 하고 그녀는 일단은 흥미롭다는 반응을 보였다.

"첫 키스했던 스테이크 하우스에서 같이 점심 먹고 근처 산부인과로 가 아이를 지웠어요."

"그걸로 끝이야? 싸우지 않았대?"

"왜 싸워요? 어차피 둘 다 원하지 않는데."

그렇지만 무언가 서로 간에 꺼림칙한 느낌은 있었는지, 작별 키스 한 번 하고 깨끗이 헤어졌다고 했다.

"하루 전만 해도 그렇게 달콤하던 키스 맛이 무슨 빈 수저 빠는 맛이더래요."

여자는 세상에, 너희 무슨 짓을 하고 다니는 거니, 하는 말을 잠시 혀끝에서 굴리다가 도로 삼켰다. 그녀에게도 그 비슷한 기억이 있었던 것이다.

"시 써서 날 어떻게 먹여 살리겠다는 거야!"

스물한 살의 여자는 학교 앞 대로에서, 그것도 학생들이 대낮부터 죽치고 앉아 맥주를 마시는 프라이드치킨집 앞에서, 고래고래 소리를 질렀다. 그녀의 스물두 살 남자친구는 길에 가방을 내동댕이쳤다.

"해보지도 않고 어떻게 알아? 내가 너 하나쯤 못 먹여 살릴 줄 알아?"

"어이구! 누가 나 먹여 살리래?"

하지만 시를 써서 마누라와 자식을 먹여 살릴 수 있느냐는 당면한 문제가 아니었다. 남자친구는 아직 시인조차 아니었던 것이다. 그는 자기가 앞으로 뭘 할 수 있는지 들어달라고 애걸했다.

"네가 뭘 할 수 있는지 하나도 알고 싶지 않아! 알고 싶지 않다고, 꺼져!"

남자친구는 소리 내 울기까지 했지만 아이는 이미 지난주에 지운 상태였다. 새로 만나기 시작한 남자친구가 남의 아이를 가진 여자와는 손도 잡기 싫다고 해서 함께 가 지웠다. 잘사는 집 아이라 비용도 반절쯤 대줄 수 있었다.

스물두 살 남자친구는 결국 시인이 되지 못했다. 시인은 여자가 되었고, 시간이 많이 흘러 이제는 시를 가르치는 입장까지 되었다. 그의 소식은 어쩌다 듣곤 했지만 그때마다 귓등으로 흘려버렸다.

"그럼 중학교 때 그 여자친구가 첫사랑이었던 거야?"

여자는 나른 보이를 만나 이른 저녁을 먹으며 그의 시 이야기를 했다. 학생들 사이에 전설처럼 남아 있는 시 「내 여친은 중이병에 걸린 쌜치파였다」는 그녀도 읽었다. 일학년을 맡고 있는 시 선생이 걔가 원래 그래요, 라며 보여준 시였다.

"교수님, 이상해요. 왜 갑자기 그런 게 궁금해요?"

나른 보이는 여자의 접시에 홍합을 덜어주며 비죽이 입을 내밀었다.

"그냥 묻는 거야. 중학교 때 그 여자친구가 첫사랑이었어?"

"그러니까 중학교 몇 학년 때 여친이요?"

여자는 뭐라고 대화를 이어나가야 할지 몰랐다. 어쩌면 여학생들과 자고 다니지 말라고 말하고 싶었는지도 몰랐다. 하지만 나른 보이는 이미 성인이었고 파트너들도 성인이었다. 어쩌면 여자와 자더라도 아이를 갖지 않게 남자가 먼저 배려해야 한다는 말을 하고 싶었는지도 몰랐다. 아니면 낙태를 결정하기 전엔 꼭 그래야만 하는 것인지 고민을 좀 해야 하지 않겠냐는 말을 하고 싶었는지도 몰랐다. 하지만 그녀에게 그런 말을 할 자격이 있는지는 의문이었다. 또 어쩌면 그녀는 그저, 그 아이들은 다 섹스 파트너였을 뿐이고 자기 인생의 진정한 사랑은 교수님뿐이라는 말을 듣고 싶었는지도 몰랐다.

하지만 여자는 어느 말도 꺼내지 못했다. 그녀가 반쯤은 노엽고 반쯤은 슬픈 눈으로 머뭇거리는 동안, 나른 보이는 중이병에 걸린 옛 여자친구에 대한 이야기를 조잘거렸다. 중이병에 걸려 아무한테나 가위를 들고 덤벼들곤 했다고 했다. 엄마 아빠한테도, 담임한테도. 그러다가 어느 날 자기한테도 가위를 들고 덤비기에 강펀치를 날려 교실 바닥에 때려눕혔다고 했다. 그 중이병 걸린 여학생은 첫사랑도 아니고 첫 섹스 파트너도 아니었다고.

여름이 가까워져 며칠에 한 번씩 거칠고 세찬 비가 내렸다. 이런 식으로 내리는 비가 낯설지는 않았지만, 이리도 잦게 내리는 것엔 익숙하지가 않았다. 몇 년 사이에 기후가 다른 지역에 살게 된 것만 같았다. 여자의 취침 습관은 더 불규칙해져 이젠 언제 잠들어야 하고 언제 깨야 하는지 그녀도 혼란스러웠다. 비 탓만은 아니었다. 작품 활동에 대한 스트레스도 있었고, 또 한 번의 봄을 부질없이 흘려버렸다는 실망감도 있었고, 나른 보이와의 새로운 관계도 문제여서 그녀를 음울한 딜레마로 몰고 갔다. 그녀는 그가 원하는 대로 해줄 수 없었다. 그리고 소설을 쓰는 전 남자친구에게서 연락이 없다는 사실도 어쩐지 그녀를 불안하게 했다.

남자가 병원에서 퇴원했다는 얘기는 전해 들었다. 그리고 보니 연락을 해오지 않은 것이 퇴원 그즈음부터였다. 병원에 입원하고서도 낮이고 밤이고 여자의 집전화로 전화해 만나달라고 낑낑거리던 그였다. 이번 주에 여자는 휴대폰에 수신 금지로 해두었던 남자의 전화번호를 충동적으로 풀어놓았다. 한 달이면 백 통씩 문자를 보내던 그였다. **그래, 그래, 내가 미안. 미안.** 그리고 반나절만 지나면, **일단 뭐 잘못인지 알아야 내가 고칠 거 아냐, 인경아,** 하는 문자가 날아왔다. 그러고는 다시 반나절 후에 **무조건 내가 잘못했다, 무조건. 다시는 안 그럴게,** 하는 문자를 보내오곤 했다.

수신 금지를 풀어놓은 지 일주일이 지났는데도 남자로부터 전화는 물론 문자도 날아오지 않았다. 여름 계간지에 단편소설을 발표한 것을 보면 멀쩡해 보이기도 했다. 한편으론 그가 아직 죽지 않고 작품 활동을 하는 게 반가워해야 할 일인가, 의구심도 들었다. 그의 문자를 기다리는 동안 남쪽 지방엔 장마가 시작되었다. 그리고 서울에 장맛비가 내리기 시작한 첫날 그녀는 그의 새 애인을 봤다. 가슴까지 내려오는 긴 생머리를 고무줄로 묶고, 풀잎 색의 개량 깃저고리에 흰 스크래치 배기팬츠를 걸치고, 베네통 로고가 음각된 밀리터리 부츠를 신고 있었다. 그가 좋아하는 마른 체형에 화장기가 거의 없는, 찰랑거리는 생머리 스타일의 여자였다. 그처럼 소설가였다. 문인 정보를 검색해보니 그녀보다 다섯 살이 어렸다. 그와 그의 새 애인은 맥주 잔이 오가는 테이블 저 끝에 나란히 앉아 있었다. 그녀와 그들 사이에는 스무 명쯤 되는 문인들이 좌우로 촘촘히 늘어앉아 있었다.

여자는 브래지어도 하지 않은 새 애인의 젖가슴 윤곽을 틈틈이 흘겨보았다. 귀여워 죽겠다는 표정으로 새 애인의 얼굴과 가슴골을 빤히 들여다보는 남자의 얼굴도 흘겨보았다. 그러는 동안 그 둘과 그녀는 한 번도 눈이 마주치지 않았다. 여섯 시에 시작된 술자리가 열 시가 될 때까지도 둘은 한 번도 그녀를 쳐다보지 않았다.

여자는 그날 귀가해서는 새벽까지 시를 썼다. 시를 쓰면서 아사히 맥주 식스 팩과 나초칩 한 봉을 다 비웠다. 취해 어지러운 데다 속은 더부룩했지만 시는 끝낼 수 있었다. 새벽 다섯 시, 마지막으로 제목까지 손보고 나니 그것은 어느새 나른 보이에 대한 시가 되어 있었다.

너는 틀림없이 나른 보이야

너는 그냥 내 눈앞을 매끈하게 흘러 다녀, 헤엄쳐 다니는 것도
같고 부르르 떠는 것도 같지 난
몇 달이나 생각했어, 네가 레트리버가 아닌가 하고
섹스는 안 해봤지만 너한테 개 좆이 달린 건 아닌가 하고

내 친구 시인이 이러대, 이년아
너한테는 왜 세상 남자가 다 개인 거야!

왜라고 했으니 이제 이유를 따져봐야겠지만
지금은 새벽 세 시, 나는 취했고 배는 빵빵해
방귀와 트림이 더블베이스 드럼 남은 건 짜증후회경멸혐오
아사히 두 캔과 나초칩 한 줌, 에쎄 다섯 개비

뭐야, 내 인생 같잖아 누가 먹다 남긴
내 안에는 죽은 아이들이 둥둥 떠다니고

멀리 떠나가고 죽은 내 아이들이

쳇 베이커의 웃기는 밸런타인처럼 천하고 더럽고 너절한 사랑에 대해

벌써부터 이 세상에 낙담한 목소리로 오- 나쁜 보이

언젠가 우리의 죽은 아이도 멀리 가버리겠지 너는

틀림없이 나쁜 보이야, 그 어설프게 낑낑대는 강아지가 아니야

여자는 장마가 끝나고 폭염이 시작된 팔월에 나쁜 보이를 차에
태우고 충남 태안으로 바캉스를 갔다. 둘은 안면도 자연휴양림에
짐을 풀었다. 그러고는 파나마모자에 하와이안셔츠, 남색 트레이
닝 반바지에 주황색 운동화를 커플룩으로 맞춰 입고, 차로 도보
로 안면도 일대를 돌았다. 하루에 한 번은 길 건너 수목원을 태닝
도 할 겸 한 바퀴 산책했다. 그녀는 폭염이 몸을 달구도록 내버려
두었다. 삼박 사일 동안 둘은 세 끼를 다 챙겨 먹고 그중 두 끼는
고기를 먹었다. 정확히는 그녀가 그에게 고기를 먹였다. 그리고
해가 떨어지기 전부터 통나무로 지어진 객실이 떠나가도록 섹스
를 했다.

첫날 저녁, 둘의 첫 섹스가 끝난 뒤 나쁜 보이는 가방에서 못
보던 담배 케이스를 꺼내 뚜껑을 열어 여자 앞에 내밀었다.

"이건 마리화나라고도 할 수 없어요."

케이스 안에는 손으로 만 수제 담배가 열 개비 나란히 꽂혀 있
었다.

"이건 그냥 장난 같은 거라고요. 농담 같은 거."

나른 보이는 두 개비를 뽑아 나란히 입술 끝에 물고는 한꺼번에 불을 붙였다. 그러곤 한 번 빨아들였다가 내뱉고는 한 개비를 빼내 여자의 놀라 벌어진 입술 사이에 끼워넣었다. 그녀는 경직된 입술로 한 번 깊게 빨아들이고는 눈을 질끈 감았다. 그녀가 한 개비를 다 태우는 동안 그는 그녀의 음부에 손바닥을 밀착시키고는 천천히 문질렀다. 중지로는 식어버린 그녀의 항문을 한 번 더 마사지했다.

여자는 서울로 돌아와 휴가 후유증으로 일주일을 무력하고 무료하게 보냈다. 그리고 가을 학기가 시작되기 열흘쯤 남았을 때, 립스틱 꽂이를 뒤져 빈 립스틱 용기를 찾았다. 올봄에 거기 버려두고 다시는 열어보지 않았던 빈 용기를 찾아 뚜껑을 열었다.

여자는 손으로 만 담배를 꺼내 입에 물고 불을 붙였다. 나른 보이가 안면도 자연휴양림으로 말아 가져온 담배와는 또 다른 종류였다. 그것보다 진정 효과가 훨씬 강한 종류였다. 그녀는 무릎을 세우고 그 사이로 얼굴을 묻었다가 들기를 여러 차례 반복하면서 담배를 끝까지 다 태웠다. 그러고 나서는 정신을 잃기 전에 비틀거리며 침대로 가 누웠다. 그녀에겐 계획을 실행에 옮길 무모함이 필요했다. 깊은 잠에서 깨어나면 무모함의 괴력이 자신에게 생기길 바랐다.

여자는 거의 하루를 꼬박 잤다. 그러자 무모함까지는 몰라도 활력은 생긴 듯했다. 세면대 거울을 보니 눈동자에 생기가 도는 듯도 했다. 휴대폰에는 나른 보이의 문자 몇 통이 와 있었다. 그녀는 읽지도 않고 지워버렸다.

여자는 방으로 돌아와 가방을 뒤져 보이스레코더를 꺼냈다. 레코더에는 자연휴양림 객실에서 녹음해 온 파일이 네 개가 들어있었다. 맨 나중 것은 서울 청담동의 모텔에서 녹음한 파일이었다. 그녀는 파일을 컴퓨터에 옮긴 다음 처음부터 끝까지 하나하나 꼼꼼히 들어보았다. 그 일에만 다섯 시간이 걸렸다. 그녀는 음성파일 편집 프로그램으로 신경 써 고른 부분만 잘라냈다. 그러고는 그것들을 다시 하나의 파일로 이어 붙였다. 그래서 완성된 파일은 이 분 삼십칠 초짜리였고, 거기에 그녀는 자신의 육성 메시지를 담은 짧은 파일을 하나 더 만들어 붙였다. 이제 삼 분 삼십육 초짜리 파일이 만들어졌다.

만만한 일이 아니었다. 어느새 새벽이었다. 여자는 파일을 이동식 디스크에 담기 전에 마지막으로 한 번 더 들어보았다. 단단한 근육질 살과 두툼한 지방질의 살이 서로 맞부딪는 소리가 요란하게 스피커를 울렸다. 땀과 분비물에 젖은 맨살과 맨살이, 나른 보이의 허벅지와 자신의 볼기가 미친 듯이 빠른 속도로 충돌하는 소리가 그녀의 귓전을 울렸다. 그녀는 볼륨을 올렸다. 일 분을 넘어서면서부터, 그의 거칠게 끊어지는 숨소리와 자신의 소프라노 음역까지 올라가는 신음소리가 다른 소리들을 압도했다. 손바닥으로 엉덩이를 치는 소리도 심심찮게 섞여 있었다. 그녀는 저놈이 언제 저렇게 많이 때렸나 하는 생각에 얼굴을 붉혔다. 어차피 이제는 그럴 일도 없을 것이었다. 이제는 나른 보이와도 끝이었다. 개는 다 같은 개인 것이다. 스피커에서 갑자기 난잡한 현장의 소리가 뚝 그치더니, 몇 초 잠잠했다가 차분하게 가라앉은 그녀의 목소리가 흘러나왔다.

네가 내 엉덩이에서 나는 소리를 듣고 싶어 할 것 같아 보내는 거야. 그래, 새로 사귄 애인 엉덩이에서도 이런 소리가 나니? 네가 대달라고 하면 대줘? 얼마나 경쾌한 소리가 나? 걔도 네 아이를 밸까? 네 아이를 낳고 싶을까? 나는 예전에 떼어버렸는데. 기억나니, 우리 집 현관에 붙어 있던 시 쪼가리? 그거 네 아이 지워버리면서 산부인과에서 썼던 거야. 넌 끝났어, 개새끼. 아주, 아주.

여자는 소설을 쓰는 전 남자친구가 특정한 소리에 얼마나 민감한지 잘 알고 있었다. 쳇 베이커, 그 세상살이에 낙담한 사내의 목소리가 든 앨범을 무슨 걸작이라도 되는 양 지인들에게 선물로 나눠주는 것도 다 이유가 있었던 것이다. 그녀는 마지막 작업으로 파일을 이동식 디스크에 담았다. 그러고는 한숨 자기 위해 침대에 들었다가 오후 느지막이 일어났다. 아직 우편취급국이 문 닫을 시간은 아니었다. 그녀는 자는 내내 진땀을 흘렸다. 실내 온도가 이십칠 도를 넘어 있었다. 그녀는 끈적끈적하게 달라붙는 티셔츠와 팬티를 갈아입었다. 그리고 이동식 디스크를 챙겨 빌라를 나섰다.

여자는 등기우편의 보내는 사람 난에 틀린 주소와 연락처를 적어 넣고 받는 사람 난에는 남자의 주소와 연락처를 적어 넣었다. 그리고 우편물을 저울에 올려놓고 요금을 현찰로 치르고 영수증을 받아 쓰레기통에 버리고 우편취급국 문을 열고 나왔다. 그녀는 우편물을 받는 남자를 떠올렸다. 박스를 뜯고 달랑 들어 있는 이동식 디스크를 꺼내고 노트북 유에스비 포트에 꽂고 폴더를 열어 파일을 실행시키겠지. 파일명 「넌 나한테 죽은 아이야」가 낯이 익다고 생각하면서. 누구네 집 앞에서 이미 보았던 기억을 되살리며. 아마 이어폰도 끼지 않고 파일을 클릭할 거야. 그 정도 조심성도 없는 놈이지. 내가 익히 잘 알고 있는 놈.

처음엔 뭔지 모를 소음만 잔뜩 들릴 거야. 그게 젖은 살과 살이 맞부딪는 소리고 남녀의 신음이 뒤엉킨 소리라는 것을 알아차리려면 적어도 일 분은 듣고 있어야겠지. 어디서 많이 들어본 목소리인데, 하고 스피커의 볼륨을 높일지도 몰라.

여자는 가뿐하게 발걸음을 옮겼다. 날은 더웠지만 그녀는 자신의 오슬오슬 몸살기가 있는 살덩이를 데우는 데는 이 정도 기온은 되어야 한다고 생각했다. 그녀는 일부러 먼 길을 택해 빌라로 갔다. 아, 네 새 애인도 곁에 있으면 좋을 텐데. 여자를 사귀면 잘난 척하며 네 오피스텔로 끌어들이는 게 네 습성이지. 새 애인의 입도 변기로 사용하니? 그녀는 상념에 젖어 몇 번이나 걸음을 늦추었다. 그러다 그녀는 빌라 근처 골목 카페의 카페테라스에 앉았다.

「넌 나한테 죽은 아이야」라는 제목을 벌써 잊었을 리 없어, 그 밴댕이 소갈머리가. 여자는 가슴을 펴고 골목 저 끝에서 불어오는 더운 바람을 쐬었다. 그녀는 아보카도를 수저로 깔짝거리며 상상했다. 스피커에서 흘러나오는 소음을 남자와 남자의 새 애인이 어깨를 나란히 하고 듣는 광경을. 소음의 정체를 점차 깨달아가며 변해갈 그들의 표정을.

그리고 마침내 여자의 육성 메시지까지 다 듣고 난 남자는 어떤 표정을 지을까. 옆의 애인과는 어떤 얼굴로 눈을 맞출까. 애인은 또 무슨 표정을 지을까. 그녀가 지금 이 순간 바라는 것은 육성 메시지를 듣는 자리에 애인도 있어, 자기가 지금 누구와 무슨 짓을 하고 있는지 확실히 깨닫게 하는 것이었다. 그래서 그가 다시 한 번 개가 헐떡이는 소리를 내며 그녀에게 전화를 해오길, 다시금 꿀꺽꿀꺽 알약 삼키는 소리를 내며 애가 타 그녀를 찾아주길 바라는 것이었다.

(『자음과 모음』 2014년 가을)

나른 보이의 모험

남자의 왕국은 심해에 깊이 가라앉은 채, 그의 정신의 먼 바다 어디쯤에 보잘것없는 표면을 드러내고 있었다. 드러난 땅, 뭍의 넓이는 그의 발걸음으로 어느 방향으로 재도 사백 걸음을 넘지 못했다. 바닷속 왕국에서 뭍으로 가려면 뿔산호의 계단을 헤아릴 수 없이 올라야 하는데, 그렇게 올라와서도 완전히 마른 땅은 좀처럼 찾아볼 수 없었다. 뭍에서도 하루의 대부분은 물결이 발등까지 차서 살랑거렸다. 태양이 작열하는 시간이더라도. 그렇듯 바다 왕국은 모든 게 늘 젖은 채여서 몸을 닦을 마른 수건 같은 것은 구경도 할 수 없었다. 그는 소금이 하얗게 말라가는 알몸으로 백색의 바위 위에 꼿꼿이 서서 사방을 둘러봤다. 지난 세기에 모래는 이미 다 떠내려가고 없었고 바위와 자갈만 남은 뭍에는 살아 있는 채로 단단한 것들이라곤 눈을 씻고 봐도 없었다. 푸릇푸릇 색이 살아 있는 것들이라도 만지면 흐늘거리며 물컹하고 물러졌다. 왕국에선 생명 있는 것들은 죄다 물컹거렸다. 딱딱한 것은 바위나 자갈 같은 무기물뿐, 살아서 딱딱한 것은 왕국의 왕자인 그뿐이었다. 그의 몸 속 뼈와 발기했을 때의 음경뿐이었다. 그래…… 그것이 그의 자부심이자 그가 왕자로 존속할 수 있는 단 하나의 이유였다.

이제 일어나서 바다를 구해야지, 하고 먼 바다로부터 파도에 실려 온 소리가 속삭였다. 남자는 눈을 떴다.

하지만 눈을 뜬다고 곧바로 잠에서 깬 적은 없었다. 남자는 아직 자기 왕국에 있었다. 그는 뭍에서 바다로 걸음을 옮기고 있었다. 뿔산호의 계단에 한 발을 내려놓고 있었다. 그가 돌아오려면 먼저 아침 햇살이 물러가야 했다.

잠에서 깨는 동안 두서없이 어제 저녁의 일들이 떠올랐다. 욕실에 마른 수건이 떨어졌다고 일하는 아주머니에게 고래고래 소리 질렀던 기억이 났다. 남자는 안 들리는 척 일층 계단을 닦고 있는 아주머니에게 나는 이 집 식구가 아니고 내 방 욕실은 이 집 욕실이 아니냐며 악을 썼었다.

남자는 여전히 돌아오고 있었고 이쪽 해안에 닿으려면 좀 더 있어야 했다. 널 물어뜯을 거라고 했잖아, 하고 그는 햇살에 닿은 눈꺼풀을 껌뻑였다. 그 정도는 알고 덤볐어야지, 하고 미간을 찌푸렸다. 아주머니가 가져온 마른 수건을 그는 욕실 문지방에 겁먹은 얼굴로 서 있는 여자애에게 던져주었다. 그러고는 침대에 걸터앉아 그녀가 수건으로 몸 구석구석을 닦는 것을 지켜보았다.

중간에 한 장을 더 던져주었다.

난 늑대의 밤을 보냈어, 하고 남자는 홑이불을 끌어올려 어깨를 덮으며 상체를 틀었다.

남자는 거의 이쪽 해안에 도착했다. 눈을 뜨니 한줌 그늘도 남기지 않고 햇살이 침실 구석구석까지 싹싹 핥고 있었다. 천창에서 내려온 햇살이 사정없이 내리꽂히고 있었다.

남자는 베개에 이마를 묻었다. 그리고 잠시 텁텁한 입맛을 다시다 바로 누웠다. 밝고 따뜻한 햇살이 박공지붕의 경사면까지 차올라 넘실대고 있었다. 그는 방문 상인방 위 아날로그시계로 시선을 돌렸다. 색소폰 시침과 트럼펫 분침이 열 시 사십 분을 가리키고 있었다.

남자는 일어나 앉았다. 그는 몸을 끌어올려 헤드보드에 등을 반쯤 기대고 팔을 뻗어 사이드테이블에 놓인 텀블러를 들었다. 뚜껑을 열어 레몬향이 나는 자리끼를 마셨다. 컵을 다 비우자 스테인리스 스틸로 된 밑바닥에 얼굴이 비쳤다. 위엄이 있고 약간 피곤기가 있고 무엇보다 잘생겼다.

어떤 여자애도 이 얼굴이 하는 말을 무시하지 못할 것이다. 그 여자애도 그랬다. 남자는 여자애의 이름을 기억해내려 애쓰다가 휴대폰을 열었다. 하지만 휴대폰의 통화기록에도 그 아이의 이름은 없었다. 일학년 봄학기, 신촌 레드 라이언에서 있은 성년의 날 파티에서 처음 마주앉아 호가든 생맥주를 마셨고, 몇 차례 학교에서 마주쳐 인사를 나눴고, 두 번째로 레드 라이언에서 생맥주를 마신 어젯밤에 집으로 데려왔다.

기억에도 휴대폰에도 이름은 없다. 성년의 날 꽃다발을 들고 있었고 꼬박꼬박 오빠라고 불렀으니 같은 일학년이라도 한 살 정도 어렸을 것이다. 남자는 몇 번 만나는 동안 그 여자애를 그냥 야, 라든가 너, 라든가 그렇게 부른 것 같았다. 그는 그녀와 짐승의 밤을 보냈다.

깨물고 빨고 핥고 엎어놓고 짓찧었으며 때리며 울부짖었고, 네 번쯤 사정하고도 여자애를 놓아주지 않았다. 남자는 하고픈 대로 다했다. 비명이 높아질수록 더 딱딱해지는 음경을 느꼈기 때문에 비명을 지르게 하기 위해서라도 더 거칠게 쥐고 흔들었다. 그에겐 성교 중에 여자가 울 때 어떻게 해야 한다는 원칙이 없었다. 그리고 언제나 그랬듯, 해 뜰 참에 그녀를 버려두고 꿈속의 자기 왕국으로 돌아갔다.

여자는 남자를, 그의 거칠고 제멋대로인 섹스를 감당할 준비가 되어 있지 않다고 매 순간 깨달았지만 놓여날 방법을 몰랐다. 지난달에 성년식을 했지만 그녀는 여전히 어렸고, 남자들 앞에선 몸을 못 가눌 정도로 술을 마셔선 안 된다는 것도 몰랐다. 그녀는 자기 생각처럼 고스 풍의 힙스터 걸도 우아한 멜랑콜리 걸도, 심지어는 성적 자기 결정권을 지닌 성인도 아니었다.

여자는 남자의 등짝을 증오의 눈으로 바라보았다. 목이 말랐지만 그녀는 사이드테이블에 놓인 텀블러에는 손도 대지 않았다.

텀블러뿐만 아니라 그 집의 어떤 것도 만지고 싶지 않았다. 그녀는 일어서서 거울에 자신을 비춰보았다. 햇살이 벌써부터 눈부셨다. 짐승의 잇자국들이 젖가슴과 아랫배와 엉덩이에 산만하게 흩어져 있었다. 젖꼭지는 떨어져나갈 듯이 아팠다. 그녀는 씻는 대신 백에서 화장용 티슈를 꺼내 우선 급한 대로 몸을 닦았다.

여자는 옷을 입고 남자의 침실을 나와 이층 계단을 내려왔다. 거의 일층에 닿았을 때 거실 한편에서 행운목 잎사귀를 융으로 닦고 있는 초로의 사내와 마주쳤다. 반백과 잘 어울리는 흰 모시 저고리와 황갈색 마 반바지 차림이었다. 사내는 얄따란 입술 끝이 조금 휘어지도록 표정에 힘을 주며 그녀를 바라보았다. 처지고 젖어 있는 눈매가 위층에서 정신없이 잠에 빠져 있는 남자의 눈매를 떠올리게 했다. 어쩐지 슬픈 듯한, 나른한 꿈속을 헤매는 듯한 그의 눈이 어젯밤 그녀의 경계심을 해제시켰었다.

여자는 이 집 안에 어른이 있을 거라고는 생각도 못했다. 그렇다면 지난밤에 내가 지른 소리는 다 뭐였지? 그걸 다 듣고도 궁금하지 않았다는 말이야? 가만있었다는 말이야? 아니, 어쩌면 밤새 외출했다가 지금 돌아온 건지도 몰라. 하지만 여자는 일층 현관을 향해 종종걸음을 칠 때 다시 한 번 욕실 문을 열고 나오는 두둑하게 살집이 붙은, 반백의 중년 여자와 마주쳤다. 이젠 그들이 누군지 궁금하지도 않았다. 그녀는 현관문을 열고 징검돌 위를 경중경중 뛰어 정원을 가로지른 다음 대문을 열고 밖으로 나섰다. 청담동 주택가의 이른 아침이 아늑하게 펼쳐졌다. 정갈한

고요가 그녀의 방망이질 치는 심장을 부드럽게 감쌌다. 그녀는 그길로 그 길에서 잊혀졌다. 그 집의 누구도 그녀의 이름을 알지 못했고 누구도 그녀를 기억하지 못했다. 그녀에 대한 기억은 그녀 엉덩이에 난 잇자국만큼도 오래가지 못했다.

 남자의 왕국에서 혁명이 일어난 것은 지난 세기의 일이었다. 지난 세기라도 해봤자 이십 년도 채 지나지 않았지만, 그리고 혁명이라고 하니 참 거창하게 들리지만, 그래도 일은 일어났다. 하지만 심해민주주의와 함께 우연히도 뭍의 모래가 적도 해류에 깡그리 떠내려갔다는 것 말곤, 왕조가 다시 세워지는 그 순간에도 눈에 띄는 변화는 없었다. 왕좌가 고래 뼈로 다시 짜이고 신분제도가 재등장하는 순간도 고요하기 이를 데 없었다. 귀족 같은 것도 생겨나고, 손바닥만 한 뭍에 대한 토지개혁도 되돌려졌지만, 여전히 왕국은 잠결 같은 고요한 심해의 분위기에 푹 잠겨 있었다. 왕자의 시대가 다시 열렸다. 왕정은 복고되었다. 하지만 그의 왕국은 전반적으로 여전히 흐물흐물했고, 기웃거리며 놀러오는 물고기들의 종류에도 변화가 없었다. 가장 잊지 못할 변화는 아마 그 자신이었을 것이다. 바다의 왕자가 되었으니까. 그는 이 물렁한 세계에서 아주 기다랗고 두텁고 딱딱한 음경을 지녔다. 유일하게 딱딱한.
 슬기롭고 씩씩한 씨 울프가 되자, 하고 바다를 건너온 듯 힘겹게 속삭이는 소리가 귓전에서 할딱였다. **왼팔에선 작살이 나가고 오른팔에**

선 부메랑이 나가고 앞니로는 다이너마이트를 질끈 깨물고. 남자는 게슴츠레 눈을 뜨고 이불을 들췄다. 늑대의 주둥이 같은 발기한 음경을 물끄러미 바라보았다.

남자는 몸에 이불을 감고 침대의 이쪽저쪽을 굴러다녔다. 그의 왕국은 햇살로 가득했다. 봄인지 여름인지가 창밖으로 지나가고 있었다. 침실 천창 밖으로 어떤 계절이 지나가든 침대 위 날씨는 한결같았다. 춥다고도 덥다고도 할 수 없었고, 습하다고도 건조하다고도 할 수 없었다.

부탁이야, 쉽게 넘어오지 말아줘, 하고 남자는 만나는 여자애마다 나른한 목소리로 말했다. 늑대의 사냥본능을 자극해줘, 라고도 부탁했다. 그는 자기가 한 말을 모두 기억했다. 그래? 날 잡아 잡숴봐, 하고 그 여자애는 그의 발치에서 말했다.

다른 여자애들처럼 그 여자애의 이름도 기억나지 않았다. 수학과에, 입학 동기라는 점은 기억났다. 남자처럼 이학년이었다. 그녀는 수학과면서 시를 배워보겠다고 시 창작 수업에 신청을 한 여학생이었다. 그의 과와 그녀의 과를 오가면서 둘은 술을 몇 번 마셨고, 그날은 꽤 마셨다. 하지만 그는 기억을 잃을 만큼 취하지 않았으므로, 취할 만큼 마셔본 적도 없었으므로, 그는 늑대가 되어 말짱한 정신으로 여자애를 잡아 잡술 수 있었다.

남자는 이불을 들추고 음경을 내려다보았고 거기에 사냥의 흔적이 남아 있는 것을 보았다. 여자애의 깨문 잇자국, 립스틱 흔적, 분비물이 말라붙은 자국, 빨개져서 약간 부어오른 왼쪽 고환.

141

그는 그녀와 짐승의 밤을 보냈다. 호기를 부렸던 그녀도 나중에는 그의 손아귀에서 벗어나려고 사지를 비틀었다. 누구도 내 시선을 피하지 못해, 하고 그는 생각했다. 누가 감히 도망치겠어.

여자가 남자에 대해 아는 것은 시 창작 수업에 괴상한 시를 써서 발표한다는 사실뿐이었다. 그래서 학생들이 항의조로 야유를 하면 그는 무심한 듯 나른하고 주춤주춤 끌리는 어조로 "왜 십구금 시를 썼느냐고? 너희들도 이런 거 원하지 않아?" 하고 되묻곤 했다. 그래서 또 "아냐, 우리는 뭔가 좀 시 같은 걸 원해, 이딴 거 말고. 뭐라고 하지, 시어의 깊이? 형식 실험?" 하는 식의 반론이 나오면 그는 "그래? 너희는 안 해? 누가 누구랑 잤고, 누구는 셋이 하는 걸 즐기고. 내가 입 열면 여럿 다치지 않을까?"라는 식으로 되받곤 했다. 그래서 그가 시를 발표하는 날이면 강의실은 난장이 되곤 했다.

어제 수업도 그랬다. 강의실이 떠들썩해지고 있었는데, 여자의 귀엔 남자의 목소리만 들렸다. 그의 목소리 톤은 당당했고 나른했다. 초여름 햇살 아래 늘어지게 기지개를 켜는 어린 길고양이의 등허리 같은 나른함이었다. "이거 왜 그래? 난 한국의 에드거 앨런 포가 될 거야." 그가 나른한 목소리로 선언했다. 그는 자리에서 일어나 포의 「에나벨 리」를 암송하기 시작했다. "……이 바닷가 왕국에서/하지만 우리는 사랑 그 이상으로 사랑했지요.……"

"……천국에서/우리의 절반만큼도 행복하지 못했던 천사들이/ 그녀와 나를 질투했지요.……" 남자는 꼿꼿이 선 채로 「에나벨 리」를 제목부터 마지막 행까지 한 음절도 빼놓지 않고 암송했다. 나른한 눈매만큼이나 나른한 목소리였다. 포의 작품을 읽어본 학생이 강의실에 한 명도 없었으므로, 반론도 야유도 없었다. 물론 여자에게도 포가 시도 썼다는 얘기는 금시초문이었다. 그녀는 암송하는 내내 달콤함에 홀린 표정을 거두지 못했다. 그가 시가 아니라 가수 비의 〈라 송〉의 가사를 읊는다 해도 표정은 마찬가지였을 것이다. 그의 목소리 톤은 「에나벨 리」의 분위기와 딱 맞아떨어졌고, 그녀의 귀에 포의 시는 오직 그의 목소리를 위해 백오십 년 전에 미리 쓰인 것만 같았다.

그 순간만큼은 여자에게 남자는 바닷가 왕국의 왕자 같았다. 왕자의 나른한 위엄 앞에서 다른 목소리들은 탁하고 경박하고 쇳소리 같고, 부서진 파도의 끝자락 같았다. 왕자의 선홍빛 입술, 가냘픈 턱선, 시구에 강세를 줄 때마다 살짝 경련하는 두 손, 그녀가 떨쳐내지 못할 섹시한 나른함이 그에게 있었다. 그와 함께이면 그녀 자신이 에나벨 리, 바닷가 왕국의 공주가 될 것 같았다. 그녀는 수업이 끝나자 그를 따라 나왔고, 말을 붙였다.

하지만 여자는 왕자의 나른함과는 거리가 먼 밤을 보냈다. 그녀가 원한 건 이런 거친 밤이 아니었다. 미친 개 한 마리와 침대 안에 갇힌 것이나 마찬가지였다. 콘돔도 쓰지 않았다. 광란이 끝났을 때 그녀는 욕실까지 엉금엉금 기어가야 했다. 무릎에서 연

143

골 으스러지는 소리가 났다. 그녀는 욕조에 더운 물을 받고 다섯 시까지 들어앉아 있었다.

여자가 욕실에서 돌아왔을 때 남자는 사지를 쭉 뻗고 잠에 빠져 있었다. 새벽빛이 비쳐드는 침대 한가운데, 백자기 같은 몸통이 둥실 떠올라 있었다. 오른쪽으로 휘어진 음경이 길쭉한 갈색 똥 덩어리처럼 반쯤 발기해있었다. 그녀는 침대로 올라가 물어뜯을 수도 있었다. 발뒤꿈치로 짓이겨줄 수도 있었다. 그렇지만 그녀는 그런 짓을 정말로 할 만큼 거칠게 삶을 살아본 적이 없었다. 그런 일이 가능한지조차도 알지 못했다. 알지 못하니 시도도 할 수 없었다. 무력감에 눈매는 일그러지고 저도 모르게 아랫입술을 깨물었지만 고등학교 때처럼 운다고 달려와 줄 사람도 없었다. 공주라니, 어림도 없었다.

남자의 아버지는 임기 종료를 겨우 두 달 남겨놓고 쿠데타를 일으켜 왕으로 올라섰다. 오른편에는 군부가 있었고, 왼편에는 왕권 통치에 대한 향수를 갖고 있는 왕정주의자들이 있었다. 그들의 정체성에 관해서는 아직 논란이 끝나지 않았다. 왜냐하면 왕정이니 귀족 계급이니 봉건사회니 하는 것들은 이미 한 세기도 더 전에 끝나 그 왕정주의자들 중에는 왕정체제를 체험해본 사람이 단 하나도 없었던 것이다. 그들은 모두 심해민주주의와 비밀 선거와 평등사회의 자손들이었다. 그런 자들이 어느 날 분연히 일어나 "우리는 딱딱한 것을 원한다! 더는 물렁한 권력은 못 참아!" 하고 선언해버린 것이다. 그러고 나서는 왕정을 세우고 철권 통치를 해달라며 왕좌 아래 무릎을 꿇었다. 심지어 고문실을 지어 바친 이도 있었다. 그들은 심해에 가라앉은 난파 잠수함에 반대자들을 몽땅 밀어넣곤 왕자에게 '자지 싸움'을 시켰다. 먼저 부러지는 쪽이 탈락. 항복은 없다. 룰도 없다. 왕자는 반대자들의 음경을 모조리 부러뜨렸고, 마침내 한참이나 귀를 후벼 피에 굶주린 음경을 진정시켰다.

넌 왕자니 운명에 대해 너무 알려고 하지 마, 하고 다시 속삭이는 소리가 물보라처럼 흩어지며 귓불을 핥았다. **운명이라니, 그건 너무 귀찮아.** 피가 말라붙은 음경이 쏟아지는 햇살 가운데 토템 기둥처럼 위엄스레 서 있었다. 반쯤 감긴 눈으로 남자는 아랫배에 힘을 주곤 까딱까딱 늑대 주둥이와 아침 인사를 나눴다.

남자는 이제 삼학년도 후반을 지나고 있었다. 곧 사학년이라고 하지만 서둘러 처리해야만 하는 일은 없었다. 입대는 미뤄질 것이고 취업은 안 해도 되고 결혼은 계획에 없었다. 그가 유념할 것은 졸업과 여자, 여자, 또 여자뿐이었다. 다른 것들은 침대 시트에 닿았다가 부서지는 햇살처럼 희미하고 신경 쓸 일이 못 되었다. 어느 순간 강렬할 수는 있지만 결국 반나절도 못 지나 사그라지는.

시계의 색소폰과 트럼펫은 열 시 십 분을 가리키고 있었다. 피비린내 탓에 일찍 잠에서 깬 것일 수도 있었다. 여자애는 없었다. 남자는 핏자국이 선명한 음경과 침대 시트를 물끄러미 내려다보았다. 그는 자리끼를 탈탈 털어 마시고는 텀블러 밑바닥에 제 얼굴을 비쳐보았다. 레몬향이 후광처럼 둘러싼 가운데 두 눈이 형형한 빛을 발했다. 야생의 피와 왕족의 피, 그 둘 다가 그의 혈관 안에 흐르고 있었다. 늑대면서 왕자였다. 그는 왼손 검지를 들어 입가에 말라붙은 핏방울을 긁어냈다.

　아직 남자 경험이 없어, 하고 여자애가 말했을 때 남자는 그럼 난 게이다, 하고 아랑곳없이 들이밀었다. 전희는 할 만큼 했다. 그녀는 신음을 질렀다. 자기 아랫도리와 시트가 핏빛으로 물들기 시작하자 그는 야, 생리 중이면 생리 중이라고 말하지, 이것도 해볼 만하네, 하고 으르렁거렸다. 바들바들 떠는 그녀의 엉덩이를 바싹 껴안고는 사타구니에 얼굴을 비벼댔다.

　여자는 지난 여름방학 때 시 합평 모임에서 그 소문을 처음 들었다. 이학년 시 창작 강사와 동희가 사귀었다는. 강사가 동희의 별명도 지어줬는데, 나른 보이라고. 그래서 그녀는 잘못 들었나 하고 "마린보이?" 하고 되물었고 "아니, 나른 보이, 나른한 소년이라고, 어째 걔가 하는 게 다 나른하잖아." 하는 얘기를 들었다. 소문은 끝도 없었다. 일학년 때부터 누구누구를 사귀었고 누구누구와 잤고 그 누구누구끼리 머리끄덩이를 잡고 흡연실에서 싸우기까지 했다는. 그녀는 그 전까지는 그에게 관심이 없었다. 그러고 보니 삼학년이 되도록 혼자 있는 그를 본 적이 없는 것도 같았다. "그런데 열 살이나 연상인 강사하고도 그랬어?" 그녀 안에선 어느새 그에 대한 호기심이 몽글몽글 피어오르고 있었다.

여자는 남자가 평소에도 꿈속에 잠겨 산다는 사실을 알았다. 그는 그녀 앞에 있을 때조차 먼 바다 어딘가에 있다는 해시(海市)의 왕자로 살고 있었다. 해시? 응, 바다의 도시. 그는 망망대해를 눈앞에 두고 있는 사람처럼 한 팔을 들어 허공을 저었다. 해시에서는 혁명이 일어나 왕정이 복고되었다고 했다. 자기는 왕자가 되었고. 그의 말투며 행동거지며 하나같이 나른한 것도 무리는 아니라는 생각을 그녀는 했다. 그의 정신은 거리를 잴 수조차 없는 머나먼 왕국에 살고 있었고, 그의 육체는 그런 정신이 가냘픈 끈 몇 개로 조종하는 마리오네트였던 것이다. 신호가 연착되고 행동이 느려지는 것도 무리는 아니었다.

남자는 자기 별명이 저도 모르는 새 나른 보이가 되었다는 사실에 분개하고 있었다. 이제 그 시인 강사는 학교에 나오지 않는다. 어디로 갔는지도 알지 못했다. 여자가 물었을 때 그는 그래도 조금은 사랑하지 않았을까, 하고 들릴락 말락 혼잣말했다. 그는 무슨 말을 해도 다 혼잣말처럼 들렸다. 침대에서 마주앉아서도 혼잣말을 하는 듯했고, 입술을 부딪고 있는데도 콧김에서 먼 바다의 쓸쓸함이 느껴졌다. 그 강사, 얼마나 밝히는지 난 그냥 개였다니까. 개? 응, 래브라도 레트리버. 남자를 밝혔어? 말도 마. 지금은 뭐한대? 몰라. 흠, 이 세상엔 몰라도 되는 것투성이야. 시인이니 헤픈 시나 쓰겠지.

그러다 여자는 나른 보이가 왕자가 되는 것을, 그러다 늑대가 되는 것을, 다시 개가 되는 것을, 그러다 마침내 짐승이 되는 과정을 지켜봤다. 그는 오렌지색 드로즈팬티에 오렌지색 망사러닝셔츠를 입고 침대로 뛰어올라왔다. 더블 사이즈의 침대 한가운데 그녀를 두고 두 발과 두 무릎으로 기며 빙빙 돌았다. 짓기도 하고 입에 물고 씹기도 했다. 나 처음이야, 겁나. 그냥 빨기만 해. 하지만 그의 집엔 인간의 언어를 들어줄 귀가 없었다. 비명을 질러도 아무도 뛰어올라오지 않았다. 침대 위에서 그는 조금도 나른하지 않았다. 그녀가 아는 나른 보이는 오렌지색 연기를 피우며 어디론가 사라졌다.

남자가 자리에서 일어나보면 언제나 여자는 가고 없었다. 분비물이 말라붙은 흔적이나 뒹굴다 빠진 머리카락 몇 올, 숙취처럼 머릿속을 메아리치는 비명은 자르고 간 꼬리처럼 분명했지만, 그게 다였다. 여자는 없었다. 눈을 뜨면 언제나 혼자였다. 여자애들은 침대의 주인이 눈을 뜰 때까지 기다려주지 않는다, 라고 그는 생각했다. 여자애들은 아침이면 늘 할 게 많다, 라고. 두어 번 예외는 있었다. 하나는 삼학년 이학기에 유난히 추위를 타는 여자애가 있었는데, 갑자기 떨어진 기온에 동면에 들어간 곰처럼 무릎을 감싸고 그의 머리맡에 쪼그려 앉아 있었다. 다른 하나는 지난 사학년 일학기 때의 여자애로 주정뱅이였다. 그가 밤새 거칠게 다뤘지만 기분 좋게 취한 미소만 짓고 있었다.
아침에 남아 있건 사라졌건 남자가 기억하는 여자애의 이름은

하나도 없었다. 휴대폰 주소록에 남아 있을 수는 있지만 머릿속
엔 없었다. 그는 이제 사학년 이학기를 보내고 있었지만 이름을
외우는 학교 친구들의 수는 일학년 때보다 더 줄어 있었다. 이게
어떻게 된 일일까. 적당한 답은 떠오르지 않았다. 어떤 친구들은
군대에 갔고 어떤 친구들은 어학연수를 떠났으며 어떤 친구들은
휴학을 했다. 그랬는데 뭐?

　문득 외로워질 때면 남자는 시를 썼다. 그는 일어난 모습 그대
로 침대에 걸터앉아 노트북에 시를 썼다. 여자애들이 남겨놓고
간 사랑의 흔적을 추적하는 시를 썼다. 그런 시들은 서둘러 써야
했다. 그가 방을 비우자마자 일하는 아주머니가 들어와 머리카락
한 올까지, 휴지 한 장까지 다 치우고 시트까지 싹 새로 교체할
테니까.

　넌 선악의 구별이 없어, 걱정이야, 하고 다시 먼 바다 왕국의 목소
리가 속삭여왔다. **그런 네가 도대체 어떤 기준으로 우주를 구하겠다는 거
야?** 늘 잠이나 꿈에 취해 있는 남자이므로, 술보다 더 취하는 게
잠이고 꿈이므로, 그는 파도처럼 출렁이는 목소리에 대꾸를 하기
도 했다. 우주? 뭐 그딴 걸……

　…….

　여기까지 인터뷰하고 남자는 여자를 느긋이 바라보았다.

　"해시가 망망대해의 도시라고? 어느 쪽이지, 신기루라는 뜻도
있는데?"

여자는 남자의 모험담을 노트북으로 받아 적다 말고 인터넷 사전을 찾아보았는지 약간 신경이 거슬린 말투로 물었다.

"뭐는 없겠어."

남자는 왼손 약지로 귓구멍을 꾹꾹 누르며 나른하게 지껄였다. 계속 그렇게 막 갖다 붙여봐.

"왜 글을 쓰는 거야?"

"난 글 쓸 때의 전지전능함이 좋아."

"왕자가 이 거친 육지의 세상에는 뭔 볼일로 나왔대?"

남자는 바다와 지구와 우주를 지키기 위해, 라고 답했다. 어머, 말 된다. 그리고 여자도 지키고? 하고 여자는 꼿꼿이 고개를 세우며 물었다. 그는 입을 꾹 다물고 오른손 검지를 들어 할리우드 배우들처럼 두어 번 좌우로 흔들었다.

"작품에 보면 심해…… 민주주의를 거부하고 왕정을 복고시켰다는 얘기가 나오는데, 이럴 리가. 비현실적인 설정 아냐?"

"자기 운명을 자기 손으로 결정하고 지키는 거, 어떤 사람들에겐 귀찮고 너무 버거운 일 아닐까? 지금 정권은 어때? 말기쯤 가서 군부랑 손잡고 왕정을 선언하면 찬성하는 사람이 정말 하나도 없을까?"

남자는 눈을 가늘게 뜨고 여자의 어깨 너머로 시선을 던졌다. 그쪽엔 전면 유리창이 있었고 너머로 다시 대학 도서관의 서가가 보였다. 몇몇 학생들이 고개를 들고 발을 끌면서 서가 주위를 돌고 있었다. 햇살은 한 달 전보다 더 냉담하고 공허하게 일렁였다.

몇 주의 수업만 더 들으면 겨울이 오고 이 학교에는 더 볼일이 없을 것이다. 아마 졸업식에는 오겠지. 그는 턱을 괴고 서가 사이에서 비스듬하게 흘러내리는 햇살을 바라보았다.

"너는 어때? 찬성하겠어?"

여자의 말을 귓등으로 흘려보내며 남자는 흡흡, 그녀의 냄새를 맡았다. 아는 냄새다. 이학년 때 한 학기 정도 사귀었던 시 창작 강사의 냄새였다. 린스 냄새일까, 로션? 에센스라는 것도 있지. 강사는 향이 센 화장품은 쓰지 않았다. 강사에게서 센 화장품 냄새를 맡았던 것은, 함께 태안으로 섹스 휴가를 떠났던 그 며칠뿐이었다. 아무튼 이 여자에게서 그 여자의 냄새가 난다.

"나야 찬성하지, 왕자잖아."

그리고 남자는 책의 인플레야, 하고 말끄트머리에 혼잣말하듯 덧붙였다. 인플레? 여자가 묻자 그는 턱으로 서가를 가리켰다. 책이 정말 많이 나오긴 해, 하고 여자가 돌아보며 조그맣게 말했다. 많이 나오는 건 좋은데, 나와서 아무 가치도 없이 저렇게 쌓이기만 하는 게 보기 괴롭지. 제 가치랄 것도 없이 말이야.

"언젠간 우리 책도 저렇게 될 거야."

여자가 말했다. 남자는 잠깐 이 여자도 그 여자처럼 강인하고 거침이 없을까 생각했다. 평소에는 향도 없고 색조도 없는 화장술로 건조하게 치장하다가 침대에만 오르면…… 이 여자도 그 여자처럼 시인이었다. 작년에, 삼학년 여름방학 중에 문예지로 등단했다.

"그러니까, 해시에 착하고 아름다운 공주는 없는 거야?"

"있을걸."

"무슨 남의 작품 얘기하듯 하네."

여자는 노트북 쪽으로 등을 구부린 채 고개만 비죽이 들고 말했다. 그러곤 남자의 책을 들고 책장을 팔락팔락 넘겨보았다.

"공주가 없는 왕자라니, 게이 왕자도 아니고."

"있어, 흔적뿐이지만. 공주는 어쨌든 왕자라는 꿈을 먹고 사니까."

남자는 다음 편을 기다려줘, 하고 덧붙였다. 여자는 노골적으로 기분 나쁘다는 표정으로 노트북 자판을 두들겼다. 확실히 여자는 처음 인터뷰 약속을 잡을 때부터 그에게 기분이 상해 있었다. 근래 보기 드문 마초 문학을 하고 있다는 거였다. 학내에 떠도는 난잡한 소문들처럼.

남자는 대학에 입학하기 훨씬 전부터 제 글이 남의 기분을 상하게 한다는 것을 알고 있었다. 처음 글이란 것을 써 남에게 읽힌 바로 그 순간에 깨달은 사실이었다. 인상이 변하고 입술을 샐쭉거리고 눈을 부릅뜨고. 이를테면 손으로 상대의 음경을 불쑥 움켜쥐었을 때의 반응 같은 것이었다. 여자애라면 뺨을 때릴 것이고 남자애라면 주먹을 날릴 것이었다.

남자는 일곱하고 반 학기 내내 강의실 한가운데 앉아, 물렁물렁한 아이들이 자기 시를 읽고 흐물흐물한 반응을 보이는 것을 봐왔다. 물렁물렁하고 흐물흐물한 해초 같은 아이들이었다. 바다 왕국에서 해초는 흔하디흔한 것이었다. 아무 데나 널려, 자기 의지도 없이 파도에 쓸려왔다갔다 하는 물컹한 것들이었다.

"제대로 된 걸 한번 써봐."

"제대로 된 거요?"

시 강사는 섹스가 끝났는데도 남자의 음경을 쥐고 놓아주지 않았다. 이학년 여름방학 때 안면도 휴양림에서 작품에 대해 대화를 나눴었다. 그녀는 삼박 사일 동안 그를 쥐고 한순간도 놓아주지 않았다. 그가 지쳐서 개처럼 할딱일 때도 놓아주지 않았고 물렁해져선 안 된다고, 내 앞에선 언제나 딱딱해야 한다고, 야무진 손놀림으로 다그쳤다.

"지금도 애들이 절 싫어하는데."

"그래, 모두가 진짜 싫어할 만한 걸 써봐. 단 한 명도 좋아하지 않을."

남자는 그때 자신이 뭔가 특출한 남자임을 느꼈다. 시 강사가 그렇게 느끼게 해줬다. 자신이 특별하다고, 어느 남자도 따라올 수 없는 뭔가가 있는 남자라고. 그녀는 그를 일단 특출한 남자로 만들어놓고, 그 특출한 남자를 탐하고 또 탐했다. 그는 소리 질렀다.

"모두가 날 싫어할 때까지 투쟁할 거야!"

"그래! 더 깊이! 그래!"

"모두가 날 싫어하고 증오할 때까지 투쟁할 거야!"

그리고 휴양림에서 돌아왔을 때 시 강사는 느닷없이 남자를 차버렸다. 그저 교수가 학생을 대하듯, 냉담하게 그를 대했다. 데이트도 키스도 섹스도 속삭임도 없었다. 면담도 거절했고 눈도 마주치지 않으려 했다. 아주 잠깐이지만 그는 중요한 무엇을 잃은 기분이 들기도 했다. 어렴풋 마음의 환지통 같은 것을 느끼기도 했다. 이 로맨스는 한 학기로 끝인가? 애들이나 하는 절교 선언? 이런 건 바라지도 않았다. 그저 냉담함의 이유나 알고 싶었다. 그러다 삼학년이 되었고 마음의 저림도 옅어졌고, 시 강사는 더 이상 학교에 나오지 않게 되었다.

남자는 상처받지 않았다. 그는 그냥 그런가 보다 했다. 그는 뼛속까지 왕자였다. 그의 뼈는 너무 단단해서 잃어버린 사랑 따위론 사소한 흠집도 나지 않았다. 그는 실연의 아픔을 무한히 튕겨내며 여자애들과 산문으로 된 긴 시에 열중했다. 사람들이 소설이라고 하는 것, 교재에 소설이라고 나와 있는 긴 시를 썼다. 그는 시를 쓰는 마음으로 그 소설을 썼다. 삼학년 두 학기 내내.

모두가 싫어할 만한 소설을. 모두가 남자를 증오하게 될 만한 소설을.

"첫 문장이 인상적이야. **공포가 그 해안가 마을에 거대한 닻을 내리웠다**…… 해안가 마을에 대한 구체적인 묘사도 있지. 지명도 등장해. 충남 태안군 안면읍이라고. 거기 사는 분들은 몇 문단만 읽어도 금방 알겠어, 자기 마을이라는 걸."

"기다리고 있는데."

"뭘?"

154

"항의전화."

여자는 입을 닫고 빤히 남자를 쳐다보았다. 요즘 세상에 그런 걸 바라다니, 어이가 없네, 하는 표정으로. 그녀는 왜 하필 이딴 걸 썼어, 하고 물었다. 작품을 쓰게 된 계기는 뭐야, 하고.

"엄마가 우울증이야. 알잖아, 요즘 그 병 유행인 거. 그거 땜에 다들 살짝 돌아서 커밍아웃도 막 하고 이상한 약 같은 것도 구하러 다니고 히키코모리 흉내도 내고."

"너처럼 소설도 쓰고."

남자는 턱을 괴었던 손을 떼고 목을 빳빳이 세우며 여자를 바라봤다.

"엄마가 약을 먹거든. 그런데, 엄마가 약을 먹어놓고 약 먹은 사실을 잊어버려 몇 시간 간격으로 계속 약을 드시는 거야. 약이 원래 하루 세 번만 먹게 돼 있거든. 식후 삼십 분, 하루 세 번. 처음에는 하루에 네 번 다섯 번씩 먹다가, 나중에는 여섯 번 일곱 번씩 먹게 되더라고. 밥 먹고 삼십 분 있다 약을 먹고 나서는 한 시간쯤 있다가 내가 또 깜빡했네, 하고 한 봉을 더 먹는 거야. 그러자 이주일치 약이 일주일 만에 동이 나게 됐어. 환자가 아무리 떼를 써도 병원에서는 처방전을 중복해서 써주지 않거든. 결국 엄마는 남은 일주일을 약 없이 무방비로 보내게 되는 거지."

"가족이 몰랐어?"

"얘길 안 했지, 엄마가. 우울증도 괴로운데 치매까지 앓느냐고 할까봐 꼭꼭 숨겼겠지. 그렇게 해서 한 주는 약을 과잉복용을 하고 한 주는 약을 미복용하고, 이런 상태로 일 년을 끌었거든. 결말이 흥미로워. 우울증은 한층 심각해졌고 거기에 플러스로 약의 부작용까지 나타났지. 병원에 입원했는데, 의사가 어떻게 약을 안 먹을 때의 증상과 약에 중독되었을 때의 증상이 함께 나타날 수가 있내."

"그런데 그 얘기가 작품이랑 무슨 상관이야?"

"내가 미칠 뻔했다니까. 잘 찾아봐. 어딘가에 반영이 돼 있을 거야."

여자는 비죽이 입을 내밀고 다시 책을 들어 책장을 소리 나게 넘겼다. 농담인지 아닌지 통 알 수가 없네, 하고 그녀는 남자의 눈을 똑바로 쳐다보았다. 어쨌든 어머니는 바다 왕국의 왕비 아냐? 그러자 그는 할리우드 배우처럼 오른손 검지를 쭉 펴서 들어 보였다.

"그건 아니라고 봐. 엄마는 그냥 엄마지. 엄마는 그냥 청담동 집의 일층 안방을 차지하고 누운 환자라고."

여자는 테이블이 울리도록 책을 내려놓았다. 도서관 서가에는 벌써 해질녘의 노란 물이 은은하게 번지고 있었다.

"좋아, 끝으로 상금은 어쩔 거야? 꽤 되지 않아? 다른 애들이라면 학자금 대출부터 갚겠다고 하겠지만."

"그래? 꽤 돼? 그게 꽤 되는 거란 말이지."

남자가 흥미롭다는 표정을 짓고 동안 여자는 노트북을 끄고 덮었다. 노트북 한편에 놓았던 휴대폰을 들어 녹음을 껐다. 그녀는 그에게 눈길 한번 주지 않고 인터뷰 자리를 정리했다. 그녀는 그의 취향이었다. 그녀는 시인이었고, 그가 좋아하는 눈매와 살빛을 갖고 있었다. 그녀가 쓴 시는 한 편도 읽어보지 않았지만, 가는 허리와 골반의 곡선은 정말 마음에 들었다. 어린 나이에 등단해 천재 소리를 듣는 그녀는, 문득 사라져버린 시 강사처럼 긴 목이 섹시했고 화장을 거의 하지 않아 갓 잡은 송아지 고기처럼 신선한 냄새를 풍겼다.

나른 보이는 그날 밤 음경이 부러지는 소리를 들었다. 제 인생의 기둥줄기가, 그의 왕조의 뼈대가 부러지는 소리가 들렸다. 바다가 뒤집히고 지구의 핵이 터지는 소리를 들었다. 뚝, 하고. 그날 밤 그는 자지 싸움에서 패했다.

나른 보이는 자신에게 과연 사랑이란 게 가능할지, 자기가 지금 하는 것이 정말 사랑인지 궁금했다. 까다로운 질문이었다. 까다로운 것들은 나른한 목소리로 시 강사에게 답을 구하곤 했다. 이미 학교를 떠난. 그러면 희한하게도 그녀는 지난주에 미리 작성해놓은 중간고사 답안이기라도 하다는 듯이 그가 미처 예상 못한, 그러면서도 딱 그거인 듯한 해답을 내놓곤 했다.

"이 여자가 그 여자야."

나른 보이는 오후에 인터뷰를 했던 여자애의 벗은 어깨를 부서져라 짓누르며 중얼거렸다.

"응? 뭐?"

이 여자애도 시인이고 그 여자와 같은 냄새를 풍겼다. 거의 꾸미지 않아 진짜나 매한가지인 살빛과 냄새. 게다가 똑똑하기까지 했다. 여자애는 자기가 이 침대에 발가벗고 올라온 몇 번째 여자인지 묻지 않았다.

"잠자리에서 짐승 같다는 얘기는 좀 들었어."

"늑대가 아니고?"

"아니. 짐승. 한번 해봐. 짐승을 데리고 나와봐."

여자애는 피식 웃었다. 나른 보이는 침대를 나가 오렌지색 팬티와 러닝셔츠를 새로 맞춰 입고 그르렁거리며 다시 침대로 뛰어들었다. 그는 그녀를 향해 컹컹 짖었다. 그는 그녀를 잡아먹기 전에 먼저 나른 보이를 잡아먹었다. 나른 보이는 오렌지색 연기 속으로 사라졌다.

여자애는 아름다웠다. 왕국 주변을 오가는 흰돌고래처럼 크림색의 미끄러운 피부를 가졌다. 그녀도 남자처럼 백 퍼센트 사람은 아니었다. 그는 처음엔 그 사실이 무엇을 뜻하는지 짐작도 못했다. 그가 짐승이 되어갈수록 그녀도 짐승이 되어간다는 의미를. 그녀도 그 여자 같았다. 용서를 모르고, 물러설 줄을 모르고, 절정의 순간에 미쳐버렸다. 그녀에게서 그 여자를 보는 순간, 이 여자가 마침내 그 여자가 되는 순간, 그는 소리를 들었다. 그녀가 어느 순간 골반을 내리틀었고, 그러자 뚝, 하고 음경이 부러지는 소리가 들려왔다.

싸움에 패한 남자는 침대에 걸터앉아 청색 새벽을 맞으며 시를 썼다. 자기는 시라고 썼지만 남들은 소설이라고 읽을. 곁에는 아무도 없었다. 침대는 비었고, 욕실에도 방바닥에도 다른 누군가의 흔적은 없었다. 있는 것은 그와 그가 벗어놓은 옷가지와 오렌지색 속옷들뿐이었다. 그는 썼다, 침대 시트를 물들이는 새벽의 푸른빛과 지난밤에 자지를 부러뜨려놓고 달아난 여자애에 대해. 왕자가 품었던 공주에 대한 서글픈 꿈과, 다시는 일어설 수 없는 바다 왕국의 왕조에 대해.

(『현대문학』 2014년 11월)

공포가 그 해안가 마을에

거대한 닻을 내리웠다

공포가 그 해안가 마을에 거대한 닻을 내리웠다. 여자는 그 광경 앞에서 마을에 옛날부터 떠돌던, 유년 시절부터 그녀의 해안가 삶과 늘 함께였던 전설을 떠올렸다.

어느 날 하늘에서 흰 뱀이 내려와 바다에 닻처럼 내리울 것이다……

소녀 적부터 여자가 들었던 전설은 그뿐이었다. 그 흰 뱀이 길조인지 흉조인지 하는 건 알려지지 않았다. 길조여서 마을에 풍요를 가져다주고 바다가 삼킨 가족과 배들이 돌아올 것인지, 아니면 흉조여서 마을이 혼돈에 빠지고 어선들이 빈 그물만 건지게 될 것인지에 대해서는. 그녀가 들은 것은 그저 하늘의 흰 뱀 이야기일 뿐이었다.

어렸을 때부터 여자는, 계절에 상관없이 기상이 좋지 않을 때면 창가에 서서 젖은 눈으로 바다를 바라보곤 했다. 창가에 서서 간혹 눈물에 뺨을 적시고 있는 소녀를 보며 집안 어른들은 어린 것이 유난히 감수성이 풍부하다며 중학교에 갈 나이가 되면 큰 도시로 보내 피아노나 그림이나 뭐 그런 걸 가르쳐야겠다고 했다. 시든 소설이든 글을 쓰는 일도 괜찮을 거라고 했다. 당진에 사는 친척의 아들이 소설을 써서 상금을 천만 원이나 받았다는 얘기는 집안의 자랑이었다.

하지만 여자는 호기심이 일어서 창가에 서 있었던 것이고, 이따금 눈물을 글썽였던 건 날선 바닷바람이 그녀의 작은 눈을 할퀴고 지나가곤 해서였다. 소녀의 호기심을 자극한 건 전설이었다. 하늘에서 흰 뱀이 내려오는 광경을 그녀는 놓칠 수가 없었다. 기상이 심상치 않으면 여자는 창가로 냉큼 달려가 서곤 했다. 비가 오거나 먹구름이 잔뜩 끼었거나 예보에 폭풍이 인다고 하면 소녀는 방에 남아 때를 노리곤 했다.

그렇다고 여자가 전설을 곧이곧대로 믿은 것도 아니었다. 흰 뱀이 무엇의 은유인지 모를 나이의 소녀가 아니었다. 하늘에서 흰 뱀이 내려올 리가, 그냥 은유일 뿐이야, 약간의 지적 즐거움을 위한 거라고, 소녀는 창밖 바다를 내다보며 혼자 재재거렸다.

"흰 뱀의 정체는 번개야."

바다 저 끝에서 수협 공판장만 한 시커먼 뇌운이 밀려오면 여자의 어린 마음은 콩닥콩닥 뛰었다. 심연보다 더 어두운 구름장이 열리고 곧 흰 뱀이 내려올 차례였다. 그 긴 몸을 신경질적으로 예리한 각도로 꺾으며 바다를 향해 내리꽂힐 것이다.

하지만 흰 뱀이 마을 앞바다에 머무는 시간은 길지 않았다. 망막 위에 잔상이 명멸하는 시간까지 더해 길어야 일이 초였다. 남는 건 일찍 사춘기가 찾아온 소녀의 짜릿함뿐으로, 자위를 하고 난 것처럼 그날은 내내 기분이 안정되었고 단잠에 빠질 수 있었다.

여자의 소녀 시절은 그렇게 지나갔다. 중학교에 들어가도 여전히 창가에 가 섰지만 큰 도시로 피아노를 배우러 유학을 가거나 하지 않았다. 어른들은 미안해하는 눈치였지만 그녀로선 잘됐다는 생각이었다. 그녀는 학업이든 그림이든 피아노든 취미가 없었고 그냥 할랑할랑 책가방 메고 면 소재지 중학교를 오가는 게 즐거웠다. 고등학교도 읍 소재지의 학교를 다녔고, 마침내 대전에 있는 간호전문대학에 입학하고 나서야 그녀는 바다가 내다보이는 창가를 비워두고 해안가 마을을 떠났다.

이 년의 전문대 과정이 끝나자 여자는 고향으로 돌아와 다시 창가에 섰다. 잠시 자리를 비운 것일 뿐, 그녀는 마을의 모래톱을 영원히 떠나지 않을 작정이었다. 그녀는 라디오의 기상예보에 다시 귀를 기울였고 촉촉이 젖은 눈을 하고 창가에 가 섰다.

그리고 몇 해 지나지 않아 초등학교 동창과 결혼을 했고 스무 집쯤 건넌 자리에 신혼집을 마련했다. 말이 스무 집이지 여자의 마을에선 스무 집이면 해안의 끝과 끝이었다. 남편은 외지인들을 상대로 낚싯배를 굴렸고 그녀는 집을 이층으로 개조해 민박과 식당을 했다. 그러다 딸을 낳았고 마을의 다른 집들이 그러듯 고등학교에 들어갈 나이가 되자 딸을 서산시로 전학을 보냈다. 그러는 와중에 남편은 이혼을 했나, 낚싯배가 뒤집혀 실종되었나, 경마에 빠져 도망갔나, 아무튼 이러구러 그녀 곁을 떠났다. 딸이 대학생이 될 무렵에 그녀는 남편의 이름도 잊었다. 얼마나 많은 홀로된 남녀가, 배우자였던 이의 이름 석 자도 기억 못하는지 알면 깜짝 놀랄 것이다.

민박 사업도 나쁘지만은 않게 흘러갔다. 여자는 최근에 인터넷에 민박집 블로그도 개설했다. 그럴 듯한 사진을 찍어 올리려고 커튼이며 장판이며 전부 다시 했고, 디지털 카메라까지 사서 찍는 법을 익혔다.

여자가 흰 뱀을 보기 위해 처음 창가에 섰을 때에 비하면 세상은 완전히 다른 것이 됐다. 가까운 바다엔 해양경찰의 순찰선이 떠다니고 약간의 해변만 남겨놓고 마을 전체가 콘크리트로 포장됐다. 콘크리트 도로는 눈이 시릴 만치 빛을 뿌렸고 삼층짜리 상가 건물도 들어섰다. 마을 한 귀퉁이엔 피서객들을 위한 대형 무대까지 마련되었다. 비수기엔 난파선 이상으로 흉물스러웠지만, 피서철엔 서울에서 트로트와 댄스 가수들이 떼로 내려와 그 위에서 춤을 추고 노래를 불렀다.

이제 기상예보도 인터넷으로 실시간 확인이 가능해졌고 최근엔 중국인 휴양객들까지 몰려들기 시작했다. 바다의 풍광도 변했다. 수평선은 시의 북쪽에 자리한 석유화학단지로 들어가는 유조선들로 늘 붐볐다.

딸은 서울에 있는 대학에 다니고 있었고 여자의 나이는 이제 쉰이 낼모레였다. 모든 게 달라졌다. 달라지지 않은 건 시커먼 뇌운에서 바다로 내리꽂히는 번개, 흰 뱀뿐이었다. 흰 뱀을 바라보던 안방 창틀까지 나무에서 알루미늄 새시로 달라졌다. 그녀가 소녀에서 쉰 살 민박집 주인이 되는 동안 달라지지 않는 건 창밖 먼 바다의 흰 뱀뿐이었다. 다른 건 다 변해도 흰 뱀만은 여전했다.

물론 흰 뱀이 닻처럼 마을 앞바다에 내리울 거라는 전설은 실현되지 않았다. 하지만 여자는 몇 해 전 딸을 서울로 유학 보내던 날 이렇게 생각했다. 그날도 비가 많이 오고 뇌운이 하늘에 가득했다.

'어쩌면 저 뱀 때문에 내가 버티고 있는 건지도 몰라. 저 뱀은 내 삶이 흔들리지 않도록 세상에 내리워진 닻 같은 거야.'

여자는 눈물로 짓무른 눈가를 꾹꾹 누르며 창가에 서 있었다. 그녀는 결국 다 떠나도 흰 뱀만은 자기 곁을 지켜줄 것이라며, 믿을 건 흰 뱀밖에는 없다는 데까지 생각이 미쳤다. 그렇게 흰 뱀은 그녀의 마음에 닻을 내리웠다.

여자는 하늘 한가운데 하얗게 젖이 흘러내린 자국 같다고 생각했다. 한껏 부푼 유방에서 저도 모르게 흘러내린 젖 한 줄기. 비록 그녀의 유방은 그런 적이 없었지만, 엄마를 떠올리면 그리고 마을의 아주머니들을 생각하면 하늘의 그것은 꼭 젖을 닮았다.

또 한편 그것은 칠월 폭풍이 물러간 하늘 끝자락에서 하얗게 말라가는 침방울 같기도 했다. 말더듬이의 수다처럼 답답하고 신경에 거슬리는 하늘빛을 배경으로 흰색 톤의 얼룩이 하나 돌올하게 떠 있는 형상이라, 방 안에서 밥상을 받던 사람의 눈에는 그것이 지난밤에 창 유리창에 새로 생긴 얼룩으로 보였을 수도 있었다. 고니가 지리고 간 똥 같은.

그것은 젖도 침도 똥도 유리창에 묻은 얼룩도 아니었다. 그것이 만약 마을 사람들도 익히 알고 있는 어떤 것이라면, 그것을 말끔히 닦아 지난주나 지난달의 하늘처럼 비록 맑지는 않지만 눈에 띄는 흠은 없는 평범한 하늘로 되돌릴 수단을 찾아낼 수도 있을 것이었다. 하지만 그게 뭔지 안다고 자신할 수 있는 사람은 마을에 없었다. 걸레나 시너로 그걸 닦아낼 수 있다고 누구도 자신하지 못했다.

마을 앞바다에 잔뜩 찌푸리고 있는 하늘의 저 끝까지 올라갈 수단도 없었다. 먼 바다를 오가는 유조선을 불러 배의 가장 높은 곳, 깃대 꼭대기에 올라간다면 손이 닿을까? 하지만 그래도 안 될 거라는 건 금방 알 수 있었다. 마을에서 보이는 가장 높은 산봉우리보다도 높은, 훨씬 더 높은 위치에 그것이 있었기 때문이다.

마을 사람들은 지난 며칠 동안 그게 뭔지도, 어떻게 해결할 수 있는지도 알지 못한 채 되는대로 지껄여댔다.

"누가 마을 하늘에 침을 뱉어놨는데 본 사람이 없단 말이야?"

"우리 집은 이제 배를 띄우지 않거든요. 그러니 흥, 하늘 따위."

일단 마을 회관에 모이는 것부터 불평이 컸다.

"사진을 찍어 인터넷에 올려볼까?"

마을 사람이 그러기 전에 이미 평택에서 온 낚시꾼이 사진을 찍어 자기 블로그에 올렸다. 하지만 하찮은 반응뿐이었다. 사진에 드러난 그것은 너무 작았고 너무 흐렸고, 너무 엉뚱한 위치에 있었기 때문에 흥미를 끌지 못했다. 댓글 하나 달리지 않았다.

"누가 우리 하늘을 더럽혀놨어."

"우리 하늘을 모욕했어."

지금은 이십일 세기였고, 마을엔 현자 같은 인물은 없었다. 늙은 사람들은 많았지만 그저 굼뜨고 둔한 사람들일 뿐이었다. 떠날 때를 놓쳐 그냥저냥 눌러살다 이 나이까지 된, 미련 많은 노인네들.

그에 비하면 여자는 파릇파릇한 젊은이였다.

"난 저게 전설이 실현된 거라고 봐요."

여자는 전설 따위에 관심을 가질 세상이 아니란 것을 잘 알고 있었기 때문에 말꼬리가 힘없이 축 늘어져 혀끝에서 질질 끌렸다.

"있잖아요, 아이. 어느 날 하늘에서 흰 뱀이 내려와 바다에 닻처럼……"

노인네 몇이 잠시 숨을 멈추고 여자를 바라봤다. 하지만 위성방송이 집집마다 들어오고 컴퓨터가 생기고 인터넷을 사용하게 되자, 마을엔 전설이라고 할 만한 것이 자취를 감춰버렸다. 전설은 멸종했다. 전설보다 백배는 더 신기하고 암시성이 풍부한 일들이 사방에 가득했던 것이다.

"저게 어딜 봐서 뱀이야?"

회관에 모인 사람들은 고개를 돌려 창밖을 바라봤다. 하늘에 뭔가 긴 얼룩 같은 게 있지만 바다 물면과는 고층 아파트 두 채 길이만큼이나 떨어져 있었다. 뱀 같지도 않았지만 그게 조만간 닻처럼 내려올 것 같지도 않았다.

"그래서?"

"예?"

"그 다음 이야기는 어떻게 되냐고."

여자는 좌중 앞에서 상념에 잠겼다. 그러네, 나도 그 다음에 무슨 이야기가 이어지는지는 못 들어봤는데, 하고 중얼거렸다.

아무것도 알아내지 못하자 사람들은 문제를 해결하기보다는 외면했다. 풍경의 일부로 받아들인 다음 그것을 의식의 시야에서 지워버렸다. 마을의 하늘은 깨진 거울이나 흠집 난 차창같이 여전히 볼썽사나웠지만, 마음만은 평상심을 회복할 수 있었다.

여자는 그렇지 않았다. 통학 버스를 놓친 소녀처럼 불안했다.

여자는 사라진 어버이날 기념 꽃 브로치를 두고 고양이와 실랑이를 하다 말고 거실로 뛰어들어갔다. 그러곤 집에 있는 많지 않은 책들을 죄다 꺼내놓고 뒤지기 시작했다.

"이 어린애가 뭐라고 썼더라."

여자는 책 한 권을 찾아들고 소리 나게 책장을 넘기며 거실에서 주방으로 화장실에서 다시 거실로 정신없이 바장였다. 책의 작가후기 페이지를 읽고 추천사가 쓰인 뒤표지까지 다 훑고 나서야 그녀는 겨우 걸음을 멈추고 고개를 들었다.

하지만 전화가 왔고, 바람이 세차져 창문을 닫았고, 성질난 고양이의 밥을 챙겨주었고, 한참을 그러다 여자는 작가후기의 무엇이 그토록 자기 눈길을 끌었는지 또 잊어버렸다.

여자가 다시 책을 펼친 것은 해질 무렵이었다. 작가후기를 또 읽었지만 그녀가 어렴풋이 찾던 것의 흔적은 작가후기에 없었다. 작가 후기에는 **나는 어째서 사람들이 소설에서 극적인 것을 원하는지 모르겠다. 드라마를 원하는가? 그렇다면 텔레비전을 켜라,** 하는 따위의 얘기만 있었다. 그녀는 또 처음부터 훑어봐야 하나, 하는 생각에 마음이 무거워졌다. 하지만 그럴 필요까지는 없었다. 찾던 것을 본문의 첫 페이지, 첫 문단에서 발견했던 것이다.

공포가 그 해안가 마을에 거대한 닻을 내리웠다.

여자의 집엔 책이 얼마 없었다. 금박 입힌 세계문학전집 같은 게 어렸을 때부터 유리문 달린 원목 책장에 들어있었지만 그녀에겐 허영의 상징처럼 생각되었다. 그녀는 꼭 읽고 싶은 책만 샀고 산 책은 반드시 읽었다. 그 결과 그녀의 집에는 그녀의 간호학 전공서적과 소설 열댓 권만 놓여 있게 되었다.

여자는 소설책의 첫 페이지 첫 문장을 여러 번이나 소리 내 읽었다. 첫 문장이 그녀에게 뭔가를 얘기해주고 있었다. 그녀를 불러 세우고 말을 걸고 있었다. 그녀는 책 표지의 날개를 펴고 잘 들리지 않는 속삭임에 귀를 기울이듯 약간 고개를 눕혔다.

여자는 떨리는 가슴으로 본문의 첫 문장과 창밖 하늘을 번갈아 바라보며, 머릿속으로는 흰 뱀이 등장하는 마을의 전설을 떠올렸다. 이 소설을 쓴 작가도 흰 뱀의 전설을 알고 있는 걸까. 고향이 우리 마을은 아닐까. 하지만 이름도 모르겠고 얼굴도 낯설고 아직 대학 재학 중인 어린애였다.

여자는 민박 손님을 주방으로 불러 함께 저녁을 먹었다. 따지기 좋아하는 여대생 두 명이었다. 결혼에 남자 얘기만 꺼내면 질색을 했다. 설거지를 마칠 때쯤엔 창밖으로 노을이 지고 있었다. 황혼이 거실까지 호박색으로 녹아 흐르고 있었다. 이제 소파로 가 쉴 시간이었다. 그녀는 커피를 내려 머그잔에 담아 책과 함께 거실로 가져왔다.

여자는 소설을 읽기 시작했다. 하지만 그녀는 열 페이지도 못 읽고 상념에 빠져들었다. 작가는 고등학생 때부터 작가가 인생의 목표였다는데, 나는 고등학교 때 뭘 했더라. 아마 어망을 손질하느라 갈라진 손가락 때문에 늘 약간은 화가 나 있었을걸. 그녀는 손톱도 기르지 못했고 남학생들 앞에서 손을 똑바로 펴지도 못했고, 일제 매니큐어를 뽐내던 친구 하나와는 절교까지 했다.

'그래! 절교한 그 앤 또 어떻게 됐더라?'

여자의 생각은 자꾸 옆으로 샜다. 나이가 들수록 집중력이 떨어졌다. 열 페이지쯤 읽다가 옆길로 샜다가 다시 열 페이지 읽고 또 옆길로 빠지는 과정을 반복한 끝에 자정이 가까운 시간에 그녀는 결말부만 남겨놓고 책을 덮었다. 두 번째 읽는 것이기에 망정이지 처음 읽는 것이면 반도 못 읽었을 것이다.

소설의 주인공은 대학생이었다. 등록금을 마련하기 위해 학기 중에도 아르바이트를 두 개나 뛰어야 하는 가난하고 피곤한 학생이었다. **우리 딸은 아르바이트 하나만 하면 되는데**…… 주인공의 여자친구도 아르바이트를 두 개나 뛰고 있는 대학생이었다. 삶의 반이 아르바이트인 이 한 쌍의 연인은 자기들이 떠안은 삶의 부조리가 너무 이른 것은 아닌가 매순간 의심하며 술로 울적함을 달랬다. **가만있자, 딸애한테 남자친구가 있던가? 설마**…… 등록금이 비싸진 명분은 교육의 질을 높인다는 것일 텐데, 정작 주인공은 등록금을 벌기 위한 아르바이트에 쫓겨 수업을 빼먹기 일쑤였다. 주인공은 학점에 구멍이 나지 않을, 여자친구를 잃지 않을 최소 필요 시간만 남겨놓고 모든 시간을 아르바이트에 투자했다. **그러고 보니 내가 냈던 간호대학 등록금의 딱 여섯 배네. 이십오 년 동안 여섯 배가 올랐으면**…… 주인공은 맥주잔에 기네스 흑맥주를 거품 한 점 흘리지 않고 따르는 완벽한 기술을 습득하게 되었다. 편의점 야간점원을 하던 한 학기 동안엔 구멍 난 재고를 메우는 온갖 편법을 배웠다. 호텔에서 새벽 객실 담당을 하면서는 침대시트 정리의 달인이 되었다. **우리 딸은 뭘 할 줄 알더라?** 장학금은 받았지만 액수가 형편없었다. 공부나 열심히 해서 장학금을 노리라는 충고도 있었는데, 장학금을 위해 아르바이트를 포기하는 도박은 할 수 없었다. 주인공은 학자금 대출은 받지 않았다. 이자가 무섭고 등록금이라는 악몽에서 한시라도 빨리 벗어나고 싶었다. 주인공은 정부가 미웠다. 등록금을 올려 대학들 배를 불리고, 그 등록금을 빌려주며 이자놀이까지 하고 있었다. 이자로는 또 누구 배를 불려주려나, 하고 주인공이 분기탱천할 때 여자도 **가만있으면 골수까지 빨아먹겠네,** 하고 맞장구를 쳤다. 졸업할 즈음 주인공은 갖가지 아르바이트 기술의 상당한 경지에 이르렀고 학점도 그만하면 잘 나왔지만, 여자친구와는 헤어졌고 시험에 나오는 것 말곤 별다른 지식을 쌓지 못했으며 입영 통지서까지 날아왔다. 주인공은 겨우 이십 대 중반의 나이에 세상에 지치고 실망해서 자신이 휴대폰 배터리처럼 방전돼버렸다는 사실을 깨달았다. 삶을 새롭게 충전할 의지도 기운도 얼마 남아 있지 않은 듯했다. 주인공은 불현듯 충남 보령항으로 내려가 인테리어 업체에서 아르바이트하던 경험을 살려 봄부터 뗏목을 제작했다. 입대를 하느니 차라리······. 주인공이 뗏목을 타고 중국 칭다오가 있는 방향으로 사라진 건 초여름의 일이었다. 여기까지가 소설의 전반부였다.

그리고 반전이 있었다. 반전이 없다면 소설이고 연속극이고 의미가 없었다. 주인공은 알고 보니 머나먼 바다 왕국의 왕자였다. 어렸을 때 뭍의 세계도 알아야 한다며 바다 왕국의 지배자인 그의 부모가 해안가 마을에 그를 버린 것이었다. 주인공은 왕자답게 강인한 생명력과 운명을 지배하는 힘으로 학자금 대출 한 푼 안 받고 대학을 졸업했다. 머나먼 바다를 지배하는 왕족의 피가 흐르지 않았다면 불가능한 일이었다. 주인공은 왕자로서 제몫을 할 나이가 되자 성어가 된 뱀장어가 번식을 위해 태어난 심해로 돌아가듯 본능의 힘에 이끌려 뗏목을 제작했다. 주인공은 실연의 고통을 바다에서 죽음으로 달래려고 했던 것이지만 그건 실은 운명적 이끌림, 해안가 마을에 버려졌을 때부터 예정돼 있던 운명의 항로였다.

"충남 태안군 안면읍……."

그 해안가 마을은 여자의 마을이었다. 바다 왕국의 왕자는 이 마을에 버려졌던 것이다. 뗏목을 제작해 떠난 보령항과도 그리 멀지 않은 거리였다. 뗏목을 타고 노를 저어도 두 시간이면 닿을 거리였다.

왜 하필이면…… 처음 읽었을 때는 그럴 수도 있지 하고 심상하게 넘겼던 대목인데, 이제 다시 읽어보니 뭔가 심상치 않은 구석이 있었다.

왕국으로 돌아가 자신의 출생의 비밀과 마주한 주인공은 지난 이십여 년 세월의 수모를 떠올리며 한참을 오열했다. 대범한 남자는 아니었던 것이다. 주인공이 보기에 뭍의 세계는 사악했고 옳지 않았으며 이대로 방치할 수 없는 곳이었다.

"군대를 주세요."

왕자는 왕과 왕비 앞에 무릎을 꿇고 말했다.

"지금껏 제대로 생일상 한번 차려준 적 없잖아요. 이참에 한꺼번에 주세요."

죄책감이 뭔지 아는 다정한 부모였던 왕과 왕비는 주인공이 원하는 것을 내주었다. 군대를. 머나먼 바다 왕국의 군대를. 참고로 태평양의 면적은 일억 육천오백이십사만 제곱킬로미터이고, 남한의 면적은 구만 구천삼백칠십삼 제곱킬로미터다. 남한 전체 인구수는 태평양에 사는 고등어의 숫자에도 못 미친다.

소설은 이쯤해서 도입부의 첫 문장을 다시 한 번 보여준다. **공포가 그 해안가 마을에 거대한 닻을 내리웠다**…… 거대한 바다의 군대가 태안군 안면읍 앞바다에 닻을 내린다. 이따금 인터넷에 심해 괴물이라는 타이틀을 달고 등장하는 생명체들이 만 배 정도 뻥튀기해놓은 듯 거대한 크기의 괴물이 되어 포구 앞까지 몰려들었다. 아직 지성이 남아 있는 주민들은 손가락을 들어 그 숫자를 세어보았지만 어느 누구에게도 끊임없이 괴물들이 기어 올라오는 심해까지 들여다볼 수 있는 투시력은 없었다. 이미 올라온 괴물들만 세려고 해도 머리를 기준으로 세어야 할지 몸통을 기준으로 세어야 할지 통 헷갈리기만 했다. 뭍에서 개체를 나누는 기준과 바다에서 개체를 나누는 기준이 완연히 달랐던 것이다. 머리가 여럿이거나 몸통이 여럿이거나 머리만 있거나 몸통만 있거나, 수십 수백 마리가 군집을 이뤄 또 다른 하나의 개체가 되는 경우도 있었고 하나의 개체가 수백 수천의 서로 다른 개체로 나뉘는 경우 또한 있었다.

어쨌거나 괴물들이 상륙해 뭍의 생물들을 학살하기 시작했다. 주인공의 복수심을 원동력으로 움직이는 괴물들이었고 물 없이도 생존이 가능한 괴물들이었다. 선전포고도 없었다. 괴물들은 안면읍을 쓸어버리고 내처 주인공의 대학 소재지인 서울까지 밀고 올라갈 기세였다.

궁지에 몰린 주민들은 누구를 협상 테이블에 앉혀야 할지 알수 없었다. 아무 괴물이나 붙들고 하소연을 하려고만 하면 잡아먹혔다.

여자는 더 이상 책을 읽을 수가 없었다. 피곤하고 집중도 안 됐고 너무 끔찍했다. 소설의 후반부 내내 살육에 살육이 이어졌다. 오로지 살육뿐이었다. 그녀는 소설이 왜 이래야 하는지 알 수가 없었다. 너무 비인간적이지 않아? 선량한 사람은 어디 있는 거야? 얼마나 많이 사람이 죽어야 주인공의 원한이 풀릴까? 책을 찢고 괴물의 이빨이 튀어나와 핏물을 뚝뚝 듣는 듯하고, 비릿한 피 냄새가 책 밖까지 해무처럼 피어오르는 듯해서 혐오스럽기 그지없었다.

틀림없이 웃기는 대목인데 웃을 수가 없는 것도 문제라면 문제였다. 웃어야 할지 소름이 끼쳐야 할지 종잡을 수가 없었다. 뭐이런 소설이 다 있담. 여자는 누구에게랄 것도 없이 중얼거렸다. 결말부가 남았지만 잘 시간이었다. 여자는 책의 첫 문장과 현실속 마을에 내려오는 전설과의 닮은 점 따위는 까맣게 잊고 침대로 들어갔다. 어째서 책 속 배경으로 자기 마을이 등장하는지 궁금해했다는 사실도 다 잊고 잠에 빠져들었다.

　아침에 여자는 여느 때처럼 다섯 시에 일어나 간단히 씻고 밥을 하고 찌개를 끓였다. 침대를 정돈하고 주방과 거실을 청소했다. 민박 손님인 여대생들이 일어나 식탁에 앉는 시간은 여덟 시쯤이었다. 그녀는 늙었지만 민박 일이 피곤하거나 하지는 않았다. 그리고 나이 오십이 뭐가 늙은 건가. 서산시와 안면읍을 오가는 버스를 타면 아직도 그녀 쪽에서 자리를 양보해야 했다. 그녀가 소녀였을 때부터 쭉 그녀는 시외버스의 좌석을 양보해왔다. 그녀보다 더 어린 세대는 결코 등장하지 않았다. 그녀는 평생을 마을의 어린것으로 살아왔다.

　여자가 고양이 밥을 주고 났을 때 여대생들이 이층에서 내려왔다. 그녀는 찌개를 데우며 밥을 푸고 반찬을 내오고 여대생들이 재잘거리는 소리를 들어줬다.

　"저기 하늘에 희끄무레 늘어진 건 뭐죠?"

　기계공학을 전공하고 꿈은 시인이 되는 거라는 긴 머리 여대생이 물었다.

　"동아줄 아니야? 해와 달이 된 오누이라고 있잖아. 지금처럼 하늘에서 동아줄이 내려와서……."

　선교사가 되어 오르간을 연주하며 세계를 여행하고 싶다는 긴 머리 여대생이 대꾸했다.

　"어머, 너도 기억하는구나! 호랑이가 헌 동아줄 타고 애들 잡으러 가다 떨어져 죽는 거. 수수밭에. 그 수수밭이 남근 아니겠어?”

“그 동화 요즘 네오페미니즘 쪽에서 난리야! 호랑이가 수수밭에 엉덩이가 찔려죽는 게 현대적으로 아주 풍부한 의미를 갖고 있다나!”

“흠, 호랑이가 평소 수컷의 역할이었냐 암컷의 역할이었냐. 이게 중요해. 젠더는 항상 해석의 맨 앞에 있어야 하니까. ……근데 왜 그 동아줄이 여기 하늘에 내려와 있죠?”

“그렇다면 수숫대가 호랑이의 엉덩이에서 흘러나온 피로 빨갛게 물들어 현재까지 내려오고 있다는 건 어떻게 해석해야 할까? 물론 네오페미니즘의 시각에서…….”

평소 같으면 두 여대생을 보며 웃었겠지만 오늘은 그러지 않았다. 여자는 이미 자기 내면의 세계로 깊숙이 물러나 앉아 있었다. 여대생들은 시야에 없었다. 그녀는 오른손에 숟가락을 든 채 말을 잊었다. 그녀의 머릿속은 그녀의 내면에서 비집고 올라오는 갖가지 소리로 복닥거렸다. 그녀는 홀린 사람처럼 한참이나 꼼짝 않고 있다가, 초점 없는 눈과 표정 없는 얼굴로 자리에서 일어나 침실로 갔다.

여자는 삼십 년 가까이 바다의 번개를 관찰하곤 했던 창가로 가 섰다. 커튼을 걷고 안쪽 유리창을 열고 바깥쪽 유리창을 열자 왁자지껄 요란하게 떠드는 사람들의 목소리가 들려왔다. 그녀는 방충망마저 옆으로 젖혔다. 모래톱으로 내려가는 방조제 위에 열 댓 명의 이웃들이 한 줄로 늘어서 서서 하나같이 고개를 십오 도

각도로 치켜들고 있었다. 그 울긋불긋한 머리통들 너머로 찌뿌드
드한 아침 바다의 풍경이 널따랗게 펼쳐져 있었다.

여자는 무언가 난리가 났음을 직감했다. 아니 직감할 것까지도
없었다. 그냥 눈에 보였으니까.

하늘에 떠 있던 그것이 전에 없이 길어져 수면에 닿을 듯 늘어
져 있었다. 굵기도 전에 없이 굵어져 있었다. 그것은 이제 가래
침처럼 보이지 않았다. 엄마가 흘린 젖 같지도, 갈매기가 누고 도
망간 똥 같지도 않았다. 이제 그것은 하늘 저 멀리에서부터 내려
온, 희끄무레하고 거대한 동아줄같이 보였다. 여대생들이 제대로
봤다.

하늘에서 거대한 닻줄이 바다로 내려와 있었다.

거의 물면에 닿을 듯한 높이였다. 보트를 타고 가 손을 뻗으면
잡을 수도 있겠다 싶었다.

물론 끝에 시커먼 닻이 달려 있거나 하지는 않았다. 여자는 전
설을 상기했다. **어느 날 하늘에서 흰 뱀이 내려와 바다에 닻처럼 내리울
것이다**…… 닻처럼이라고 했지, 닻이라고 하지는 않았다. 물론 요
즘은 닻을 강철로 된 닻사슬에 매지 동아줄에는 매지 않는다. 하
지만 말 그대로 전설이다. 옛날 일인 것이다.

여자는 아직도 호랑이의 엉덩이에 대해 말이 많은 여대생들을
버려두고 밖으로 뛰쳐나갔다. 마을 사람들은 이미 난리부르스였
다. 방조제에 한 줄로 쭉 늘어서서 자기 의견을 개진하고 주장을
펼치고 큰소리로 자기주장에 대한 반론을 제기했다. 그들은 자기

집 마당에서 길을 잃은 사람들처럼 우왕좌왕했다. 그러면서도 일제히 휴대폰을 꺼내들고는 자기 눈으로는 믿지 못하는 것을 카메라 렌즈를 통하면 믿을 수 있다는 듯이 사진을 찍어댔다. 둘러보니 방조제 여기저기 사람들이 모여들어 사진을 찍고 있었다.

여자도 얼른 몇 장을 찍어 트위터에 올렸다. 멘션으로는 **하늘에서 흰 뱀이 내려왔다! 천년의 전설이 실현됐다!** 따위의 문장을 붙였다.

낚시용품점 주인은 사진을 자신의 블로그에 올렸다. 다른 사진 몇 장은 낚시용품점 블로그에 올렸다. 횟집 김 여사는 사진을 인스타그램에 올렸다. 수협에 다니는 옆집 총각은 출근도 잊고 사진을 찍어 카카오톡에 돌렸다. 배를 타는 최 씨도 휴대폰을 꺼내들고 자신의 페이스북을 장식할 사진들을 찍었다.

이번에도 하늘에서 바다로 드리워진 엄청난 것을 보고 저마다 달리 해석했지만 한 가지 점에선 의견이 일치하는 듯 보였다. 뭔가 심상찮아 보인다는 것이었다.

"양순 씨 말대로 흰 뱀이 내려왔네. 하늘에서."

"용하네. 무슨 신기라도 있는 거야?"

여자는 칭찬의 말에도 즐겁지 않았다.

"내가 어제 무슨 소설을 읽었는데 말이야, 배경이 태안군 안면읍, 우리 동네……."

여자가 소설 얘기를 꺼내는데 어마어마한 소리가 들렸다. 아까부터 바다만 바라보고 있던 탓에 소리 나는 쪽으로 고개를 돌릴 필요도 없었다. 그녀의 시야 전체를 꽉 채우며 거대한 물기둥이

까마득히 치솟았다. 터미널 근처의 신축 아파트 높이였다.

물보라가 날아와 여자의 얼굴을 차갑게 적셨다. 새하얀 혓바닥 같은 파도가 모래톱을 넘어 방조제 아래서 넘실거렸다.

최초의 물기둥은 곧 사라졌지만 여파가 아직도 가까운 바다와 해변을 흔들고 있었다. 몇몇은 방조제에서 뛰어내려 언덕을 향해 달려가고 있었다. 캄보디아에서 시집온 새댁은 방조제 아래 기절한 듯 뻗어 있었다.

아수라장도 이런 아수라장이 없었다. 어쩐지 지난밤에 읽은 소설 속 한 장면이 떠올랐다. 왕자가 이끄는 심해의 괴물들이 해변으로 올라와 주민들을 학살하던 장면이. 여자와 주민들은 다시 휴대폰을 치켜들고, 이번엔 바다 아래까지 드리워진 희끄무레한 닻줄 같기도 하고 뱀 같기도 한 것을 찍어 인터넷에 올리기 시작했다.

다음 며칠이 더 소란스러웠다. 괴물들 대신 갖가지 소셜 네크워크 서비스에서 소식을 접한 누리꾼들이 차를 타고 몰려온 것이었다. 그동안 코빼기도 보이지 않던 언론도 취재기자와 취재차량을 보내기 시작했다. 마을의 해안을 빙 둘러가며 설치된 방조제는 곧 타지 사람들로 북새통이 되었다.

여자는 고민했다. 하늘이 어두운 만큼이나 그녀의 마음도 어두웠다. 짐을 싸서 마을을 떠나 서울 같은 깊숙한 내지로 숨을 것인가, 아니면 그냥 남아 민박 예약이 꽉 찬 이 상황을 즐겨볼 것인

가. 이 정도면 웃돈도 받을 수 있지 않을까.

바다에선 별다른 조짐이 보이지 않고 있었다. 그냥 하늘에서 내려온 그것이 바다에 내리워졌고, 해경의 순찰선이 그것 주변을 돌며 시끄러운 경고음으로 일반인의 접근을 가로막고 있는 것이 상황의 전부였다.

해경은 그것이 바다에 드리워진 부분에서 마개를 뺀 욕조에서처럼 소용돌이 와동이 형성됐다며, 사방 일 킬로미터 안쪽으로는 접근을 불허했다. 그리고 어찌된 일인지, 그것 주변의 기류도 용오름의 경우처럼 격렬하고 불안정해서 하늘을 통한 접근도 불가능했다. 때문에 한쪽에서는 그것이 변종 토네이도가 아닌가 하는 해석을 내렸다. 적란운에 한없이 둘러싸인 마을의 시커먼 하늘이 그런 해석을 뒷받침했다. 하지만 토네이도는 한국에서는 발생한 적이 없다는 지적에서부터, 도대체 토네이도의 변종이란 무엇을 말하는가 하는 의문까지 갖가지 반론도 만만찮았다.

여자는 기상학은 몰랐다. 알려고 하지도 않았다. 그녀는 그저 이 심상찮은 불길한 느낌이 언제 눈앞에 진짜 모습을 드러낼 것인가만 궁금했다. 만약 그녀의 느낌처럼 변고가, 그것도 아주 큰 변고가 일어난다면 민박이고 뭐고 없었다. 그땐 그녀 삶 자체가 위험해질 것이다. 그녀의 불안은 커져만 갔다.

불안은 그로부터 열흘 후쯤, 이야기가 해외 언론까지 타기 시작했을 무렵 정체를 드러냈다. 일본의 무슨 방송, 미국의 무슨 케이블 방송, 프랑스의 무슨 신문의 로고가 찍힌 카메라와 차량들이 여자의 마을 해안에 나타났다.

"이 마을은 벌써 석 달째 해가 들지 않고 있다고 합니다."

카메라는 하늘을 뒤덮은 적란운의 음울한 만리장성을 찍었다. 어찌나 길어 보이는지 중국 칭다오 해변까지 뻗어 있을 거라는 얘기도 있었다.

"동양에서는 이런 일들이 길조 아니면 흉조, 그러니까 신의 계시로 해석되고 있다고 합니다. 실제로 무슨 일이 벌어졌는지 알아볼까요?"

무슨 일이 벌어졌는지 여기저기 물어보고 다녔지만 수확은 없었다. 백구가 검둥이를 낳았지만 늘 있는 일이었다.

"한국 정부에서는 이 초유의 기상현상을 어떻게 보고 있는지 알아볼까요?"

하지만 정부로부터는 아무 얘기도 들을 수 없었다. 그들은 바빴다. 그들 나름의 문제로 골치를 썩이고 있었다.

정부 나름의 문제가 무엇인지는 곧 만천하에 드러났다. 계엄령이 발표되고 야간 통금이 실시되었으며 모든 집회와 시위가 금지됐다. 박근혜 정부가 군부와 손을 잡고 쿠데타를 일으켜 왕정을 선언한 것이다. 왕이 통치하는 나라에 의회가 왜 필요하냐며 의회를 해산했다. 야당이건 여당이건 시건방을 떨며 반대의사를 밝힌 인사들은 강제로 구금됐다. 온갖 소셜 네트워크 서비스들은 사용이 금지됐다.

여왕은 왕의 말이 곧 법인 나라에 헌법이 왜 필요하냐며 헌법도 폐지하려 들었지만, 왕의 말이 헌법을 대신하려면 여왕님은 하루 종일 말만 하고 살아야 할 거라며 충복들이 반대했다. 결국 왕정에 걸맞은 헌법을 제정하기 위한 제헌의회가 꾸려졌다.

대한민국은 이제 왕조 시대로 돌아갔다. 국호도 바뀌게 될 것이었다. 청와대도 왕에 걸맞은 명칭으로 간판을 바꿔 달게 될 것이다. 이제 여왕의 아버지인 박정희 전 대통령이 박씨 왕조의 태조가 되었고, 광화문 복판에 그를 기리는 동상과 사당이 세워질 것이다.

방송에 나온 사람들은 입을 모아 칭송했다. 진즉에 왕정을 했어야 했다고. 우리 민족에겐 민주주의가 어울리지 않는다고. 독재를 허해야 한다고. 정부는 떠나고 싶은 사람은 떠나라고 공항과 항구를 개방했다. 사람들은 국적을 포기하는 대가로 간단한 수속 절차만 밟고는 이 땅을 떠날 수 있었다.

이 모든 일들이 한 달 만에 이뤄졌다. 그러는 동안에도 여자가 사는 해안 마을에선 적란운이 붙박이 장식장처럼 떠날 줄을 몰랐고, 하늘에서 내려온 흰 뱀 같은 그것은 여전히 바다에 닻처럼 드리워져 있었다.

"그럼, 그 전설이 길조는 아니었나봐."

여자는 방조제에 나와 하늘을 보며 쓸쓸히 중얼거렸다. 하지만 왕조가 세워진 게 흉한 일이라는 증거도 없었다. 왕정으로 돌아간 게 정말 나쁜 일인지는 두고 봐야 한다. 그녀의 이웃들은 세상이 뒤집힌 마당에 전설 따위에 신경 쓸 겨를이 없었다. 트위터와 페이스북이 막혔으니 사진을 찍는다고 어디에 올리겠는가. 방조제는 한산했다. 국내외 언론사들도 진짜 리얼리티 쇼가 될 만한 일을 좇아 마을을 떠났다.

여자는 한 달 내내 우울했다. 그녀는 갈수록 하늘이 노래지는 것 같았다. 서울에 나가 있는 딸자식과 연락이 되지 않았다. 찾을 길도 막막했다. 서울로 올라가 보고 싶었지만 그녀에겐 여왕이 있는 서울로의 진입이 허용되지 않았다. 그녀는 마침내 입맛을 잃고 의지를 잃었으며 소파에 엎드려 잠만 잤다.

하루하루를 시름에 겨워 보내던 여자는 문득 소설의 결말이 궁금해졌다. 비싼 등록금에 격분한 바다의 왕자가 군대를 이끌고 나타나 세상을 아비규환으로 만드는 그 소설의. 그녀는 책을 다시 펼쳐들었다.

바다의 군대는 서울을 점령했다. 미군도 소용없었다. 어떤 무기를 써야 심연에서 올라온 파죽지세의 괴물들이 죽을지 알 수 없었던 것이다. 평택쯤에서 소규모 원자폭탄을 터뜨렸는데 결과는 슬프게도 괴물들이 방사능을 흡수해 열 배쯤 커지는 걸로 나타났다. 이제 서울 시민들은 강남대로에서 마천루들과 어깨를 나란히 하며 걷고 있는 낙지와 개불의 돌연변이들을 보고 있었다.

그게 끝이었다. 결국 대학 등록금 따위는 필요 없는 세상이 되었으니 해피엔딩으로 볼 수도 있었다. 해피엔딩이라······.

'해피엔딩······.'

어째서 소설이든 현실이든 똑같이 허무맹랑한지 여자는 이해를 할 수 없었다. 그녀의 우울감은 이제 더는 견딜 수 없는 지경에까지 이르렀다. 그녀는 더 이상 세상도 그녀 자신도 참아줄 수가 없었다. 세상이 끝장나든가 그녀 자신이 끝장나든가 해야 했다. 그녀 자신을 끝장내면 세상도 더는 볼 일이 없으니 세상도 끝장나는 것이었다. 해피엔딩, 해피엔딩…… 그것이 그녀의 해피엔딩이었다.

여자는 이른 아침에 일어나 씻고 청소하고 고슬고슬 윤기가 잘잘 흐르는 흰 쌀밥을 지어먹은 다음에, 아무도 나와 있지 않은 방조제에 올라섰다. 해경이 멀리서 커다란 확성기로 잔소리를 해대고 있었다. 그녀는 거기서 곧장 바닷속으로 걸어 들어갈 생각이었다.

여자는 고개를 들었다. 하늘이 개나리 색으로 변해 있었다. 완전히 만발한 개나리 색이었다. 여름 이후 단 한 순간도 물러나지 않았던 적란운의 세력도 어느 샌가 사라지고 없었다. 구름 한 점이 없이 맑은 하늘은 온통 개나리 색이었다. 마치 무한 송이의 개나리꽃이 하늘 전체를 뒤덮은 듯했다.

"미쳤구나."

여자는 한심하다는 듯이 중얼거렸다. 하지만 개나리는 그녀가 세상 그 어느 꽃보다도 좋아하는 꽃이었다. 청담동에 있는 그녀의 집 정원에도 개나리 나무가 산울타리를 이루고 있었다. 봄이면 얼마나 화사한지 몰랐다. 강남구 가든 콘테스트에서 두 번이나 우승할 때도 개나리 산울타리가 일등공신이었다. 청담동 어느 집도 그녀의 집처럼 기품 있고 아름다운 잘 가꿔진 산울타리를 갖고 있지 못했다.

"여사님은 묵시록적 환상을 보신 겁니다."

여자는 고개를 돌려 소리가 나는 쪽을 바라보았다. 잘생긴 의사가 그녀에게 말을 걸고 있었다.

안방 광창에서 햇빛이 쏟아져 여자를 눈부시게 하고 있었다. 눈썹을 찌푸리자 누군가 일어나 커튼을 쳤다. 아들이었다.

여자는 아들을 불렀다.

"애야, 넌 선악의 구별이 없잖니. 도대체 어떤 기준으로 세상을 구하겠다는 거야?"

"엄마, 제발……."

아들이 울상이 되어 의사에게 말했다.

"어머니는 지금 소설 속 저하고 현실 속 저를 헛갈려 하고 계세요."

"충분히 있을 수 있는 일입니다."

잘생긴 의사가 말했다.

"난 네 소설이 맘에 안 들어. 네 소설 속에서도 힘센 편이 세상 전부를 가져가지 않니? 힘센 편이 역사의 승자가 되고. 이젠 그런 세상이 지긋지긋하구나."

"아드님이 소설가라서 기쁘시겠어요."

잘생긴 의사가 약간 목소리를 높였다.

"천만의 말씀이세요. 어머니는 어느 때는 저를 서울로 유학 간 딸로 아신다니까요."

아들이 볼멘소리를 했다.

"나는 늘 딸을 원했다!"

여자가 힘주어 말했다.

"나는 늘 네가 딸이길 바랐어. 그 흉측한 기다란 것이 달리지 않는 인간 종류 말이야!"

"엄마! 제발!"

아들은 열린 방문으로 아버지를 돌아보며 소리를 질렀다. 아버지는 거실 소파에 앉아 애써 이쪽을 외면하고 있었다.

여자는 눈을 감고 자는 척했다. 집안의 어느 누구도 잠에 든 그녀를 억지로 깨울 순 없었다. 그만한 힘을 가진 사람은 집안은 물론이고, 사방 십 킬로미터 내에도 없을 것이었다. 의사와 아들은 조용히 문을 닫고 거실로 나왔다.

"현대인들한테 불안은 종교와도 같은 거예요. 두려워하면서도 숭배하지요."

잘생긴 의사는 슬쩍 안방을 돌아보며 중얼거렸다. 하지만 그의 말에 대꾸하는 사람은 없었다.

"묵시록적 환상을 통해 그 불안을 해소하는 겁니다. 멀쩡하게 일상생활을 하는 동안에도 어머님의 영혼은 어딘가에서 계속 살려달라고 외치고 있는 거라고요."

여자는 모두 나가고 없는 방 안에서 다시 눈을 떴다.

"의사 양반, 내겐 이 잠에서 깰 방법이 없어요."

여자는 천장을 똑바로 올려다보며 혼잣말을 했다. 창밖에 개나리가 흐드러지게 폈다.

(『황해문화』 2015년 봄)

개나리 산울타리

남자는 이 일을 시작하고 나서 깨닫게 된 사실이 있었다. 흥미롭지 않은 사람은 없다는 것이다. 세상에 하품만 나는 사람은 없다. 그는 진료실로 나와서 하루 일과를 시작하기 전에 꼭 이 말을 되뇌곤 했다.

검은 아우터에 흰 블라우스를 단정하게 받쳐 입은 이 초로의 부인도, 개나리꽃처럼 샛노란 색깔의 하늘을 머릿속에 이고 살고 있었다. 대학병원 안과에서 남자에게로 보내진 부인이었다. 색을 지각하는 시세포에도, 색을 이해하는 중추신경에도 이상이 없었다. 색약도 색맹도 아니고, 다른 강남 부유층처럼 부티크에 가서 스무 가지의 서로 다른 적색과 녹색을 구분해 스태프들을 놀라게 할 수 있었다.

다만 부인이 사는 머릿속 세상의 하늘만, 오직 하늘만, 만발한 개나리꽃처럼 샛노란 색깔이었다.

"이제 곧 가든 콘테스트 예선이 시작되잖아요."

찾아온 첫날 부인은 가든 콘테스트 건으로 시름이 깊었다.

"우리 정원에 아주 쓸 만한 개나리 산울타리가 있어요. 정말 정성스럽게 가꿔서 자식보다 더 정이 가는 산울타린데, 키워놓은 은덕을 아는지 얼마나 섹시하게 자랐는지. 남자 심사위원들이 개만 보면 정신을 못 차린다고요. 우리 집 정원의 화룡점정 같은 애지요."

부인의 걱정은 개나리 산울타리와 하늘이 같은 색이라 구분이 어려워 손질을 할 수가 없다는 것이었다. 꽃과 꽃의 배경이 같은 색깔이라면 누가 봐도 어지러울 것 같았다.

"정원사를 부르시지 그러세요."

남자는 진료노트에 '걱정 1'이라고 큰 글씨로 적고는 그 아래 메모를 달아놓았다.

"정원사라고요?"

부인은 눈을 크게 뜨고는 어처구니없다는 표정을 지었다.

"그건 부도덕한 일이잖아요. 우린 가든 콘테스트에서 두 번이나 우승한 집이라고요."

그러면서 이렇게 덧붙였다.

"선생님은 꽃이 가진 아름다움을 모르죠?"

남자는 허허, 하고 웃었다.

"꽃의 아름다움은 충분히 알고 있습니다!"

이태 전 일이었다. 이제 남자는 부인의 집으로 왕진까지 다니게끔 되었다. 그도 부인의 정원을 둘러싼 농밀한 개나리 산울타리에 진심으로 반했다. 하지만 부인의 머릿속 세계에서 하늘과 개나리 산울타리를 어떻게 분리해낼 수 있을지는 여전히 미지수였다.

　남자가 해결하지 못한 것은 부인의 하늘 말고도 많았다. 그에게 상담치료를 받으러 온 환자들의 인생만이 아니었다. 이를테면 주방 그릇장의 헐거운 손잡이. 한때는 드라이버와 펜치를 쥐고 덤비기도 했지만 손을 댔다가는 상태가 더 나빠질 것 같아 그 앞에 한참 앉아만 있다 일어서고 말았다. 결국 아내가 사람을 불러 그릇장의 문짝을 교체했는데, 이번엔 색감이 미묘하게 다른 짝짝이 문짝이 온 가족의 신경을 거슬렀다. 남자와 아내는 그 때문에 다투기까지 했다.
　차의 후드도 말썽이었고, 작년 가을부터는 오른쪽 발의 두 번째 발가락도 신경이 상했는지 찌릿찌릿 저려왔다. 오천만 원을 떼어먹은 대학 동창과는 소송이 진행 중이고, 옆집이 이 주일마다 마당에서 벌이는 바비큐 파티도 남자의 속을 썩였다. 전세자금 상환과 세금, 두 간호사의 인건비 같은 재정 건은 그 혼자 떠안기엔 너무 벅찬 문제들이었다.
　또, 또……
　그래도 남자에겐 이제 초등학교에 들어간 아들과 여전히 꽃처럼 아름다운 아내가 있었다. 그리고 아내 말고 다른 꽃도 있었다.

꽃의 아름다움에 대해서라면 충분히 알고 있다는 그의 말은 거짓이 아니었다.

"자기는 머리에 물 안 들여?"

"물?"

아내는 어깨까지 물결치며 내려오는 머리카락을 만지작거리며 물었다.

"응. 브리지도 넣고. 고등학교 때 일일찻집 가면 그런 여학생들 많았어."

아내는 웃기만 했다. 아내는 충분히 아름다웠지만 아들이 태어난 뒤로 부부는 섹스리스로 지내왔다. 한번 뜸하게 되자 갈수록 성관계 없는 기간이 늘어났다. 하지만 둘 다 불평하거나 하진 않았다. 아들은 잘 자라주고 있었다. 그는 자기의 초등학교 때를 떠올리며, 아내에게 우리 아들은 그러지 않느냐며 이따금 묻곤 했다. 함께 앉은 짝이 꼴 보기 싫어 말도 건네지 않거나, 담임선생을 경멸한다거나, 가사 도우미 아줌마한테 악을 쓴다거나 하는.

아내가 침실로 가 잠든 다음에 남자는 아래층 진료실로 내려갔다. 그는 책상의 스탠드를 켜고 진료실 바닥 러그에 쭈그려 앉아, 학회에서 나온 저널을 뒤적였다.

어제는 대학 동창과 비블레스에서 브런치를 먹었다. 연락을 받고 남자가 동창의 사무실 근처로 간 것이었다. 동창은 슬리퍼를 끌고 나왔다.

"대학으로 도로 들어갔다며?"

둘은 잠시 사는 얘기를 했다. 다른 능력 있는 의사들처럼 동창도 병원 바깥에 개인 사무실을 두고 있었다. 취향이 독특해서 맨발로 있길 좋아하니 사무실 바닥에는 푹신거리는 고급 카펫이 깔려 있을 것이다.

둘은 유나, 라는 어떤 여자에 대해서도 잠깐 이야기를 나눴다. 동창은 유나라는 여자가 병원에 입원했다고 했다. 수원에 있는 큰 병원이라고 했다.

누구? 남자는 아, 그렇지, 하고 소리를 높였다.

"걔! 예뻤지. 근데 정신병원엔 왜?"

동창은 눈을 치뜨곤 말없이 남자를 바라보았다.

"근데 그 얘길 왜 나한테?"

동창은 계속 입을 다물곤 한심하다는 표정을 짓고 있었다.

"내가 정신과 의사라서 알려주는 거냐?"

"……"

"그래, 언제 문병 한번 가야지."

남자는 심상한 투로 지껄였다. 그러자 동창은 애들처럼 욕지거리를 내뱉었다. 그러곤 자리에서 일어나 인사도 없이 카페를 나갔다.

어제 그런 일이 있었다. 그 일 때문에 잠이 안 오는 걸 수도 있었다. 남자는 학회지를 덮어 치우고 손님용으로 갖다놓은 패션 잡지를 꺼내들었다.

유나는 흠 없는 매끈한 다리와 긴 목으로 기억에 남아 있었다.

남자는 엘르지에서 세미누드 사진을 찾으며 유나쯤이면 모델을 해도 좋았을 거라는 생각을 했다. 그밖에는…… 대학을 졸업한 지 십 년이 훌쩍 넘었으니 유나에 대해 남아 있는 기억이 얼마 없다.

문득, 친구들이 침대 아래에서 참을성 없이 아우성치던 장면이 기억났다. 그게 벌써 언제 일인데. 그때는 젊었지, 모두가 젊었지. 유나는 잘 살고 있는 줄 알았다. 졸업하고 천안에 있는 대학 병원에 취직했다는 얘기도 들었고, 몇 년 전에는 결혼해 애도 낳고 부부 합쳐 연봉이 이억이라는 소문도 들었다.

남자는 진료실 책장으로 가 대학 졸업 앨범을 꺼내 펼쳤다. 졸업생 중에는 유나가 없었다. 그래, 동기가 아니었지, 후배였지. 그는 이번엔 이층 서재로 올라가 독서등을 켜고 사진첩을 꺼내 뒤적였다. 유나의 얼굴이 기억나지 않았다. 그 긴 목 위에 얹혔을 얼굴이 기억나지 않았다. 귀는, 귀까지는 어렴풋 떠올랐다. 귓불, 거기까지는 기억났다. 결혼하기 직전, 아내가 아닌 여자와 단 둘이 찍은 사진들은 모두 없애버렸다. 그런 괜한 짓도 했다.

"뭐해?"

아내가 부은 얼굴로 서재 문테에 어깨를 기대고 서 있었다.

"그냥. 후배 하나가 병원에 입원을 했대."

아내는 두 시가 다 됐어, 하고 침실로 돌아갔다.

그래도 단체 사진은 남아 있었다. 남자는 사진첩을 다시 찬찬히, 첫 페이지부터 넘겨보곤 자신이 유나의 얼굴을 식별하지 못한다는 사실을 인정했다. 동아리 회식 사진, 신입생 환영 파티 사진, 세미나 뒤풀이 사진…… 하지만 마구 뒤섞인 얼굴들 중 누가 유나인지 알 수가 없었다. 블러 처리를 한 것처럼 기억 속 유나의 얼굴이 흐릿했다.

"이 더러운 뽕짝 좀 그만 틀면 안 돼요?"
링고는 오늘도 바의 바텐더에게 소리를 질렀다. 바텐더가 눈썹을 구기며 남자와 그녀가 앉은 테이블을 돌아봤다. 남자는 진정하라고 손을 가볍게 위아래로 흔들며 난처한 표정을 지어 보였다. 바텐더는 고개를 저으며 바 저 끝의 플레이어로 가 시디를 바꿔 꼈다.
어느 시디를 틀어도 남자에겐 그 노래가 그 노래였다. 하지만 링고는 취향이 보통 까다로운 게 아니었다. 그녀는 더러운 뽕짝만 싫은 게 아니었다. 더러운 바텐더, 더러운 주방장, 더러운 서빙 아르바이트생, 더러운 안주와 칵테일, 더러운 여고생 신분, 더러운 학교, 더러운 가족과 세상.
남자는 그런 링고와 일 년째 데이트를 즐기고 있었다. 차를 타고 둘이 사는 강남구의 경계를 넘어 서초구, 광진구, 관악구를 쏘다니기도 했고 멀리 하남시와 구리시로 시의 경계를 넘나들기도 했다. 과감하게 학교 앞에서 야간 자율 학습을 마치고 나오는 그녀를 기다린 적도 있고, 학교 근처 아웃백 스테이크하우스에서 이따금 함께 저녁을 먹기도 했다.

누가 보면 조카라고 하면 되었다. 누가 보면 삼촌이라고 하면 되었다. 둘 사이는 큰 삼촌과 막내 조카뻘 이상으로 보였지만, 남자는 자신을 그렇게 늙게 보지 않았고 링고는 자신을 그렇게 어리게 보지 않았다. 그는 그녀의 이름을 링고라고 알고 있었다. 그녀의 교복엔 명찰을 반복적으로 달았다 뗀 흔적이, 신경질적으로 잡아떼고는 하는 흔적이 뚜렷했다.

남자는 링고가 무슨 뜻이냐고 물었다. 링고는 얼굴을 찌푸리며 일본말이라고만 했다.

"왜 이름을 일본어로 짓지?"

"그야, 뭔가 있어 보이잖아."

링고는 그 이름을 작년에 읽은 어느 소설에서 따왔다고 했다. 남자는 '링고'가 마음에 들었다. 링고가 설마 똥을 의미한다고 해도 링고가 사랑스러울 것이다. 머리는 헤어라이트너로 만져 금발기가 살짝 도는 갈색이었고, 윗눈썹은 집게로 하나하나 뽑아 폭을 칠 밀리미터로 가늘게, 균일하게 만들었다. 눈썹이 아니라 붓 한 번 긋고 지나간 자국처럼 보였다.

"링고."

"왜?"

"오늘 니이 삭스는 얼마?"

남자는 링고가 신고 있는, 정강이까지 올라오는 새하얀 양말을 눈짓으로 가리켰다.

"링고의 니이 삭스, 오늘은 거래 불가. 아빠가 집에 오셨습니다.”

남자는 잠자코 링고를 응시하며 정말인지 거짓말인지 가늠하다 고개를 끄덕였다. 거래가 성사되었다면 그는 앉은 자리에서 현찰을 꺼내주었을 것이었다. 그리고 차를 타고 나갔겠지. 하지만 오늘은 아빠가 왔다.

남자는 링고를 데려다주고 집으로 돌아왔다. 아내는 거실에서 등을 하나만 켜놓고 어스름한 빛에 잠겨 차를 마시고 있었다. 남자는 옷을 갈아입고 씻고 제 찻잔을 들고 아내 곁에 앉았다.

“후배는 괜찮아?”

남자는 아내에게 병원에 입원한 후배한테 다녀온다고 했었다.

“응, 가다 말고 돌아왔어.”

“왜?”

“가서 보면 뭘 할까 해서.”

남자는 정말 수원까지 갈 생각이었다. 링고를 데려다준 뒤 실제로 양재를 지나 판교 인터체인지 근처까지 가기도 했다. 하지만 더는 나아갈 수 없었다. 그는 어쩐지 갈 수 없었고 돌아와야만 했다. 그리고 핑계 같지만, 야간에 면회를 시켜주는 정신병원이 있다는 얘기도 들어본 적이 없었다. 아내는 더 묻지 않고 찻잔을 들어 다시 한 모금을 마셨다.

아찌, 오늘 경매할까?

링고에게서 카톡이 왔다. 학교 점심시간이 끝날 무렵이었다. 병원의 점심시간이 되려면 아직 십 분이 더 있어야 했지만 환자가 없었다.

니이 삭스 얼마?

삭스만?

남자는 오호, 하고 소리 내 중얼거렸다.

오늘 체육시간이 있었어. 더웠다고. 아빠는 갔고.

일단 야간자율학습이 끝나야 했다. 남자는 링고를 저녁 여덟 시 반에 논현동 코코브루니에서 만나기로 했다. 링고가 더럽다고 불평하지 않고 그곳의 티라미수와 얼 그레이 케이크를 잘 먹었던 기억이 났다. 택시를 타고 오라고 했다. 그는 병원을 마치고 이층으로 올라가 가족과 저녁식사를 했다.

아들은 자기 짝꿍이 엄마가 없다고 했다. 남자는 고개를 끄덕였다. 엄마가 없고 아빠는 춘천이라는 데서 자동차 도로를 만들고 있다고 했다. 아내는 화장실 비데 변기 시트가 흔들린다고 했다.

식사가 끝나자 남자는 자리에서 일어나 아들의 시선을 끌 만큼 큰 소리를 내며 아내에게 입을 맞췄다. 그러곤 아내가 아들을 방으로 데려가 숙제 준비를 시키는 동안 차를 끓였다.

남자는 카페에서 링고에게 케이크를 먹인 다음 강남역의 쇼핑가로 갔다. 그는 옷가게에서 교복 스커트 위로 이런저런 종류의 스키니 진을 대어보는 그녀를 즐겁게 바라보았다. 그녀는 그가 스키니진에 성적 충동을 느낀다는 것을 아는 눈치였다. 그는 진과 셔츠를 고르게 하고는 그녀를 가까운 모텔로 데려갔다.

다음 날 아침, 식탁에서 아들이 물었다.

"아빠, 밤에 안 자고 뭐해?"

"가끔 못 잘 때가 있지."

남자는 아들이 화장실 갈 때 서재에 불이 들어와 있는 것을 본 모양이라고 생각했다.

"어제 몇 시에 들어왔어?"

이번엔 아내가 물었다.

"한 시 좀 안 돼서?"

남자는 귀가 시간을 속일 수가 없었다. 보안 시스템이 출입문마다 걸려 있어서 출입자와 출입 시간이 엑셀 파일로 찍혀 나왔다.

남자는 진료실 창가에 서서 아들을 학교에 데려다주는 아내를 바라보았다. 아침은 아직 선선했다. 아내는 카디건을 어깨에 두르고 아들을 차에 태우고는 조심스럽게 골목을 빠져나갔다. 그리고 사십 분쯤 지나 골목으로 돌아왔다.

남자는 저녁 때까지 환자 넷을 받았다. 지난해 같은 달과 같은 수였다. 하루 환자 넷은 그가 바라는 삶을 살기에는 꽤 부족한 숫자였다.

　유나가 병원에 입원했다는 소식을 들은 지 벌써 한 달이 되어
가고 있었다. 잠은 원래 잘 못 잤지만 요즘 부쩍 그런 것 같았다.
유나가 이유일까? 유나가 어째서? 왜?
　남자는 링고에게 일요일에 시간이 있느냐고 물었다. 둘이 만날
시간은 의외로 많지 않았다. 그는 병원과 가족을 챙겨야 했고, 그
녀는 아빠를 챙겨야 했고 공부를 해야 했다. 공부는 그가 원하는
것이기도 했다. 그는 학업목표를 걸어놓고 그녀가 달성하면 상
금을 주었다. 그녀의 생리 기간도 지켜주어야 했다. 둘은 한 달에
세 번 만나기도 어려웠다.
　"일요일?"
　"응."
　남자는 검지와 엄지로 링고의 젖꼭지를 꼭 쥐었다 놓았다. 연
붉은 건강한 색깔에, 주름 하나 없이 탱탱했다. 그녀는 이번 주?
하고 묻고는 곤란하다는 표정을 지었다. 다음 주는 어떻겠냐고
하니, 이 더러운 세상이 어떻게 될 줄 알고 다음 주까지 약속을
잡아놓느냐고 핀잔을 주었다.
　"아찌, 무슨 일 있어?"
　링고는 어울리지 않게 걱정스런 얼굴을 하고선 손을 뻗어 남자
의 뺨을 어루만졌다.
　"아찌 아는 사람이 병원에 입원했거든. 링고랑 같이 가면 좋을

것 같아서."

"링고랑? 하지만 링고는 싫어."

"왜?"

링고는 잠시 입을 다물고 생각을 하는 듯했다. 생각하는 게 괴로운 듯 이마에 얇게 주름이 잡혔다.

"음. 링고는 아찌 일은 모르고 싶어요. 아찌 일을 알게 되면 틀림없이 아찌를 싫어하고 더럽다고 욕하게 될 테니까."

남자는 링고에게 입을 맞추고 섹스를 했다. 그녀는 오늘은 열 시가 되기 전에 들어가야 했다. 무슨 요량으로 그녀에게 병원에 같이 가자고 했는지 알 수가 없었다. 그는 그녀를 바래다주고 귀가한 다음 곧바로 서재에 틀어박혔다.

"뭐했어?"

남자는 고개를 들어 소리 난 쪽을 바라보았다. 아내가 서재 문테에 기대 서 있었다. 시간은 벌써 열두 시가 넘어 있었다. 그는 대꾸 없이 아내를 바라보다 미소를 지었다.

"슬리퍼는 신으라고 했잖아."

아내가 다시 말했다. 남자는 발을 뻗어 책상 아래 놓인 슬리퍼를 차례로 발에 꿰었다. 그러면서 고개를 주억거리며 아내의 다리를 살폈다. 아내는 복사뼈가 드러나는 짧은 선홍색 양말을 신고 있었다. 아내는 그가 아는 가장 정갈한 꽃이었다.

"사랑해."

남자는 자신이 아내를 사랑한다고 생각했다. 그는 방으로 돌아가는 그늘진 아내의 등을 보며 다시 링고를 떠올렸다. 아내가 링고를 기억할까. 링고를 처음 만난 날 아내도 있었는데.

그날 남자는 카페 골목에 차를 세워놓고 아내가 부티크에서 나오기를 기다리고 있었다. 이차선 도로 건너편 골목에선 교복을 입은 여학생 대여섯이 옹기종기 쪼그리고 앉아 있었다. 잠시 후 묵찌빠 같은 걸 하더니 학생 하나가 울상을 지으며 골목 앞으로 나왔다. 그러곤 인도 복판에 서서 체크무늬 교복 치맛자락을 넓게 펼쳐 잡고는 부채를 부치듯 펄럭였다. 낮 시간이라 인도엔 보행인이 얼마 없었다. 골목 안의 학생들은 즐거운 듯 깔깔거렸다. 세 번째 학생이 나왔다. 하지만 갑자기 늘어난 보행인에 겁을 먹었는지 치맛자락을 틀어잡고 머뭇거리다 골목으로 돌아갔다. 곧 길고 흰 목이 인상적인 여학생이 자리에서 일어났다. 그녀는 역할을 다하지 못한 친구의 머리를 손바닥으로 때리기 시작했다. 다른 학생들이 골목을 막아섰다.

남자는 차에서 내려 도로를 건넜다. 여차하면 자기를 선도위원이라고 소개하고 경찰을 부를 생각이었다. 정말 그럴 작정이었다. 그는 골목으로 뛰어들어 찰랑이는 검은 머리카락들 사이를 비집고 들어가 소리를 질렀다. 남학생이 무리에 끼어 있지 않는 게 다행이라는 생각을 했다. 그가 쓰러진 학생 곁에 앉아 상태를 살필 때 위에서 소리가 들렸다.

고개를 돌리자 오렌지색 긴 목 양말과 늘씬한 라인의 하얀 허벅지가 보였다. 다른 학생들은 없었다. 아저씨, 감옥 가고 싶어?

뭐? 감옥 가고 싶으냐고? 남자는 자리에서 일어났다. 내가 경찰 불러서 아저씨가 애 막 주물럭댔다고 할 거예요. 더러운 개저씨 변태라고. 더러운 미성년자 성추행 개저씨. 더러워.

남자는 휴대폰을 꺼내 경찰을 불렀다. 여학생은 생글생글 웃으며 자리를 지켰다. 건너편에서 아내가 손을 흔들었다. 잠시 후 아내가 길을 건너 그에게로 왔다. 아내는 당황한 얼굴로 여학생에게 이름을 물었고 그녀는 링고라고 부르라 했다. 그와 아내와 링고는 멀뚱멀뚱 서서 경찰을 기다렸다. 맞은 학생은 이제 일어나 앉아 넋 나간 표정을 짓고 있었다.

무슨 생각으로 그때 링고가 남자를 성추행으로 엮으려 했는지 알 수가 없었다. 경찰이 왔고 맞은 여학생은 학교로 갔고 아내는 집으로 갔고 남자와 링고는 지구대로 가 잠깐 실랑이를 했다. 지구대에서도 링고는 더럽다고 구시렁댔다. 경찰이 더럽고 대기실 벤치가 더럽고 경찰의 책상이 더럽고 지구대 대장이 더럽고. 사타구니에 땀이 차서 부채질 좀 했기로서니 뭐가 범법이냐고 대들었다.

그게 링고였다. 긴 목 양말의 정식 이름을 가르쳐준 것도 그녀였다. 니이 삭스라고. 좀 사귀어 보니 그녀는 일진 같은 걱정할 만한 수준은 아닌 것 같았다. 그저 충동을 조절하는 데 좀 곤란을 겪고 있는 듯했다.

남자는 그런 링고가 좋았다. 그녀는 뭐랄까, 그가 알지 못하고 살아보지 못한 세계에 속해 있었다. 게다가 예쁘기까지 했다. 그는 예쁘지 않은 꽃은 꺾지 않는다는 주의였다.

　이 사내는 꽃을 좋아하되, 잘못된 방식으로 좋아했다. 법원 명령에 정해진 기한은 오래전에 끝났지만 사내는 병원을 바꿔가며 간헐적으로 상담치료를 계속 받고 있었다. 남자의 병원엔 지난주부터 왔다. 중년 나이. 중견기업의 과장. 이혼 경력. 느릿느릿한 말투에, 오랜 직장생활로 딱 틀이 잡혀 있는 행동거지. 직장이 강남 지역이었다. 걸어서 와도 될 만큼 병원에서 가까웠다.

　여기까지는 흔한 한국 중년 남성이지만, 단단히 오므린 꽃봉오리를 억지로 열려고 한다는 데 사내의 심각성이 있었다. 사내는 몇 년째 역겨운 욕구와 씨름하고 있었다. 스스로도 역겹다고 인지하고 있었다. 이혼했지만 아직 전처를 사랑하고 있었고 아들도 있었다. 함께 살진 않지만 그들에게 책임감을 느끼고 있었다.

　남자는 처음엔 간단한 탈무드식 처방을 내릴 생각이었다. 역겹다고 생각하지 말라는 조언이었다. 하지만 생각을 바꾼다고 역겨운 게 달콤하게 되지는 않는다. 회사 생활도 원만하지 않은 듯했다.

　"그 친구는 알고 보니 고아더라고요."

　"그건 어떻게 아셨습니까?"

　"제보가 있었어요."

　사내는 그 부하직원을 깡패새끼라고 불렀다.

　"그 제보, 확인은 해보셨어요?"

사내는 해보나마나 깡패같이 껄렁껄렁하니 아비어미 없이 자란 놈이 틀림없다고 했다. 대단한 순환논리였다. 부모가 없으면 깡패새끼로 자랄 것이고, 깡패새끼면 보나마나 부모가 없이 자랐을 것이다.

사내는 여론몰이를 해서 그 부하를 자기 부서에서 몰아냈다.

상관 하나도 비슷하게 쫓아냈다. 그의 상관 중에 전문대 기계과 출신이 있었다.

"학벌이 중요한 건 아니니까. 하지만…… 자꾸 남의 아이디어를 훔쳐요. 그게 나중에 얼마짜리 기술이 될지 알고."

사내는 그 상관이 못마땅했고 결국, 사내 학연을 이용해 그도 사무실에서 내몰았다.

"그런데 그게 학력과 무슨 상관이에요?"

"전문대 나온 놈이 무슨 도덕성이 있겠어요. 그렇잖아요. 자존감은 학력을 따라간다고요, 도덕성은 자존감을 따라가고."

남자는 그건 편견 아닙니까, 하고 물었다.

"편견 맞아요. 심한 편견이지. 하지만 그 편견 덕에 내가 살아남았어요."

남자는 그렇다면 이 사내의 학력은 어디까지일지 궁금했다. 하지만 그의 환자 카드에 나와 있는 건 이름과 연락처뿐이었다.

"선생은 어느 대학 나왔소?"

그러면서 사내는 상담실을 천천히 둘러보았다.

하지만 편견이 사내를 백 퍼센트 보호해주지는 못한 것 같았다. 사내는 이미 역겨운 일로 전과가 하나 있었고 이혼까지 했다.

"조금 있으면 장마가 시작되지 않나요?"

사내는 장마철이면 꼭 자신이 물로 된 터널 속을 걷는 기분이 든다고 했다. 그러곤 물의 터널이 머리 위로 무너져내릴 것만 같다고 했다.

남자는 우산을 들고 물로 만든 터널 속을 느릿느릿 걷는 사내를 상상해보았다. 그리고 물의 터널이 무너진다. 사내는 어마어마한 물결에 휩쓸려 사라진다.

남자는 진료노트에 **이것은 자기 처벌인가,** 하고 적고 물음표 하나와 메모를 달아놓았다. 아무튼 머리 위가 위태로운 건 남자도 마찬가지였다.

링고는 눈을 반짝이며 환자들의 이야기를 들었다. 그녀는 호기심이 많은 아이였다. 다만 추진력이라고 할 열정이 부족했다. 한순간 미친 듯 알고 싶어 하다가도 조금만 시간을 끌면 언제 그랬냐는 듯이 무심한 얼굴로 돌아갔다.

"쥐가 무서운데 왜 자기 애완 고양이를 피해?"

"글쎄, 맞춰봐."

남자는 쇼핑백에서 옷가지를 꺼내 링고에게 입어보라고 건넸다. 그녀는 알몸으로 침대 밖으로 나가 비닐포장을 뜯고는 일본어로 쓰인 상품 태그를 살펴보았다. 그녀는 자기 또래 일본 여고생들이 입는 체육복을 신기한 듯 살펴보았다. 셔츠 등에는 자주

색으로 일본 고등학교 이름까지 쓰여 있었다.

"그냥 배구선수 언니들이 입는 유니폼 같은데? 아찌…… 정말 이런 걸 입는다는 거지?"

"그렇다니까."

"너무 짧은 거 아냐?"

링고는 남자와 눈을 맞춘 채 시스루로 된 민소매 셔츠와 벽돌색 팬츠를 걸쳤다. 모텔 형광등 불빛 아래 드러난 각진 어깨가 쏙들어간 허리와 멋진 역삼각형을 이루고 있었다. 시스루 아래 감춘 듯 드러난 젖꼭지가 그를 자극했다. 그가 감탄을 지르자 그녀는 엉덩이를 실룩이며 한 바퀴 돌아보였다. 핏기 없는 살이 팬츠 아래로 살짝 비어져 나와 있었다. 그녀는 깔깔 웃으며 침대로 뛰어올라왔다.

"얘기해줘. 쥐가 무서운데 왜 고양이를 피하냐고."

남자는 잠깐 링고와 스킨십을 하다가 털어놓을 때가 되었다는 듯이 이야기를 했다.

"고양이가 쥐를 잡아먹었거든. 그러니까 고양이가 무서운 게 아니라 고양이 뱃속에 든 쥐가 무서운 거야. 그래서 귀엽다고 쓰담쓰담도 못하게 됐지. 쥐가 고양이의 탈을 쓰고 있는 거니까."

링고는 어머나, 하고 멍한 얼굴로 중얼거렸다. 남자는 이때다 싶어 병원에 같이 가지 않겠냐고 물었다.

"아찌는 병원에 같이 갈 사람이 그렇게 없어?"

남자는 대답하지 않았다.

"링고는 의리 있는 여자예요."

남자는 일요일 오전에 집에서 나와 링고의 집으로 갔다. 그녀는 아빠는 집에 없을 거라고 했다. 그녀의 집으로 들어가는 골목 어귀의 놀이터 앞에 차를 세우고 전화를 했다. 놀이터 그네에서 그녀가 그를 향해 손을 흔들었다.

링고는 한눈에 봐도 정갈하게 차려입으려 한 티가 났다. 캔디 핑크 색깔의 여름 재킷에, 물 빠진 파란색 밴딩 팬츠를 입고 있었다. 새 옷은 아니었지만 세탁하고 갓 손질한 것들이었다. 가죽 로 퍼도 얼룩 하나 없이 깨끗했다. 재킷 안에는 그가 사준 민소매 체육복을 받쳐 입고 있었다.

캔디핑크니 밴딩 팬츠니 하는 이름들은 모두 링고가 가르쳐준 것이었다.

병원은 남자가 몇 번 방문했던 적이 있었다. 인턴 때도 왔었고 자원봉사를 나온 적도 있었다. 남자는 접수대에서 면회 신청을 했다. 신청을 하는 동안 링고는 코를 씰룩거리며 더러운 냄새가 난다고 불평하기 시작했다.

남자와 링고는 응접실로 안내되어 유나를 기다렸다. 이번에 유나를 보게 된다면, 대학교 이학년 때 유나가 휴학을 한 후로 처음 보는 것이었다. 그는 자신이 얼마나 늙었을까 하고 생각했다. 얼굴을 비춰보려고 고개를 돌렸다. 응접실 창밖으로 병원 뒤뜰이 보였다. 환자복을 입은 몇몇이 간병인들과 함께 해바라기를 하고 있었다. 만약 유나가 그를 만나러 응접실까지 내려올 수 있다면 병세는 그리 걱정할 만한 것이 아닐 것이다.

남자와 링고는 응접실의 햇살이 옅은 은행나무 낙엽 빛깔을 띨 때까지 유나를 기다렸다. 계절에 상관없이 그런 색깔은 그의 마음에 스산한 바람을 몰고 왔다. 링고는 휴대폰으로 게임을 했고 그는 그저 아무것도 하지 않고 앉아만 있었다.

네 시 반이 되자 간호사가 응접실로 찾아왔다. 환자가 남자를 만나고 싶어 하지 않는다고 했다. 남자는 면회가 가능한 상태냐고 물었고 간호사는 주치의가 면회를 허락했다고 했다. 남자는 툴툴거리는 링고를 데리고 응접실을 나왔다.

"병원에 있는 언니도 아찌를 싫어하는 거네."

서울로 가면서 링고가 룸미러로 남자와 눈을 맞추고는 중얼거렸다. 그는 말없이 운전을 계속했다. 무슨 말을 할 기분이 아니었다. 그는 오랜만에 만난 유나가 어떤 반응을 보일지 은근히 기대하기까지 했다. 그는 그런 대접을 받을 만한 사람이 아니었다. 그런 대접을 받아선 안 되었다.

남자는 차를 타기 직전까지, 그리고 병원을 빠져나오는 기나긴 진입로에서도 자꾸 뒤를 돌아보았다. 황혼 빛을 받아 반짝이는 병원 창문들이 더 이상 보이지 않게 된 다음에도 자꾸 룸미러로 뒤를 살폈다. 무슨 오해가 있나, 아니면 그냥 아무도 만나기 싫은 걸까. 병실 창가에 서서 차에 탄 자신을 훔쳐보는 유나를 떠올렸지만 이번에도 얼굴은 기억에 없었다.

다음 주말에 남자는 유나의 소식을 전했던 동창에게 연락을 해 만났다. 연구는 잘되느냐, 거기도 요즘 위에서 새 인력을 안 뽑아 주느냐, 하고 흔히 할 수 있는 얘기들을 나눴다.

동창은 전자담배를 물고 있는 남자를 표정 없이 바라보았다. 병원에 다녀온 직후 피기 시작한 전자담배였다. 동창은 눈초리가 조금 구겨져 있었지만 딱히 기분이 상한 것처럼은 보이지 않았다. 그러다 남자는, 내가 왜 이 자식 기분을 살피고 있지 하고 생각했다.

"전자담배 피면 담배 끊는 게 쉬워?"

동창은 곤드레 나물밥을 떠 넣으며 물었다.

"끊은 건 오래고. 담배 생각이 나기에 다시 피우게 될까봐."

"아까 걔는 누구야?"

남자는 식당 창밖으로 시선을 돌렸다. 링고가 아직 거기 있다는 듯이. 그녀가 아프다고 해서 아침에 차로 태워 병원에서 진찰받게 하고는 다시 집 근처인 이곳까지 데려다준 참이었다.

"그냥 아는 조카."

그러자 동창은 대충 눈치챘다는 듯이 소리 내 웃었다. 그러고는 비주얼이 삼촌 조카 사이로는 보이지 않는다고 놀렸다.

"조카면 조카지, 무슨 아는 조카."

"순수한 사이야."

"자식, 우리한테 순수한 게 어디 있냐?"

남자는 말없이 그릇을 비웠다. 그러는 동안 동창은 흥분해서는 자기 연구원들의 불륜 행각을 미주알고주알 늘어놓았다.

"병원에 문병 갔다 왔냐?"

남자는 동창에게 물었다. 동창은 고개를 끄덕였다.

"걔가 만나줬어?"

남자는 뜸을 들이다가 마침내 진짜 궁금했던 것을 물었다.

"아니."

동창은 고개를 가로저었다. 그러면서 소리 나게 젓가락을 내려놓았다.

"술 한 잔 할까?"

동창의 말에 남자는 대꾸 대신 미간을 찌푸리곤 동창을 쳐다봤다.

"우리를 만나줄 리 없어."

동창이 숭늉으로 입을 행구며 말했다.

"왜?"

"참나. 기억 안 나냐?"

"기억나지. 하지만 벌써 옛날 일이고 걔도 다 잊었을 텐데."

"잊었는지 안 잊었는지 네가 어떻게 알아?"

남자는 눈을 동그랗게 뜨고 동창을 바라봤다.

"그 뒤로 학교도 잘 다녔고 취직도 하고 박사 학위도 따고 결혼해서 애도 낳아 기른다며? 그 정도면 요즘 세상에 성공한 인생이야. 우리하고 있었던 일은 다 잊은 거라고."

동창은 자리에서 일어났다. 남자도 따라 일어섰다. 둘은 식당을 나와 주차장 앞에서 잠시 이야기를 나눴다.

"우리가 한 짓을 잊지 못한 거야. 앞으로도 절대 잊지 못할 거야."

동창이 스스로를 비난하는 투로 말했다. 남자는 아무 말도 하지 않았다. 그리고 시선을 내리고 눈알을 굴렸다. 다른 이의 의견에 동의하지 않을 때 그가 습관처럼 내보이는 반응이었다.

"아까 그 여자애, 유나랑 똑같이 생겼더라. 안 그래? 유나 신입생 때 딱 그랬지. 키에 가슴 크기까지 비슷해. 목은 길고 착 달라붙는 스판덱스를 입었지. 유나 동생인 줄 알았어. 특히 그 처진 눈초리."

동창은 스키니 진을 스판덱스라고 불렀다.

"뭐하는 거냐? 유나랑 뚝 닮은 애를 데려다 놓고? 너도 잊지 못한 거지?"

남자가 대꾸할 말을 찾는 동안 동창은 인사도 없이 몸을 돌려 사무실이 있는 역삼동 쪽으로 걸어갔다.

남자는 링고와 침대에 마주 누워 바라보며 이 여자애의 무엇이 유나와 그렇게 닮았나, 곰곰 생각했다. 얼굴은 기억나지 않지만 유나의 새카만 숱 많은 머리카락과 한 뼘은 됨직한 긴 목은 잊지 않고 있었다. 링고의 목도 꼭 한 뼘 길이였고, 머리숱은 또 얼마나 많은지 침대 시트에 누워 펼쳐놓으면 고급 우단 온장처럼 빈틈없이 광택이 흘렀다. 유나도 링고도 모델을 해도 좋을 몸매를

216

갖고 있었다. 자신의 치기어린 표현을 쓰자면 낭심을 녹이는 미모였다. 실제로 링고는 엔터테인먼트 회사에서 픽업도 몇 번 받아본 적이 있다고 했다. 연기도 노래도 머리도 안 돼 매번 오디션 과정에서 걸러지긴 했지만.

"링고가 누굴 닮았다는 얘기를 들었어."

"링고가?"

링고는 아이돌 얘기를 하는 줄 알고 눈을 반짝였다.

"응. 전에 같이 간 병원에 입원한 여자."

"치. 그 미친 여자?"

링고는 실망한 듯 입을 비죽거렸다.

"그런데 그 여자하고 아찌는 무슨 관계야?"

그 말에 남자는 손놀림을 잠시 멈췄다. 생각하기 싫었지만 그렇다고 잊은 것도 아니었다. 그런 일은 잊을 수가 없다.

"아찌랑 아찌 친구들 몇이 술 먹고 실수 좀 했지. 우리 넷이. 아니 다섯이었나."

남자는 잠시 머뭇거리다가 말을 이었다.

"그냥 같이 잤던 거야."

남자는 술에 취해 통제가 안 됐느니 하는 변명은 하지 않았다. 자기 합리화는 하지 않았다. 다만 그 일을 중요하게 생각하지 않을 뿐이었다. 그때나 지금이나. 유나가 경찰에 신고한 것도 아니고 학교에 알려서 정학 처분을 먹은 것도 아니었다. 아무도 처벌받지 않았고, 유나도 휴학하고 나서 다음 해 아무 일 없었다는 듯이 학교로 돌아와 우등생으로 졸업까지 했다니까.

"일본 포르노에서처럼? 막 여럿이서?"

남자는 정말로 그랬나 하고 기억을 더듬었다. 그랬다. 이제 와서 부인할 이유는 없었고, 괴롭기는 했지만 그는 당당했다. 그는 언제나 자신의 인생에 대해 당당했다. 그러고 보니 유나가 많이 울긴 했다. 그녀가 울기를 그치지 않자 티셔츠로 얼굴을 아주 덮어버렸던 기억도 났다. 그가 한 번 더 하려고 하자 다른 친구들이 침대 아래에서 소리를 질러댔다.

"그럼 아찌 때문에 미쳐서 정신병원에 들어간 거야?"

그게 언제 얘긴데. 글쎄, 유나는 아무 일 없었다는 듯이 성공적인 삶을 살았다니까. 나도 그랬고. 친구들도 다 그랬어. 링고는 좀처럼 납득이 안 되는 모양이었다. 그런 링고를 안고 남자는 한참을 뒹굴었다.

남자는 자신이 잘못했다는 생각은 들지 않았지만, 늘 자신의 인생에 대해 당당했지만, 또 한편으로는 어쨌거나 부서져 가고 있었다.

"비명을 질러 이년아! 비명을 지르라고!"

남자는 링고에게 소리를 질렀다. 링고는 놀라 개처럼 엎드린 자세에서 고개를 돌려 그의 얼굴을 보려고 했다. 겁에 질려 뺨이 파들파들 떨리고 있었다. 이제까지 그가 자신을 이 정도로 거칠게 다룬 적은 없었다.

"비명! 비명을 지르라고!"

남자는 확실히 부서져 가고 있었다. 그는 링고를 부셔버리고 있다고 생각했지만 실은 자신을 부셔버리고 있었다. 공포에 떠는 링고의 눈을 보니 얼핏 그날 유나의 눈을 닮았다는 느낌이 들었다.

그날 밤은 안방 침대에서 일찍 잠들었고 아침까지 한 번도 깨지 않았다. 아침에 일어났을 때 남자는 근래에 이렇게 몸이 개운했던 적이 있었나 놀라기까지 했다.

점심시간이 되자 아내가 전화를 걸었다. 같이 밥 먹자고 했다. 굳이 부르지 않아도 대개 남자는 이층으로 올라가 가족과 점심을 먹었다.

무슨 일이 있나 싶어 남자는 아내에게 이런저런 말을 시켜보았다. 아내는 평소와 다름없이 조용하게, 차분하고 느긋하게 그를 대했다.

"병원에 손님이 없지?"

"불경기니까."

"세상이 다 미쳐 돌아가고 있는데 왜 정신과의원에 손님이 없을까?"

아내는 궁금해서 묻는 게 아니었다. 아내가 궁금한 것은 그게 아니다.

"정신과의원에 손님이 많다면 세상이 미친 연놈들로 가득 찼겠어?"

쓸 만한 답을 내놓았다고 생각했지만 남자는 계속 불안했다.

"요즘 누구 사귀어?"

남자의 밥그릇은 거의 비어 있었다. 그는 아내의 눈을 똑바로 들여다보았다. 그러고 보니 일 년 넘게 안 들키고 링고를 사귀었다는 사실이 스스로도 놀라웠다.

"응."

남자는 체념한 듯 씁쓸히 미소 지었다.

"어떤 여자야?"

"말해준다고 알아?"

하지만 아내는 링고와 만난 적이 있고 어쩌면 기억하고 있을지도 몰랐다.

"어디가 좋아?"

"음. 걔는 보지가 예뻐."

아내는 가만히 자리에서 일어나 안방으로 들어가 문을 닫았다. 남자는 식탁을 치우고 커피까지 끓여마셨다. 진료실로 내려가기 전에 방문을 두드려볼까 망설이기도 했지만 그러지 않았다.

저녁 때 하루 일을 마치고 올라가 보니 이층에 아내가 없었다. 아들도 없었다. 드레스 룸을 열어보니 아내 옷의 삼 분의 일 정도가 사라지고 없었다.

하늘이 개나리색으로 보이는 초로의 부인은 가든 콘테스트에서 예선 탈락했다. 부인은 의외로 감정을 잘 다스렸다. 부인은 일상의 이야기를 늘어놓았다. 강남 지역 사교계를 틀어쥐고 호령하는 실력자치고는 뜻밖일 정도로 검소한 일상이었다.

"아무튼 선생님이 일 년 안에는 답을 찾길 바라요."

"일 년이요?"

"그래요. 가든 콘테스트는 매년 있잖아요. 내년엔 결선에 올라가야죠."

남자는 진료노트를 덮고 옆 책상에 올려놓았다.

"부인. 전 당신이 뭘 하든 관심이 없어요."

남자는 링고를 떠올리며 말을 이어나갔다.

"당신과 당신 가족이 진짜로 하는 일이 뭔지 알게 되면 틀림없이 당신네를 싫어하고, 욕하고, 진저리치게 될 테니까."

부인은 미소만 짓고 있었다. 그러다 자리에서 일어나 진료실을 나갔다.

남자는 한동안 미동도 않고 있다가 일어나 책상으로 돌아갔다. 간호사에게 홍차를 가져오게 했다. 그는 더운 홍차에 마카롱을 적셔먹으며 맛을 음미했다. 빠르게 녹아내리며 입 안 가득 퍼지는 단맛이 그는 미치게 좋았다.

남자는 이제 링고를 만나지 않고 있었다. 그렇다고 아내가 돌아온 것도 아니었다. 링고야 그가 없어도 잘 지낼 것이다. 아마도 잘 지낼 것이다. 그리고 아내도. 아내도 그가 없어도 잘 지낼 것이다. 어쩌면 남자 때문에 그동안 잘 못 지내 왔던 건지도 몰랐다.

남자는 다음번에 동창을 만나면 이런 말을 들려줄 생각을 했다. 우리는 젊었지만 한 번도 깨끗했던 적은 없었다고. 순수하고 순결한 젊음은 전혀 우리 것이 아니었다고. 그가 숙고 끝에 내놓은 진심이었다.

(『21세기문학』 2015년 가을)

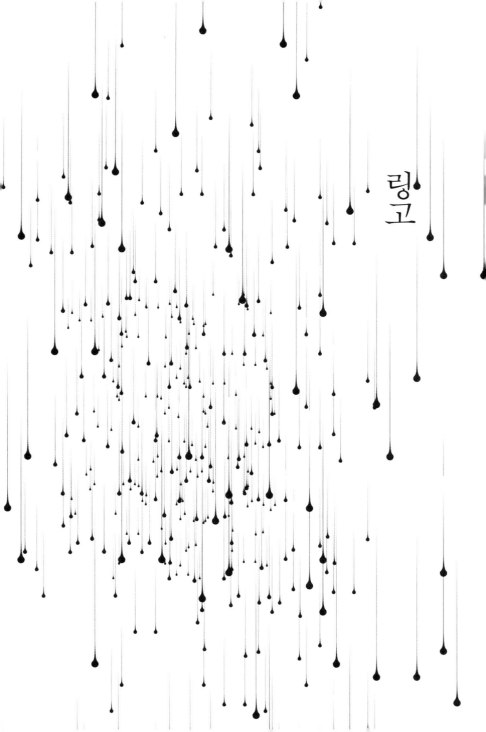

링고

링고는 친구들을 모아놓고 어째서 삼만이천 원짜리 판초맨이 잡히지 않는지에 대해 연설을 했다. 학교에 선도부도 있고 체육 선생도 있고 경비에 시민 경찰도 있는데 판초맨 하나 잡지 못하는 이유는, 그놈이 경비 인력의 동선을 제 손바닥 보듯 훤히 알고 있기 때문이라고 했다. 경비 아저씨가 몇 시에 어디를 순찰 도는지 뻔히 알기 때문에 안전하게 변태 짓을 할 수 있다는 얘기였다.

삼만이천 원은 판초맨이 뒤집어쓰고 나타나는 군용 판초 우의의 가격이었다. 그런 싸구려한테 계속 당하고 있을 순 없어, 라고 링고는 말했다.

"그럼 어째? 우리가 잡아?"

엘이 벌써부터 겁먹은 얼굴로 친구들을 둘러봤다.

"잘 나타나지도 않잖아. 이번 학기에 겨우 두 번 나타났어."

순이는 모험은 그만두자는 얘기였다.

"어차피 여기서 쫓아내도 딴 학교로 갈 거 아냐?"

"그럼 이웃 학교의 모든 여학생을 위한 이타의 정신으로 우리가 보듬고 있자고? 졸업할 때까지?"

따져보니 졸업까지는 아직 일 년하고도 육 개월은 남아 있었다.

링고는 언제 나타날지 모르는 판초맨을 단죄하기 위한 훈련 프로그램을 짰다. 그녀들은 동관 사층의 비어 있는 교실에 의상 수업 때 쓰는 더미를 하나 가져다놓았다. 가슴이 밋밋하고 엉덩이가 좁은 더미였다. 그녀들은 시퍼런 라운드 티를 입히고 다리엔 빨간색 부츠를 신겨놓았다. 팬티는 뺐다.

링고와 친구들은 인터넷 쇼핑몰에서 산 회녹색 군용 우의를 더미의 어깨에 망토처럼 두르고, 마지막으로 얼굴엔 순이 아버지의 보잉 선글라스를 씌웠다. 후드까지 덮어주자 얼추 그녀들이 봤던 판초맨이 됐다.

링고는 더미 앞에 서서 고개를 쳐들고는 판초 자락을 들쳤다 내렸다 하며 깔깔거렸다.

"이게 그렇게 재밌어, 응? 재밌어?"

어쩌면 판초맨의 키를 실제보다 더 크게 기억하고 있는지도 몰랐다.

"너도 한번 먹어봐!"

링고는 신이 나서 더미 앞에 엉거주춤 서서 치맛자락을 쥐고 사납게 펄럭였다. 그녀들은 교실이 떠나가라 큰 소리로 웃었다. 하지만 상대는 더미였다. 진짜 판초맨은 약이 오르면 쫓아올 수도 있고 화가 나서 주먹을 휘두를 수도 있다.

"링고, 남자한테 맞으면 많이 아플까?"

시즈쿠가 물었다. 링고는 시즈쿠를 돌아보며 확신한다는 듯이 크게 고갯짓을 했다. 시즈쿠는 진짜 일본 국적을 가진 재일교포였다. 어렸을 때부터 사업가인 아버지를 따라 두 나라 사이를 오가며 살고 있다. 링고가 알기로 친구들 중 아버지든 애인이든 남자한테 맞아보지 않은 유일한 아이가 시즈쿠였다.

"그럼 링고가 앞장설 거야?"

"이년아, 내가 미쳤어? 가위바위보를 해."

그러자 겁을 먹은 친구들은 울상이 되었다. 링고는 휴대폰으로 경찰 체포술 동영상을 찾아 친구들 앞에 내밀었다. 경찰 제복 차림의 두 남성이 서로를 번갈아가며 쓰러뜨리고 체포하는 시범을 보이는 영상이었다. 그녀들은 저런 동작이 자신들도 가능할지 의심스러웠다. 학교에서 호신술 특강을 다녔지만 뭘 배웠는지 기억에 없었다. 특강에 나온 강사가 호신술은 몸으로 기억하는 거예요, 하고 필기를 못하게 했다.

"우리 몸이 다 까먹었구나."

친구들이 팔다리를 건들거리며 실망한 표정을 짓는 동안 링고는 체포술 동영상을 몇 개 더 찾아냈다. 하지만 여전히 엄두가 나지 않았다.

"이건 어때?"

시즈쿠가 일본 사이트에서 찾은 동영상을 내밀었다.

링고는 진료실 창가에 서서, 한여름 햇볕에 바싹 마른 주택가 골목을 살펴봤다. 의사 아찌의 병원 진료실이었다. 그는 접수실에서 간호사와 얘기를 나누고 있었다. 콘크리트로 포장된 골목엔 아까부터 행인도 없고 지나가는 차량도 없었다. 햇빛만 가득한 골목이라니. 그늘 같은 것들도 희미한 얼룩처럼 아주 조금만 남아 있었다. 그가 켜놓은 라디오에서 일기 예보가 나왔다. 낮 동안 기온이 삼십 도까지 오를 것이라고 했다. 불쾌지수도 높을 것인데, 그렇다고 비가 올 것 같지는 않다고 했다.

올해는 마른장마라고 했다.

마른장마든 불쾌지수든 진료실에선 바깥의 기운은 느껴지지 않았다. 계절은 그저 눈에 보이는 것이 다였다. 진료실은 서늘하고 뽀송뽀송했다.

아찌는 링고가 어른 애인을 부르는 말이었다. 아찌란 말을 어디서 주워듣고 따라하게 되었는지는 그녀도 몰랐다. 어렸을 때 이모부가 있었는데 그를 아찌라고 불렀던 기억이 희미하게 남아 있었다. 아찌, 아저씨보다 친근한 존재. 그녀는 아찌의 의미를 그렇게 이해하고 있었다.

사랑을 나누니 당연히 친근한 사이 이상이었다. 링고에게 또래 애인은 중학교 때 한 명뿐이었다. 그 뒤로는 쭉 아찌들만 있었다. 담임 아찌, 증권사 아찌, 볼보 세일즈맨 아찌. 그래도 그녀는 한 번에 한 명씩만 사귀었다. 작고 못생겨 그녀 취향은 아니지만 이번 의사 아찌와는 일 년을 넘게 사귀었다. 정신과 의사라 그런지 지껄이고 싶은 말을 마음껏 지껄이게 해준다는 점이 마음에 들었다.

"집으로 부를 줄은 몰랐지?"

아찌가 진료실 가운데 놓인 소파에 몸을 던지며 말했다. 간호사 언니는 갔어요? 퇴근했지. 아내도 없어. 아찌는 간호사가 원래 둘이었는데 얼마 전에 하나를 그만두게 했다고 했다. 링고는 그런 얘기엔 관심이 없었다.

"링고는 이제 아찌 만나고 싶지 않아요."

"왜? 어째서?"

링고는 왜니 어째서니 하는 질문에는 늘 약했다. 누구, 어디, 무엇 같은 명사를 대답으로 요구하는 질문에는 거짓말이라도 손쉽게 대꾸가 떠올랐다. 하지만 문장을 대답으로 요구하는 왜와 어째서 같은 질문은 진실을 답으로 내놓더라도 늘 당황스럽고 혼란스러웠다. 그녀는 미간을 찌푸렸다.

"아찌가 더러워요. 링고는 더러운 새끼는 안 만나."

아찌는 얼굴을 구겼다. 그러자 평소보다 더 퍼그 같았다. 그는 바람 빠지는 소리를 내며 두 손에 꼈던 깍지를 풀었다. 그가 엉덩이를 들썩이자 링고는 한 발 뒤로 물러서며 어깨를 움찔했다. 하지만 아찌는 자리에서 일어서지 않았고 링고는 뺨을 붉히며 시근덕댔다.

"돈 줘요. 줄 거 남았잖아."

링고는 돌아서서 진료실 창밖으로 시선을 돌렸다. 바깥은 열기

없이 타오르고 있었다. 태양이 툭 터져서 내용물이 골목 위로 쏟아진 듯했다.

"가져가."

뒤돌아보니 진료실 바닥 핏빛 러그에 흰색 봉투가 떨어져 있었다. 링고는 쿵쾅거리며 다가가 봉투를 집어 들었다. 그러고는 뒤도 돌아보지 않고 진료실을 나왔다. 욕지거리가 들렸다. 그녀 아니면, 언제나 그랬던 것처럼 아내나 간호사를 향한 욕일 것이다. 그의 키는 그녀의 이마에 겨우 미치는 정도였다. 돌아가서 침이라도 뱉어줄까. 경찰 체포술만 익혔다면 한 대 쥐어박았을 수도 있다.

링고는 육체적으로 저토록 형편없는 사내가 소싯적에 학교 후배를 강간해 인생을 망쳐놓았다니 믿기지가 않았다.

링고는 포베이로 친구들을 불렀다. 그녀는 눈을 반짝이는 친구들에게 월남쌈과 똠양꿍과 새우요리를 사줬다. 그녀는 아버지가 원양어선의 캡틴이라고 했다. 캡틴 아버지는 항해를 나가 서너 달씩 집을 비울 때가 있고, 돌아올 때면 선물과 용돈을 듬뿍 쥐어준다고 했다. 그녀는 스와힐리어며 에스파냐어며 말레이어 같은 이국의 언어를 가끔 섞어 쓰곤 했다. 친구들은 그녀가 사주는 요리와 웃기는 외국어 인사말을 좋아했다.

링고는 자신의 거짓말을 교복 블라우스에 달린 프릴처럼 생각했다. 진부한 데다 관리하기도 어렵고 굳이 있어야 할 이유도 없

지만, 떼어내고 나면 허전할 것이 틀림없는. 그따위 클리셰 같은
거짓말을 영악한 친구들이 믿어줄 리도 없었다. 하지만 군이 의
심하는 것도 아니었다. 친구들은 따지기 귀찮다, 그저 받아들이
자, 하는 분위기였다.

시즈쿠만 밥값의 정체를 궁금해했다.

"아빠가 링고를 사랑하나 보네?"

시즈쿠가 빨대로 오디 주스를 쪽쪽 빨며 물었다. 링고는 그저
흘겨보기만 했다.

"그냥 더러운 돈이야."

링고는 시즈쿠가 꼬치꼬치 캐물어도 싫지 않았다.

"더러우니 빨리 해치워버리자."

링고는 시즈쿠를 불러내 신사동 가로수길을 주말 내내 싸돌아
다녔다. 선물로 립펜슬 세트도 안겨줬다.

"어디 돈 많은 애인을 숨겨뒀어?"

링고는 끅끅 웃음을 참지 못했다.

"맞춰봐. 어떤 애인일지."

시즈쿠는 미간을 찌푸리곤 진지하게 링고를 바라봤다. 시즈쿠
에게도 일본에 애인이 있었다. 링고의 아찌처럼 사랑을 이유로
용돈을 주지는 않지만, 틀림없이 관계의 정점에 오른 애인이 있
었다. 시즈쿠는 이름도 예뻤다. 시즈쿠라는 이름에선 물방울, 솜
털이 송송 돋은 잎사귀에 맺힌 물방울이 떠올랐다.

링고는 시즈쿠와 헤어지고 천천히 걸어서 집으로 갔다. 신사동에서 집까지 거리가 꽤 되지만 중간에 으슥한 곳은 없었다. 강남의 슬럼인 그녀의 동네도 불빛만은 모자라지 않았다. 강남 지역 학교에 다닌다고 다 잘살지 않는다. 그녀의 반에도 급식비를 못내 점심을 굶거나 보충수업비가 없어 일찍 집에 가는 친구들이 있었다.

링고도 한 달 용돈이 삼십만 원밖엔 되지 않았다. 그것도 이학년에 올라오면서 아버지와 싸워서 오만 원 올려 받게 된 것이었다. 그녀는 가난의 문제가 아버지의 탓이라고 생각했다. 시즈쿠도 순이도 엘도 노윤도 그렇게 생각했다. 그녀들은 제대로 된 남자라면 여자를 가난하게 살게 내버려두지 않을 거라고 생각했다.

오늘은 아버지가 오는 날이었다. 링고는 현관에 놓인 아버지의 수제 로퍼를 내려다보았다. 아버지가 좋아하는 밝은 브라운 색깔이다. 안창에 제작자의 흘려 쓴 이름이 박힌 것을 보니 그녀의 한 달 용돈보다 비싼 구두일 게 틀림없었다. 탕수육 소스와 짬뽕 국물 냄새가 현관에서부터 달라붙어 거실을 거쳐 그녀의 방까지 따라왔다. 등 뒤에서 아버지가 부르는 소리가 났다. 그녀는 백팩을 내려놓고는 다시 방을 나가 주방으로 갔다.

"아빠, 짬뽕! 나트륨 조심하라고 했잖아."

아버지가 팔꿈치로 짬뽕그릇을 밀어치우며 웃어보였다.

"집에 오니 좋네. 우리 혜원이 잔소리도 듣고."

식탁에는 시커먼 호리병에 담긴 중국술도 놓여 있었다.

"우리는 무슨. 둘밖엔 없으면서."

링고는 눈을 흘기고는 방으로 들어갔다. 아버지는 내일 일요일 밤이면 또 창원에 있는 조선소로 내려갈 것이다. 아버지는 어느 때는 거제도에, 어느 때는 마산에 있었다. 한번 일하러 나가면 한 달이고 두 달이고 집을 비웠다. 아버지가 집을 비우면 고모와 가사도우미 아줌마가 번갈아 와서 그녀를 돌봤다.

링고는 아버지가 그런 곳에서 무슨 일을 하는지 몇 번이나 들었지만 그때마다 귓전으로 흘려보냈다.

"아빠랑 한잔 할까?"

"아빠, 나 지금 똥 눠."

링고는 눈을 끔뻑거렸다. 그녀는 술을 마시면 시뻘겋게 달아오르는 아버지의 살갗이 싫었다. 평소에도 갈색 피부에 털이 많아 더러워 보이는데 빨간 열꽃까지 피면 구제불능이었다. 입에서 나는 냄새도, 숨을 토할 때마다 코에서 뿜어내는 냄새도 싫었다. 생신 때마다 향수를 선물하고 있지만 내장이 썩어 올라오는 더러운 냄새는 어쩔 수가 없었다. 그녀는 화장실에서 나가지 않았다. 아버지를 전반적으로 사랑하지만 더러운 일부는 봐줄 수가 없었다.

아버지 코고는 소리가 거실까지 들렸다. 아침 열 시였다. 호리병이 세 병이나 식탁에 올라와 있었다. 달큼한 술내가, 매운 국물 냄새가 더러웠다. 링고는 빈 그릇을 내놓고 키친타월을 뜯어 식탁을 치웠다. 이 짓도 벌써 삼 년째였다. 삼십만 원 용돈을 받으며 홀아비 수발을 드는 인생을 살 순 없었다. 그녀에게는 여자를 돌볼 줄 아는 남자가 필요했다.

개학을 하고 첫 주에 학교 후문에 판초맨이 나타났다. 점심시간이 끝날 무렵이라 밖에서 군것질을 하고 돌아오던 아이들이 기습을 당했다. 링고는 친구들과 동관 계단에 모여앉아 메이플 스토리를 하다가 운동장을 가로질러 뛰어 들어오는 애들을 보았다. 신경질적으로 내지르는 소리가 그녀에게까지 들렸다. 울상인 아이도 있었고 깔깔 웃는 아이, 메스꺼운 얼굴로 멈춰서 구역질을 하는 아이도 있었다.

링고와 친구들은 후문으로 쫓아갔다. 경비 아저씨도 운동장을 가로지르고 있었다.

"이번에도?"

"이번에도. 삼만이천 원짜리."

판초맨은 정말 생활능력 없는 싸구려 고자라는 생각이 들었다. 구경 나온 애들이 후문 근처 여기저기 모여서 있었다. 경비 아저씨가 손에 무전기를 들고 얼빠진 표정을 짓고 있었다. 이번에 판초맨이 나타난 곳은, 분식집이 있는 시장 어귀에서 학교로 넘어오는 야트막한 언덕길이었다.

"이번엔 좆털을 밀었어."

목격자가 말하자 이 입 저 입에서 오호, 하는 탄성이 터져나왔다.

"완전히? 남자도 왁싱을 해?"

"응. 막내 갓난아기 적 고추 같아."

순이가 혀를 쑥 내밀고는 오만상을 지었다.

"남자가 왁싱을 왜?"

"귀여워 보이고 싶었나 보지."

누군가 그렇게 소리를 높이자 애들이 웩웩거렸다.

링고는 의사 아찌와 헤어지고 나서 만나기 시작한 사내에게 브라질리언 왁싱을 한 판초맨의 얘기를 들려줬다. 그는 반 년 전부터 차례가 돌아오기를 기다리고 있었다. 의사의 병원을 나와 골목을 빠져나오며 그녀는 바로 그에게 **아찌 차례야**, 하고 문자를 날렸다. 그렇게 그는 그녀의 다섯 번째 아찌가 됐다.

사내는 링고가 다니는 학교 근처에 있는 아주 큰 빌딩에 다니고 있었다. 명함은 주지 않았지만 그녀 옆에서 전화를 받을 때예, 장 과장입니다, 하고 대답하는 소리는 들었다. 그녀는 아직 그가 뭘 원하는지 알지 못했다. 서너 번 만나는 동안 섹스 얘기는 화제에 오른 적이 없었다. 의사처럼 니이 삭스나 팬티를 벗어달라고 하지도 않았다. 심지어는 왜 자기를 아찌라 부르냐고도 묻지 않았다. 살가운 맛이 없기가 아버지 못지않았다.

"판초맨이 왜 좃을 내놓느냐고? 좃은 남자한텐 트로피 같은 거야."

사내가 눈웃음을 치며 말했다.

"트로피? 학생체전에 나가서 받는 그런 거?"

링고는 어쩐지 그럴지도 모른다는 생각이 들었다. 본관 교장실

앞에 트로피 장식장이 있었다. 학생체전이나 수학경시대회에 나가 학교 이름으로 타온 것들이었다. 대머리 교장이 이따금 흰 천으로 트로피를 닦으며 윤을 내곤 했다. 트로피가 꼴린 좆을 닮아 항상 웃겼는데, 그걸 닦는 교장까지 꼴린 좆을 닮아 링고를 두 배로 웃게 했다.

"그럼 왁싱은요?"

"글쎄, 치모는 왜 깎았을까, 싱싱해 보이려고?"

"더러워!"

사내는 그냥 털이라고 해도 좋을 것을 꼭 치모라고 했다. 좆이라는 단어도 링고가 쓰니까 따라서 쓰는 것이었다. 가슴이니 엉덩이니 여성의 신체를 일컫는 단어를 쓴 적도 없었다. 아직 그녀의 몸에 손을 댄 적도 없었다. 그런데도 용돈은 꼬박꼬박 나왔다.

이런 아찌는 이제껏 한 명도 없었다. 대가도 없이 용돈을 주는 아찌는 없었다. 링고는 이제 자기가 늙어서 충분히 매력적이지 않나, 하는 생각까지 했다.

"내 부하 하나도 술만 취하면 자리에서 일어나서 허리띠를 풀었어."

사내는 부하 직원에 대해 이야기했다. 그 직원은 술만 취하면 자리에서 일어나 허리띠를 풀고 바지를 내리려 했다. 링고는 인상을 쓰면서도 즐거운 듯 깔깔거렸다.

"자기도 남자라는 걸 증명하려고."

링고는 졸업할 때까지 이 아찌하고 그냥 지금처럼, 차나 마시고 맛있는 거나 먹고 드라이브나 했으면 하고 바랐다. 이 정도만 해줘도 지금처럼 용돈이 나왔으면 하고 바랐다. 그러다 학교를 졸업하면 제대로 된 직장을 갖게 될 거고, 그러면 남자 없이도 스스로를 돌볼 수 있게 되겠지, 했다.

하지만 사내가 마침내 요구했을 때 링고가 싫다고 하면 이 매너 좋은 아찌는 또 어떤 미친개로 돌변할까, 하는 생각도 들었다.

링고는 첫 아찌를 중학교 겨울방학에 사귀었다. 부스스한 머리에 운동복 위에 점퍼만 걸치고 눈을 맞으며 편의점으로 도시락을 사먹으러 갔다. 고모가 이번 주는 바쁘다며 오지 않았고 가사도우미 아줌마도 휴가였다. 편의점 음식코너에는 학교 선배가 와 있었다.

"오랜만."

선배가 링고에게 젓가락을 흔들며 웃어 보였다. 그녀는 도시락을 골라 전자레인지에 데우고는 옆자리에 가 앉았다.

"혜원이는 발육 상태가 좋네. 성인인증도 염려 없겠어."

그때까지만 해도 링고는 아직 링고가 아니었다.

"설마 아직 신품은 아니겠지?"

처음엔 무슨 말인지 몰랐지만 링고는 곧 신품이 무엇을 의미하는지 알아들었다.

"애인 있어요."

그 애인도 여자를 돌볼 줄 몰랐다. 쥐뿔도 없는 게 그저 제 욕망만 채우면 다였다.

　선배는 이번에 화곡동으로 전학을 가는데 자기 사업을 물려받을 후배를 찾고 있다고 했다. 링고는 한참이나 젓가락으로 밥알을 깨작거렸다.

　선배의 소개로 사내 몇을 만났다. 선배는 링고를 고등학생이라고 소개하고 다녔다. 그녀는 헤어라이트너로 머리에 살짝 금발기가 돌게 만들었고, 윗눈썹은 집게로 털을 하나하나 뽑아 붓 한 번 긋고 지나간 것처럼 얇게 만들었다. 그러고 나갔더니 사내들 눈에 불똥이 튀는 게 뻔히 보였다.

　첫 사내는 늙기도 늙었지만 입 냄새가 너무 심했다. 입에 쉰 걸레를 물고 말하는 것 같았다. 선배는 겨우 사십인데, 하고 인상을 찌푸렸다. 하지만 중학생 아이에겐 나이 사십은 할아버지나 마찬가지였다. 두 번째 사내는 삼십 대지만 불친절했다. 처음 만난 자리에서 팬티를 벗어달라고 으르렁댔다. 선배는 스테이크 피자를 먹다 말고 즉석에서 흥정을 하더니 오만 원에 테이블 밑으로 팬티를 벗어줬다. 그제야 링고는 자기 팬티로 무엇을 할 수 있는지 알았다.

　세 번째 사내는 이십 대 후반의, 광고모델처럼 매끈한 호남아 형이었다. 링고는 그가 마음에 든다고 말했다. 그러자 선배는 소개비를 받고는 둘만 남겨놓고 카페를 나갔다. 그는 입 냄새도 나지 않았고 팬티를 벗어달라고 하지도 않았다. 최신 영화에 대해, 학교생활에 대해, 그녀는 잘 모르는 외국의 스포츠에 대해 수다를 떨면서 저녁까지 먹었다. 둘은 모텔에 갔다.

링고는 돈도 받지 않고 모텔을 뛰어나와 한참을 깔깔대며 신사동 가로수길을 걷다가 선배에게 전화를 했다.

"왜? 왜?"

선배가 볼멘소리를 했다. 벌써 사내가 일러바친 모양이었다. 링고는 짐짓 우는소리를 했다.

"언니. 그 오빠 볼펜 깍지 사이즈야. 그 사이즈로는 오줌 누는 것도 힘들걸. 언니도 알지? 어린년 찾는 게 다 이유가 있더라고. 그러면서 내 것도 너무 넓어서 느끼질 못하니까 똥꼬로 하자고 징징대더라고. 언니한테도 그랬어?"

선배는 네 번째 사내를 소개했다. 삼십 대 초반의 나이인데, 결혼해 아이도 있었다. 그의 수다는 그칠 줄을 몰랐다. 둘은 꼼짝없이 고개만 끄덕이고 있어야 했다. 그가 화장실에 간 사이 저 남자 왜 저러냐고 묻자, 학교 선생이라서 그래, 하고 선배가 말했다. 학교 선생이라 더럽거나 비도덕적인 일은 시키지 않을 테니 그냥 애인이 되어주라고 했다.

"은희는 그래, 성적표 가져왔어?"

사내가 선배에게 물었다. 선배는 가방에서 고등학교 이학년 마지막 성적표를 꺼내 건네주었다. 그러면서 전교에서 아홉 번째네요, 하고 말했다. 그는 진심어린 미소를 지으며 지갑에서 지폐 몇 장을 꺼내주었다. 나중에 선배는, 왜 어른들은 어린 여자만 보면 공부를 시키지 못해 안달을 부리는지 모르겠다며 고개를 갸웃했

239

다. 실은 어린년 보지가 보고 싶은 거면서 말이야. 내 보지도 늙었다며 더 어린 보지 찾아달라고 한 게 그 새끼거든.

사내는 링고의 첫 번째 아찌가 되었다. 겨울방학이 끝나고 선배가 전학을 가고 그녀가 고등학교에 입학해 반을 배정받았을 때, 그녀는 그가 담임선생이라는 사실을 알았다. 물론 그녀만큼이나 그도 놀랐다. 그는 왜 고등학생이라고 거짓말을 했냐며 크게 화를 내고 나무랐다.

"이젠 날 링고라고 불러줘요."

링고는 사내의 눈을 똑바로 쳐다보며 요구했다.

"안 돼. 학교에서는 본명을 써야지."

"이제 그게 본명이야. 링고라고 안 불러주면 카톡 내용 다 까고 경찰에 신고할 테니 알아서 하세요."

링고는 이제 학교에서 출석을 부를 때에도 링고로 불리게 되었다. 담임은 학생의 개성을 존중해주는 차원이라고 동료 선생들을 설득했다. 둘의 관계는 그것으로 끝이 났다. 그녀는 두 번째 아찌로 증권사에서 전화로 투자 상담을 해주는 사내를 골랐다.

"링고, 저는 링고라고 합니다."

사내는 첫 만남에서 이름도 일본식인 데다 말투까지 낯이 설자, 링고가 일본 교포인 줄 착각하고 일본어로 인사를 하기까지 했다.

링고는 언젠가 읽은 일본 라이트 노벨의 주인공 이름이었다. 소설에서 링고는 원조교제를 하는 고등학생 캐릭터였다. 그러면서 갖가지 유혹에 빠져드는데, 결국 야쿠자 애인의 권유로 세무사의 꿈을 키우게 된다는 줄거리였다. 그녀의 기억에 "링고는 이름처럼, 천상에만 자란다는 능금 같은 엉덩이를 가진 여자아이였다"라는 문장이 남아 있었다.

링고도 천상에만 자란다는 능금 같은 엉덩이를 갖고 싶었다. 시즈쿠가 그 이름의 아름다움을 온전히 다 가졌듯이, 그녀도 링고라는 이름의 아름다움을 온전히 다 가지고 싶었다.

다른 이유도 있었다. 링고는 지금은 잠시, 혜원이 아닌 다른 인물을 연기하는 것으로 해둘 필요가 있었다. 그래서 혜원을 온전한 상태로 놔두고, 더럽혀지지 않은 상태로 놔두고, 언젠가 때가되면 순수한 혜원으로 돌아갈 생각이었다.

순수한 혜원으로 돌아가려면 지금의 자신은 링고가 되어야 했다. 그리고 언젠간 벗어버릴 허물인 링고는 조금쯤은 더러워져도 괜찮다고 생각했다.

판초맨은 이웃학교에 나타났다. 이웃이라지만 상당히 떨어져 있어서 판초맨은 꽤 넓은 지역을 커버하는 모양이라고 링고는 생각했다. 그녀는 피해학교의 대표를 만나기로 했다. 그쪽 학교에도 링고와 친구들처럼 판초맨에 적극 대응하기로 한 학생들이 있었다.

"이번엔 왁싱했다며? 봤어?"

링고가 물었다.

"봤지."

그쪽 대표 수애가 말했다.

"어때?"

"귀여워."

그러면서 수애는 진저리를 쳤다. 어찌나 진저리가 나는지 눈가에 눈물이 다 맺힐 정도였다. 귀엽다는 말이 반어법인 줄도 모르고 친구들은 오오, 하고 나지막한 탄성을 질렀다.

"얼굴을 기억해?"

링고와 친구들은 판초맨을 보기는 봤어도 얼굴은 기억하지 못했다. 후드를 푹 뒤집어쓴 데다, 내놓은 좆이 너무 흉측하고 흉악스러워서 마주치는 즉시 침착성을 잃어버리는 탓이었다. 판초맨의 좆은 재료는 형편없을지언정, 학생들의 정신에 상해를 입히는 흉기나 다름없는 효과를 냈다.

수애 쪽은 치한퇴치용 스프레이를 단체로 구입해 가방에 넣고 다녔다. 원래는 순간에 대처하기 위해 주머니에 넣었는데, 잘못 만져 주머니 속에서 터지는 일이 발생하자 가방으로 바꾼 것이었다. 하지만 어느 세월에 가방을 열어 스프레이를 꺼내 판초맨을 쫓아가 얼굴을 조준해 뿌린단 말일까. 그리고 등하교 길이 아닌 점심시간에 판초맨이 나타난다면?

"그러는 너희는?"

수애는 그러는 너희는 별 거 있겠냐는 표정으로 물었다. 링고는 능글맞은 표정을 짓고는 뒤편의 친구들을 향해 야, 하고 신호를 보냈다.

링고와 친구들은 자리에서 일어나 지난 몇 달 동안 공들여 연습한 동작을 보여주었다. 한가운데 그녀가 서고 왼편에 시즈쿠와 순이, 오른편에 엘과 노윤이 섰다. 그녀들이 시범을 보이자, 수애는 기겁을 하고 벌린 입을 다물 줄 몰랐고, 수애의 친구들은 비명을 지르며 손으로 얼굴을 가렸다.

두 학교 학생들 사이의 조약이 맺어졌다. 한 달에 한 번, 두 학교 중간에 위치한 먹자골목에서 만나 함께 식사를 즐기기로 한 것이었다. 판초맨을 단죄하는 일만큼이나 그녀들에겐 먹고 마시는 일이 중요했다.

"이건 더러운 돈은 아니야."

시즈쿠에게 저녁을 사며 링고가 말했다.

"하지만 언제 더러운 돈이 될지 모르지."

"세상에 더러운 돈 깨끗한 돈이 어디 있어? 더럽게 쓰는 돈 깨끗하게 쓰는 돈, 이런 건 있을지 몰라도."

시즈쿠는 역시 부자 나라에서 온 부자 아이답게 돈에 대한 철학이 있었다.

"난 부자 아냐. 그리고 일본도 더는 부자 나라가 아닐걸."

시즈쿠는 얇게 입술을 구기며 말했다. 그녀는 휴대폰에서 자신이 일본에서 찍어온, 세상에서 가장 비좁은 엘리베이터의 사진을 꺼내 보여주었다. 두 사람이 들어가면 남자건 여자건 키스하듯 얼굴을 딱 포개고 서 있어야 할 만치 내부가 좁았다.

"이게 우리 집 엘리베이터야."

링고는 사업을 넘겨주고 전학 간 선배 이야기를 했다. 선배는 한 달에 백만 원쯤 벌었다는 소문이 있었다. 편의점 아르바이트가 시급이 오천 원이 안 되는데, 아저씨와 놀면 못해도 한 번에 십만 원이었다.

"너는 한 달에 얼마 버는데?"

"글쎄. 지금은 한 십, 이십? 난 한 사람만 사귀고 요즘은 건전한 만남만 하니까."

"우와!"

시즈쿠가 탄성을 지르자 링고는 아차 싶었다. 유도 심문에 걸려들었다. 시즈쿠는 오래전부터 눈치채고 있었다.

"괜찮아? 속으로 나 욕하지 않아?"

링고는 주저하며 물었다.

"아니. 왜?"

"내 인생, 벌써 실패한 건 아니겠지?"

"인생에 실패랑 성공이 어디 있어?"

그러면서 시즈쿠는 즐기면서 용돈까지 번다면 나쁜 일은 아니라고 말했다. 어차피 진짜 사랑은 아닐 테니까, 적당히 즐기는 기분으로 하면 된다고 했다. 하지만 나중에 있을 진정한 사랑을 위해, 자그마한 빈자리 정도는 남겨두는 게 좋지 않느냐고도 했다.

"너, 시즈쿠는 진짜 일본인이로구나."

244

링고는 중얼거리고는 한숨을 쉬었다. 나, 링고는 그저 흉내나 내는 가짜이고.

링고는 요즘 사귀고 있는 중년 사내에 대해 이야기했다. 진짜 매너 좋고 모텔에 가자는 얘기도 하지 않는다고 했다. 엉덩이나 가슴을 주물럭거린 적도 없다고 했다. 그러면서도 용돈은 꼬박꼬박 나온다. 시즈쿠는 흥미를 보였다. 그런 점잖은 남자가 있다니.

그래서 시즈쿠에게 사내를 소개하기로 했다. 링고가 보기에 셋이 만나도 서로에게 별 해가 될 것 같지는 않았다.

시즈쿠는 웃음기 없는 얼굴에 조금 피곤한 낯빛을 하고 약속장소에 나왔다. 화장을 하긴 했지만 사내가 눈치를 챌 만큼 한 것은 아니어서, 틀림없이 그는 시즈쿠가 밤새 공부를 했거나 아니면 요즘 활력이 떨어졌다고 짐작할 게 뻔했다.

시즈쿠는 활력 부족 여고생 코스프레로 맛난 것을 잔뜩 얻어먹을 속셈이었다.

사내는 어린 여자가 둘이나 나오자 잠시 당황하더니 차에 태우고 서울을 빠져나갔다. 낙조로 얼룩진 한강 상류가 눈앞에서 물결치는 곳에 그는 차를 세웠다. 강변에 자리한 라이브 카페였다. 발밑에서 삭삭 낙엽 부서지는 소리가 났다. 숲과 강이 뒤섞여 카페의 분위기를 만들고 있었다. 검은 잣나무가 듬성듬성 서 있는 야외 테라스는 몇 년째 치우지 않은 낙엽이 폭신하게 깔려 꼭 침대 매트리스 위를 걷는 느낌이 들었다. 그러면서도 잔잔히 물결치는 소리가 생생히 들릴 정도로 가까운 곳에서 강물이 흐르고 있었다. 처음 도착했을 땐 은빛 물결이다가, 차를 마시고 식사를 시작할 때쯤엔 금빛 물결이 되어 링고와 시즈쿠의 눈을 부시게 했다.

셋은 주로 학교 이야기를 했다. 사내도 오래전에 다녔던 고등학교 이야기를 했다. 이런저런 얘기 끝에 링고는 그에게 시즈쿠는 진짜 일본 여자, 자기는 가짜 일본 여자라고 일렀다.

"나도 진짜는 아니야. 오십 퍼센트만 일본인이지. 엄마가 한국인이세요."

시즈쿠는 바람 빠진 풍선처럼 탄력 없는 목소리를 냈다.

"어쩌면 오십 퍼센트도 되지 않을지 몰라요. 언젠가 아빠가 먼 조상 쪽으로 조선인이 또 있다고 하셨거든요."

"그래, 어느 쪽 피가 더 마음에 들어?"

사내가 후식으로 나온 푸딩을 한 스푼 뜨며 물었다. 시즈쿠는 끝내 대답하지 않았다. 그가 계산을 하는 사이에 시즈쿠와 링고는 화장실을 갔다.

"꼭 아빠 같지?"

링고가 좋은 기색을 감추지 않으며 물었다.

"응. 우리 아빠도 꼭 저래. 특히 두 가지 중에 뭐가 더 좋으냐고 묻는 거."

사내의 제안대로 링고와 시즈쿠는 카페를 나와 숲길을 좀 더 걸었다. 많이 어두웠지만 아직 캄캄한 정도는 아니었다. 카페 진입로를 비추는 가로등 덕에 분위기가 좋았다. 셋은 이리저리 발걸음을 옮기다가 호젓한 곳에 이르러 둥치들이 모여 있는 곳에 다다랐다. 링고와 시즈쿠는 약간 젖어 있는 둥치를 하나씩 차지했다. 그도 몇 발짝 떨어진 둥치에 엉덩이를 걸쳤다.

링고와 시즈쿠는 곧 있을 인디밴드 페스티벌에 대한 이야기를 나누었다. 그녀와 시즈쿠는 같은 밴드의 팬은 아니었지만, 용돈을 아껴 봄과 가을 록 페스티벌에 참여한다는 것에 자부심을 느끼고 있었다. 실력은 과히 좋다고 할 수 없지만 그래도 살짝 격려랄까, 도움이 될 수 있을 테니까.

링고와 시즈쿠는 수다를 떨다 말고 고개를 들었다. 시즈쿠는 이게 뭔가 하는 표정으로 몇 번 눈을 끔벅이다가, 비명을 지르며 자리에서 튕기듯 일어났다. 그러곤 계속 소리를 지르며 카페 쪽으로 뛰어갔다.

하지만 링고는 이상하게도, 어쩐지 올 게 왔다는 생각이 들어 둥치를 지키고 있었다. 그녀는 놀란 시즈쿠가 넘어지지 않고 잘 뛰는지만 확인하곤 다시 사내에게로 시선을 돌렸다. 그는 한 발짝 앞까지 다가와 바지 지퍼를 내리고 반쯤 발기된 좆을 꺼내놓고 있었다.

"뭐 하라고요?"

링고가 빤히 올려다보며 묻자 사내가 좆을 덜렁거리며 네가 할 일을 해, 하고 대꾸했다.

"무슨 할 일요?"

사내는 부드럽게, 그러나 뿌리칠 수 없을 정도의 힘을 주어 링고의 머리를 잡고 바지춤에 가까이 끌어당겼다. 뜨뜻하게 달아오른 좆이 그녀의 뺨에 와 닿았다. 그녀는 입술을 꼭 다물고 이를 악물었다.

"빨아, 빨아!"

사내가 나지막이 소리를 질렀다. 링고는 머리채를 잡힌 채 몇 번 발버둥을 치다가 간신히 밀쳐내곤 자리에서 일어났다.

"시즈쿠한테 왜 그런 거야! 나한테는 이래도 되지만 걔한테는 안 된단 말이에요!"

링고는 사내의 가슴을 주먹으로 치며 소리를 질렀다. 그는 의외로 가만히 서 있기만 했다.

"아니! 나한테도 이러지 마, 개새끼야! 알았어? 이런 꼴을 당하기엔 난 너무 어리잖아! 안 그래? 너무 어리다고!"

링고는 마지막으로 사내의 가슴을 세게 밀치고는 시즈쿠가 간 쪽으로 따라 뛰었다. 눈물이 나야 할 상황 같은데 눈물이 나지 않았다. 하긴 이런 상황에서 눈물까지 난다면 더 비참해지겠지.

시즈쿠가 자신을 사내에게 팔아넘긴 줄 오해했기 때문에, 링고는 꽤 긴 시간을 들여 시즈쿠에게 사과를 해야만 했다. 그녀는 정화가 안 풀리면 경찰에 가서 신고라도 하자고 했다. 하지만 시즈쿠는 신고해봤자 그가 받을 처벌은 미미하기만 할 테고, 링고만 원조교제로 학교에서 제적을 당할 거라고 했다. 한국이나 일본이나…… 그러다가 둘은 판초맨과 그가 동일인물일 가능성에 대해 이야기를 나누었다.

둘이 같은 놈이 아닐까. 왁싱한 좆에 그사이 털이 자란 게 아닐까. 남자들은 좆에 다양성이 부족해서 좆의 생김새만으로는 특정인을 구별해낼 수 없다는데.

판초맨은 이번에도 이웃학교에 나타났다.

"우리가 봤지만 너무 얼떨결이어서 말이야."

수애와 친구들이 등굣길에 판초맨과 맞닥뜨렸지만 그들도 당황해서 실력을 발휘하지 못했다. 가방에서 치한퇴치용 스프레이를 꺼내든 것도 수애와 다른 두 친구뿐이었다. 나머지는 스프레이 따위는 까맣게 잊어버렸다. 스프레이를 꺼내든 친구들도 제대로 써먹지를 못했다. 수애는 급한 마음에 스프레이를 판초맨을 향해 냅다 집어던졌고, 다른 한 친구는 그냥 선 자리에서 스프레이를 뿌렸다. 덕분에 자기와 수애만 역풍을 맞아 얼굴을 감싸고 길바닥에 뒹굴었다. 단 한 친구만이 침착성을 잃지 않고 판초맨을 향해 달려갔다.

그 아이는 용감하게 판초맨 바로 코앞까지 도달했지만 이번엔 너무 가까운 게 문제였다. 판초맨의 더러운 판초 자락이 교복 치맛자락에 닿을락 말락 했던 것이다. 그 친구는 스프레이를 조준하다 말고 질겁해 한 발짝 물러났고, 그 틈에 판초맨은 잽싸게 판초 자락을 여미고 오토바이를 타고 도망갔다.

수애는 자신들이 강남의 웃음거리가 될까 걱정했지만 실은 영웅 대접을 받았다. 링고도 수애를 격려해줬고 시즈쿠는 선물까지 마련해 건네주었다. 링고라면 어땠을까, 아마 쉽게 잡았을 테지. 수애가 떡볶이 국물에 순대를 찍어먹으며 말했다. 링고라면 아마 놈을 잡아서 더럽다고 얼굴에 침을 뱉어줬을 거야. 시즈쿠가 오뎅 국물을 홀짝이며 말했다.

링고는 자기들이 준비해놓고 한 번도 써먹지 못한 퇴치 전술에 대해 곰곰 생각했다. 앞에 가상의 판초맨을 세운 다음 일제히 달려드는 장면을. 자기들의 전술에 판초맨이 꼼짝없이 당해 무릎을 꿇는 장면을.

아직 고등학교를 졸업하려면 한 학년이 남았다. 그 일 년 동안 판초맨에게 복수할 기회가 반드시 한 번쯤은 주어질 것이다. 그런 일은 혜원이 아니라 링고가 맡아야 제격이었다. 더러운 일은 더러운 일을 좀 해본 캐릭터가 더 낫다. 더러운 세상의 물을 좀 먹어본 링고가, 더러운 세상의 쓰레기 앞에서 좀 더 침착할 것이기 때문이다.

(『실천문학』 2015년 겨울)

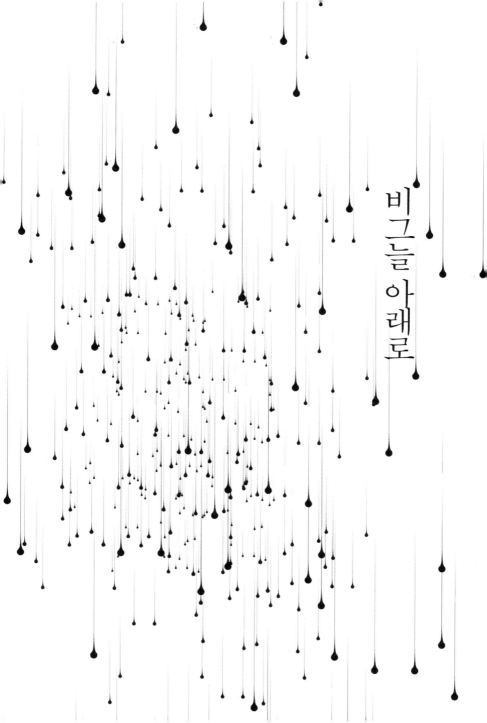

비그늘 아래로

장마는 늘 남자의 가슴 속에서부터 시작됐다. 그날도 그랬다. 삼월 중순이었고 제법 볕이 나는 아침이었다. 스모그 층을 뚫고 들어오느라 기운이 떨어지긴 했지만 해는 거기 있었다. 머리를 들면 왼쪽으로 반 뼘쯤 기울어진 자리에.

맑다고 할 수 없는 날이었다. 구름은 몇 점 없었지만 하늘은 때가 탄 낡은 러닝셔츠처럼 후줄근한 백색이었다. 더러운 하늘 귀퉁이에서 내리쬐는 햇볕은, 해라기보다는 깨진 거울 조각이 비추는 볼품없는 반사광 같았다.

남자는 횡단보도에 서 있었다. 신호가 바뀌면 곧 길을 건널 생각이었다. 정신이 딴 데 가 있다든가 하는 일은 없었다. 그는 생애 대부분을 한 번에 한 가지씩만 생각하며 살았다. 파란불이 들어왔다. 그는 한 발을 내딛었고 머뭇거리지 않고 성큼성큼 팔차선 도로를 건너기 시작했다.

남자는 자신만의 빗속에 있었다. 장마가 그의 가슴 속에 시작되고 있었다. 머리카락 한 올 젖지 않고 바짓단에 빗방울 한 점 튀지 않았지만 그는 자신만의 빗속을 홀로 걷고 있었다. 그는 이제 열 발짝만 더 횡단보도를 건너면 되었다. 그는 진짜 비에 흠뻑 젖은 사람처럼 몸이 무겁고 두 발이 질질 끌렸다. 그때 비엠더블유 그란투리스모가 코너를 돌아 횡단보도를 넘어왔다. 그란투리스모가 그를 쳤다.

남자를 트렁크 뒤쪽으로 짧게 넘겨버렸다.

남자에게 맑은 날이란 하늘의 낯빛이 시퍼렇게 빛나는 날이었다. 햇빛이 거칠 것 없이 세상을 두드려대는 날이었다. 자동차 보닛, 가로수 이파리, 길가 제설함, 나무벤치, 자전거 안장, 이런 사물들의 채도가 미친 듯이 살아나는 날이었다. 서울에서 그런 날은 드물었다. 일 년을 다해도 맑은 날은 손으로 꼽을 정도였다.

"책임은 다하겠습니다."

한 사내가 남자의 침대 발치에 서서 말했다.

"보지 마."

누군가 달려와 남자의 곁에 서서 허리를 굽히고 거칠게 숨을 내뿜었다. 숨에서 채 자라지 않은 연약한 허파와 갈비뼈가 느껴졌다. 아들이었다.

"보지 말라니까."

여자가 아들의 손을 잡아끄는 게 느껴졌다.

"횡단보도라 속도를 낮췄어요. 블랙박스에 다 찍혔을 겁니다."

이번엔 여자가 와서 남자를 들여다보았다. 숨에서 은단향이 옅게 풍겼다. 아들의 엄마, 전처였다.

"저는 남편분이 비키실 줄 알았습니다. 그 정도면 멈춰서거나 뒤로 물러나거든요. 남편분도 뒤로 물러나셨어야 옳습니다. 그러셨어야 했어요."

사내가 호소하는 투로 말을 이었다.

"그런데 제 쪽으로는 고개도 돌리지 않더라고요. 그냥 앞쪽만 보시고. 옆에서 차가 달려오면 고개가 돌아가는 게 맞지 않습니까? 작은 차도 아닌데. 그런데 제 쪽은 쳐다보지도 않으시고 뭐에 홀린 사람처럼."

전처가 사내의 말을 쳐냈다.

"내 남편 아니라고요."

"예?"

"난 상관없는 사람이라고요."

남자는 자정 넘어 두세 시에 잠들곤 했다. 아침에는 여덟 시에 일어나 겨우 씻고 출근했다. 밥은 먹는 둥 마는 둥하고, 어쩌다 십 분쯤 여유가 있으면 길에서 토스트나 김밥을 사먹었다. 온종일 찌뿌드드했다. 손가락 마디마디에서, 무릎 관절에서, 등줄기와 뒷목에서 뼈마디들이 덜그럭거렸다. 허리가 뻣뻣해서 등에 철근 하나를 동여매고 다니는 듯했다. 퇴근해서도 집으로 돌아와

옷만 대충 벗어놓고 침대로 들어갔다. 지난가을부터 빨지 않은 시트와 이불에서 땀에 전 내가 나고 지린내가 솔솔 풍겼지만 그는 아무 느낌도 없는 사람처럼 눕고 잠들었다.

그러다 열 시쯤에 유령처럼 자리에서 일어났다. 그리고 나서 다시 잠들기도 했고 간혹 두어 시간쯤 깨어 있기도 했다. 아니면 반쯤 감긴 눈으로 다운 받아놓은 범죄드라마를 보는 둥 마는 둥 하다가 새벽 두 시나 세 시쯤에 깊은 잠에 들기도 했다.

남자는 하루 대부분을 자거나 졸면서 보냈다. 회사에 나가서도 혼자서 암흑 속에 앉아 있는 것처럼 멍해 있곤 했다. 차분하고 냉정한, 느릿하지만 야무지게 일처리를 해나가던 장 과장은 거기에 없었다. 장 과장은 이제 호칭으로만 남아 있었다. 그는 회식 자리에도 나가지 않았다. 나가도 누가 술잔을 건네는 일은 없었다. 새로운 프로젝트가 주어지지도 않았고, 외근이나 출장을 나가지도 않았다. 그는 한 달 전 사표를 냈고 퇴사할 날만 기다리고 있었다. 꼭 기다린다고는 할 수 없었다. 그런 건 기다린다고 표현하지 않는다. 그런 건 다가온다.

남자는 동료들이 자신에 대해 무엇이라 수군거리는지 모르지 않았다. 창밖에서 반짝거리는 저것이 햇살인지 장맛비인지 꼭 창문을 열고 손바닥을 내밀어봐야 아는 것은 아니다. 그는 대낮에 혼자 빗속에 갇힌 기분이었다. 비 한 방울 오지 않는 마른장마 중에도 그의 마음엔 때때로 장맛비가 쏟아지고 있었다. 식수 걱정을 하던 가을에도, 그리고 폭설이 내리던 지난겨울에도 그의 마음은 푹 젖은 우중이었다.

"자식, 능력도 좋네."

당진 공장에서 관리팀을 이끌고 있는 입사동기가 서울에 올라온 참에 남자를 찾았다. 소문은 당진까지 퍼져 있었다.

"고등학생 애인을 어떻게 만들었어? 애랑 대화가 통해?"

남자는 동기가 내미는 청첩장을 받아 책상에 놓고는 고개를 돌렸다.

"딸내미가 벌써 결혼할 나이가 됐냐는 둥 사위는 뭐하는 놈이냐는 둥 이런 거 안 물어봐?"

남자는 그 소리에 얼굴이 달아올랐다.

"어련히 잘 골랐으려고."

처음 입사했을 때 동기는 이미 결혼한 상태였다.

"장 과장도 애가 있지, 아마."

"결혼식 날 보자고."

남자는 정색을 하고 말했다. 눈알을 잡아주는 근육에 힘이 들어간 게 느껴졌다. 동기는 머쓱한 얼굴로 잠시 할 말을 찾더니 인사를 하고 자리를 떴다.

오빠, 친구들이랑 늦게까지 술 먹을 텐데 나 데리러 와줄 거지?

남자는 애인에게서 온 메시지를 잠깐 들여다보곤 누가 볼 새라 얼른 카카오톡 창을 닫았다. 애인은 오늘 명동에서 중학교 동창들과 모임이 있다. 지난주에는 고등학교 동창 모임이 있었고 토요일에는 플로리스트 학원 동기 모임이 예정돼 있었다.

남자는 퇴근하고 이태원으로 차를 몰고 나가 프랜차이즈 설렁탕을 먹고 다시 차를 몰고 충무로로 가 그가 학창시절 친구들과 몰려다니던 카페를 찾았다. 아직 에스프레소니 아메리카노니 하는 메뉴가 없었을 때, 있었다 해도 그도 모르고 카페 주인도 몰랐던 때 그가 다니던 카페였다. 원두가 어떻게 생겼는지 본 적도 없었을 때, 그저 블랙커피라고만 하면 다들 알아듣던 때였다.

카페가 옛 간판 그대로 아직 남아 있다니. 남자는 주차장에 차를 세우고 카페로 가 자리에 앉았다. 그가 친구들과 앉던 자리로 짐작되는 자리였다. 어쩌면 위치가 조금 달라졌을지도 몰랐다. 기억나는 것이 별로 없었다. 그때도 테이블마다 양키 캔들이 놓여 있었나. 얘깃거리가 떨어질 때면 만지작거리곤 했던 것이 플라스틱 음료 잔이었나, 캔들이었나. 그는 메뉴 스탠드를 들여다보며 자기가 카페에 대해 뭘 기억하고 있는지 잠시 더듬었다.

남자는 이 추억의 카페의 아주 많은 것이 요즘 식으로 바뀌었다는 사실을 알았다. 지금 바를 지키고 있는 저 중년의 사내도 그때의 사장이 아니었다. 그가 아메리카노를 시키자 서빙 보는 친구가 사이즈를 물어왔다. 그는 카페에서 열 시까지 시간을 보내다 차를 타고 나왔다. 그는 애인에게서 전화가 올 때까지 명동과 충무로 일대를 돌았다.

법무팀장은 첫 번째는 봐준다고 했다. 자기와 남자만 입을 다물면 정보는 비공개일 테니 회사 안에서도 아는 사람은 없을 거라고 했다. 그는 그 말을 믿지 않았다. 벌써 사장에게 보고는 들어갔을 테고, 그렇다면 비서실에서 모를 리 없고, 아마 노조 윤리위원회까지 말이 흘러들어갔을 것이다. 알 만한 사람은 다 알 거라고 생각하니 창피해서 얼굴이 화끈거렸다. 하지만 그는 회사를 그만둘 수가 없었다. 생활비와 양육비를 지불해야 하는 전처와 아들이 있었다.

두 번째로 사건이 벌어지자 남자에게는 더 이상 기회가 없었다. 자신과 원조교제를 했다고 주장하는 교복 차림의 여자애가 회사로 찾아와 소동을 피웠다. 로비 경비에게는 휴대폰 사진을 보여주며 아빠를 만나러 왔다고 둘러댔다고 했다.

이봐요, 아저씨. 아저씨가 마음에 상처를 줬으면 연고 값이라도 내놔야지. 나 몰라? 그러면서 여자애는 교복 셔츠의 맨 위 단추를 풀었다. 마이신이라도 사 먹어야 상처가 썩는 걸 막을 거 아냐. 내 마음의 생채기가 벌써 고린내를 뿜기 시작했다고!

남자는 남의 일인 양 대응도 않고 자기 자리에서 뻣뻣하게 앉아 있었다. 그러다가 박 대리가 경비실에 전화를 해 경찰을 찾자 기겁을 하고 달려가 수화기를 뺏었다.

여자애와 성관계는 하지 않았고, 강압적인 성적 요구는 증인이 없었다. 남자는 여자애와 합의를 봤다. 여자애가 입을 다물지 장담할 수는 없었지만 당장은 웃는 얼굴로 돌아갔다. 그렇지만 며칠 뒤 법무팀장이 남자를 불렀고, 어떻게 구했는지 고등학교 졸업반인 여자애의 신상파일을 그 앞에 내밀었다. 처음엔 봐준다고 했지? 법무팀장이 말했다. 피해자가 말이 없으면 우리가 깔 거야. 싹 다 깔 거라고. 남자는 사직서를 냈다.

열한 시쯤에 애인에게서 전화가 왔다. 남자는 무교동의 횟집으로 갔다. 그는 가는 빗줄기 속을 느릿느릿 움직였다. 비가 시야를 흐렸지만 와이어는 켜지 않았다. 비는 마음속에 내렸고 망막 안쪽을 얼룩지게 했다.

남자는 횟집이 눈에 보이자 전화를 했다. 코맹맹이 소리가 들렸다. 그가 횟집 앞에 차를 세우자 문이 열리며 한 떼의 남녀가 우르르 몰려나왔다. 애인은 간판 조명 아래서 보면 벚꽃처럼 핑크빛이 살짝 도는 화이트 계통의 코트를 걸치고 있었다. 애인이 차에 올라타자 동창들이 손가락을 치켜세우며 소리를 질렀다.

"왜 내가 끼면 안 되는 술자리였어?"

남자는 동호대교 쪽으로 방향을 잡으며 물었다.

"그럼 술값 내라고 했을 텐데."

"좀 내면 어때."

"다 내라고 할 텐데? 난 오빠가 저런 자리에 돈 쓰는 거 싫어."

애인은 긴장이 풀려 말투가 늘어지고 있었다.

"왜 나한테 다 내라고 해? 나에 대해 뭐라고 했어?"

애인은 잠자코 있다가 대기업 이사님이라고 했어, 하고 중얼거

260

렸다.

"대기업 어디?"

"엘지."

"엘지 어디?"

"몰라. 음, 엘지."

애인은 다시 코맹맹이 소리를 냈다. 남자는 뭐라 해야 할지 판단이 서지 않았다.

"하긴. 요즘은 사십 대 이사도 많지."

남자는 애인을 옥수동 애인의 원룸 빌라 앞에 내려주었다. 애인은 라면을 끓여줄 테니 먹고 가라고 했다. 그녀는 영화 속 한 장면을 흉내 내고 있었다. 그녀는 살짝 싸구려 티를 내는 걸 즐겼다.

남자는 애인을 따라 원룸으로 들어가 함께 유자차를 마시고 계피가 들어간 쿠키를 몇 개 집어먹었다. 그러는 동안 그녀는 샤워를 했다. 그도 샤워를 했다. 그가 문질러 닦아주는 그녀의 부드러운 몸뚱이 위로 따뜻한 물이 흘러내렸다. 그녀는 간지럽다고 깔깔대고 콧노래를 흥얼거렸지만 그는 거기서 물의 장막을 봤다. 그녀와 그 사이를 가로막은 힘없는 장막. 손을 뻗으면 바로 뚫리는 장막. 레버를 내리면 바로 끊기는 장막.

하지만 그 장막은 남자의 마음속에 잔상처럼 남아 끈질기게 그의 마음을 끊어냈다. 언제든 움켜쥘 수 있는 애인과 단절되고 고립되고, 한 몸이 되었을 때조차도 멀찍이 단절되었다. 그는 그녀의 벌어진 입에서 창밖의 희미한 빗소리를 들었다.

"애한테 뭐라고 했어?"

남자는 전처에게 전화를 해서 물었다.

"뭘?"

남자는 낮에 있었던 아들과의 통화에 대해 말했다. 그저 네네, 응응, 알았어, 알았어, 이러기만 하던데. 그러자 전처는 입을 다물었다. 어떤 표정을 짓고 있을지 눈에 보였다. 이번 일이 전처 귀에 들어갔을지도 몰랐다.

"난 아직 사랑해."

"누굴?"

"당신이랑 우리 아들."

"내 이름이나 기억해? 말해봐."

남자는 놀랍게도 전처의 이름을 기억하지 못했다. 모를 리 없었다. 연애했고 사랑했고 결혼했고 애를 낳았고 싸웠고 증오했고 이혼해서 지금은 매달 양육비와 생활비를 자동이체하고 있다. 그런데도 전처의 이름이 기억나지 않았다.

"거봐."

전처가 설피게 웃는 소리가 들렸다. 남자는 푹 젖어든 느낌이었다. 두피를 짓누르는 젖은 머리카락의 무게까지 느껴졌다. 살갗까지 물을 먹어 아래로 처졌고 두 발이 천근이나 되는 듯 질질 끌렸다. 전처는 벌써 전화를 끊고 사라졌다.

오후가 되어 사장실에서 호출이 왔다. 사장실은 사장이 쓰는 마호가니 책상과 잘 어울렸다. 적당히 낡고 적당히 인간적이었다. 그 외에 눈길을 끄는 인테리어는 없었다.

"그만둔다고?"

사장이 말했다.

"추운데 어딜 가려고, 응?"

사장은 비서가 가져온 찻잔을 가리키며 들라는 손짓을 했다.

"왜, 응?"

남자는 사장이 이 일을 알고서도 모른 척한다고 생각을 하니 얼굴이 달아올랐다.

"그냥 쉬고 싶은 겁니다."

"자네 입사할 때 내가 면접을 봤지?"

그때 사장은 재고담당 부서의 책임자였다. 사장도 젊고 남자도 젊었던 시절에는 허물없이 어울려 놀기도 했다.

"얼마 안 남았다고 해찰하고 그러진 않겠지?"

그러고 나서는 남자를 빤히 쳐다보았다. 사장은 그를 똑바로 쳐다보며 고개를 끄덕였다. 그만 일어나라는 의미였다.

"쉰도 되지 않았는데 벌써 소진되면 어떡해?"

사장이 뒤통수에 대고 중얼거렸다. 남자는 자신이 소진되었다는 생각은 해본 적이 없었다. 잠자리에서 애인들을 실망시킨 적도 얼마 없었다. 소진이라고? 그는 사무실로 돌아오며 생각했다. 생각해본 적이 없는 것들을 생각해봤다. 그에겐 전처와 아들이 있었고, 아직 그 둘을 사랑했다. 애인도 있었고 애인도 사랑했다. 정신과 의사의 의견에 의하면, 자신은 꽃을 사랑하되 잘못된 방식으로 사랑하는 남자였다. 하지만 그것도 사랑이었다.

실은 남자에겐 힘이 넘쳤다.

"응, 연지 씨 오늘 몇 시에 가면 돼?"

남자는 퇴근 무렵 애인에게 전화를 걸었다. 애인은 또 모임이 있었다. 전에 다니던 회사의 해직자 모임이라고 했다. 벌써 몇 년째 싸우고 있는 모양인데, 언론에는 나오지 않는 회사였고 분규였다. 모임에 나오는 사람도 몇 명 되지 않는 듯했다. 그는 모임이 끝나는 여덟 시까지 반포에서 용산으로 다시 방배동까지 차를 타고 떠돌아다녔다.

오빠 나 갑갑해. 숨통 좀 틔워줘.

흑기사 출동.

흑기사는 남자의 차 색상이 블랙이라 애인이 붙인 별명이었다. 그만큼 그녀도 지루한 모양이었다. 그는 그녀가 사무실에 앉아 기획안을 작성하고 엑셀 프로그램을 만지작거리는 모습이 잘 상상이 되질 않았다. 복직 소송에서 승소해도 직장으로 돌아갈 것 같지 않았다.

밥은 먹었어? 또 혼자 먹었어?

요즘은 혼밥이 유행이래.

　남자는 방배동에서 이수역 쪽으로 방향을 잡았다. 그는 재래시장 입구에 차를 세웠다. 신발가게가 있는 골목에서 애인이 종종걸음으로 뛰어나왔다. 그녀는 살짝 달라붙는 청바지에 청록색 점퍼를 걸치고 있었다. 평소에 비하면 차림새가 간결했다. 백도 없이 지갑만 들고 있었다. 신발은 운동화였다. 그래서 갑자기 그녀의 하체가 뭉툭해 보였다.

　"사람들은 다 왔어?"

　조수석에 올라타는 애인을 바라보며 남자가 물었다. 도어를 닫는데 자장면 냄새가 얼핏 풍겼다.

　"오긴 뭘 와. 정족수도 겨우 채웠을걸."

　애인은 무슨 말인가 하려고 입을 달싹거리다 그만두었다.

　남자는 차를 몰고 다시 용산으로 방향을 잡았다. 서울 도심이 가장 눈이 부실 때는 대낮이 아니었다. 밤 여덟 시에서 열 시 사이. 서울은 이때가 제일 눈이 부셨다. 둘은 한강대교를 달렸다.

　"오빠, 방금 봤어?"

　남자는 애인의 손끝이 가리키는 방향으로 눈을 돌렸지만 번쩍거리는 가로등과 자동차들, 헤드라이트 불빛들밖엔 보이지 않았다.

　"지나쳤어. 돌아갈 수 있어?"

"왜?"

"누가 난간에서 뛰어내렸단 말이야. 돌아가, 돌아가자고."

하지만 남자는 대구하지 않았다. 불안해진 애인이 아무 소리나 지껄여대는 통에 그는 정신을 가다듬을 수가 없었다.

"가만 좀 있어봐. 자꾸 그러면 내가 생각을 할 수가 없잖아."

남자는 애인에게 나지막이 으르렁거리곤 한숨을 내뱉었다. 보지는 못했어도 그녀의 말에서 코앞에서 벌어진 일처럼 그는 떠올릴 수가 있었다. 구부정하게 등허리를 구부린 검은 형체가 한강대교 난간에 기를 쓰고 올라가는 모습을. 두 팔로 난간을 지탱해 상체를 끌어올리고, 한 다리를 뻗어 발버둥 치듯 어렵사리 난간에 올라타고, 조심조심 난간에 버티고 서는 세세한 과정들을. 그리고 차량이 지나갈 때마다 오른편 왼편 모습이 깜부기불처럼 반뜩이다가 어느 순간 검은 잔상만 남기고 사그라졌겠지.

애인의 말을 따라 차를 돌리고 경찰을 부르고 난간으로 달려갔어야 했을지도 몰랐다. 아직 살아 있나 불러보기도 하고. 그러다 대교 아래 끔찍한 어둠 속에서 비명이라도 들려오면 남자도 구조를 위해 뛰어내려야 했을까.

남자는 그저 번잡한 한강대교부터 벗어나고 싶었다. 어디 주택가 조용한 카페에 들어가 애인과 따뜻한 라떼 한 잔을 나눠 마시고 싶었다.

"내 말 듣고 있어? 차 세우라니까."

남자는 한강대교를 벗어나서는 애인이 사는 옥수동 쪽으로 계

속 차를 몰았다. 그녀는 경찰에 신고를 할 테니 차를 세워달라고
했다.

"자기가 안 해도 누군가 벌써 했을 거야."

남자가 애인과 눈을 맞추며 말했다. 애인의 눈동자가 놀라움과
불안, 그에 대한 분노로 마구 떨리고 있었다. 그는 오늘, 자기가
퇴사를 앞두고 있다고 말할 셈이었다. 둘의 만남이 전과 같이 즐
겁지 않을지도 모른다고 일러둘 셈이었다.

"자기가 전화해. 경찰에 전화해서 한강대교 남단에서 누가 뛰
어내렸다고 해."

애인은 뭉개져서 알아들을 수 없는 소리를 몇 마디 빠르게 지
껄였다.

"아마 거기 아래 노들섬이 있어서 물에 빠지지도 않았을 거야."

남자의 마음속에 순간 짓궂은 생각이 떠올랐다.

"밤이라서 다리 아래 노들섬을 못 봤을 수도 있지. 한강대교 높
이에서 물도 아니고 땅바닥으로 뛰어내렸다고 상상해봐."

애인은 머리카락을 쥐어뜯으며 훌쩍거리기 시작했다.

"왜 그래? 농담이야. 자기가 신고 안 해도 누군가 벌써 했을 거
라고. 우리만 본 게 아니라니까."

남자는 애인과 크게 싸웠다. 원룸으로 따라 들어가려는 그를
그녀가 상욕을 하며 막아섰다. 마스카라가 번져서 화를 내는 그
녀의 모습이 더 귀엽고 섹시해 보였다. 욕정이 치밀었다. 그는 어
깨로 그녀를 밀어내며 먼저 원룸 건물로 들어갔다.

"내 말이 말 같지 않아!"

애인이 고함을 질렀다. 혼자 있고 싶어, 혼자 있고 싶다니까! 그녀는 골목 좌우에 빡빡하니 늘어선 건물들 창문에서 사람 실루엣이 나타날 때까지 소리를 질렀다. 그러다가 문득 또 아까의 광경이 떠올랐는지 허리를 굽히고 머리다발을 움켜쥐곤 토악질을 해댔다.

남자는 사무실에서 여자애가 소동을 피웠을 때처럼, 뻣뻣한 자세로 여자와는 전혀 무관한 사람처럼 건물 입구 처마 아래 서 있었다. 그는 애인이 흥분만 가라앉으면 원룸으로 함께 올라가 야식을 먹고 섹스도 할 수 있을 거라 기대하고 있었다.

여자애는 남자가 심리치료를 받는 병원에서 만났다. 병원을 나오다 그녀 앞을 스치듯 지나쳤고 달착지근한 땀내를 맡았다. 말린 사과 조각에서 날 법한 냄새였다. 그때 문득 어린 여자에 대한 호기심이 일었다. 그는 다음에 여자애와 또 마주치자 용기를 내 다가갔고 그녀가 용돈벌이에 나선 고등학생이라는 사실을 알았다.

그즈음 지금의 애인도 만났다. 사무실 여직원의 돌잔치에 갔다가 그녀와 한 테이블에 앉게 되었다. 그녀는 뷔페를 한 바퀴 돌고 속이 채워지자 방심한 표정으로 자신의 재정난에 대해 늘어놓기 시작했다. 직장 없이 지낸 지 벌써 이태가 되었고 다행히 부모님이 있어 생활비를 얻어 쓰고 있지만 캥거루족이 되기는 싫다고 했다. 그날 저녁 둘은 홍대 앞으로 나가 맥주를 마셨다. 남자는 직장 있는 남자를 사귀어보는 건 어떠냐고 했다. 그녀는 웃었다. 처음엔 끅끅대는 수준이었지만 곧 바텐더가 쳐다볼 정도로 크게 웃었다.

"그럼 나한테 다정해야 해요."

"다정하게 대할게."

"정말로 다정해야 해요."

다정하지 않아도 참고 견디기엔 남자가 너무 늙었다고 했다. 정확히 열일곱 살 차이가 났다. 하지만 그도 할 말이 있었다. 저절로 다정한 마음이 솟기에는 애인은 예쁜 얼굴은 아니었다. 예쁜 얼굴도 아니었고 그가 좋아하는 몸매도 아니었다. 그래도 그는 다정하기 위해 노력했다.

경제능력이 없는 전처와 아들의 생계에, 원조교제 고등학생 여자애와 무직자 애인의 용돈까지 책임지느라 남자는 입사할 때 샀던 우리사주 주식을 팔았다. 그 돈으로 차를 바꿨고 교외로 놀러 다녔다. 만나서 즐거운 건 여자애였지만 섹스는 애인과 했다. 여자애를 만나며 생긴 성욕을 애인과 해결했다. 모텔로 가자면 냉큼 따라올 여자애였지만 그는 그러고 싶지 않았다.

연초엔 애인과 미국 시애틀에 놀러가기도 했다. 그녀가 시애틀에 자기 옛 사랑이 산다며 어떤 도시인지 보고 싶다고 했다. 남자는 휴가를 내고 비행기 표를 예매하고 호텔을 알아봤다.

남자와 애인은 시애틀에 도착하자마자 옛 사랑 따위는 잊고 먹고 마시고 진탕 취하며 일주일을 보냈다. 이따금 페리 터미널에 서부터 부둣가를 따라 겨울바람을 견디며 산책을 하기도 했다. 오후면 시내의 술집을 전전했다. 영화 주인공처럼 해보겠다고 술 집 화장실에서 부둥켜안다가 쫓겨나기도 했다.

　숙소는 올리브 웨이에 있는 메이플라워 파크 호텔이었다. 술집 위치에 따라 올리브 웨이를 따라 호텔로 돌아가기도 했고 사 번 가를 따라 가기도 했다. 올리브 웨이를 걸을 때면 항구에서 올라 오는 바닷바람이 세차게 둘을 밀어붙였다.

　남자는 올리브 웨이에서 그 거리의 악단을 봤다. 은발의 사내 와 여자, 래브라도 레트리버 성견 한 마리로 이뤄진 거리의 악단 이었다. 여자는 선 자세로 바이올린을 켜고 있었고 사내는 한쪽 무릎은 굽히고 한쪽 무릎은 세운 앉은 자세로 어쿠스틱 기타를 치고 있었다.

　남자와 애인은 걸음을 멈췄다. 늦은 저녁이었고 항구 근처였 다. 춥기가 이루 말할 수가 없었다. 악사들도 추위를 피하기 위해 넝마 같은 옷이나마 여러 벌 겹쳐 입고 있었다. 시간이 몇 분쯤 흘렀지만 그는 거리의 악단이 무슨 곡을 연주하는지 알 수가 없 었다. 바이올린의 활은 빠르게 줄 위를 오가고 사내는 미친 듯이 기타 줄을 튕기고 있었지만, 알아들을 수 있는 박자나 리듬이나 멜로디는 없었다. 바이올린과 기타가 동시에 소리를 내고 있었지 만 둘 사이에 하모니는 없었다. 개는 보랏빛 천이 깔린 커다란 캐 리어 안에 꼬리를 말고 쭈그려 앉아 있었다.

바람의 방향이 바뀌자 콧속을 후벼 파는 오줌 지린내가 남자에게로 날아왔다. 그는 그제야 그들이 악단이 아니라 걸인들이며 악기 연주를 흉내 내고 있을 뿐이라는 사실을 깨달았다. 그들은 그저 활을 앞뒤로 흔들고 손목을 위아래로 휘두르고 있을 뿐이었다. 지판을 누르는 손에는 면장갑을 끼워져 있었고 바이올린과 기타도 줄이 끊어져 있거나 귀퉁이가 깨져 있었다.

남자는 휴대폰을 들어 사진을 몇 장 찍고는 호텔로 돌아왔다. 가짜 거리의 악단에 대한 생각이 호텔 방까지 따라왔다. 그는 한참 악단에 대해 생각하다가 그가 오래 잊고 있던 어떤 일을 기억해냈다.

남자는 갓 대학을 졸업한 이십 대 중반에 무슨 생각을 했는지 분명히 기억하고 있었다. 그는 당시 애인과 저녁을 먹고 있었다. 대학로였고 메뉴는 돌솥비빔밥이었다. 당시 애인은 잡지사에서 아르바이트를 하고 있었다. 둘은 연극을 보고 나온 참이었다. 그의 인생에도 대학로에서 연극을 보던 때가 있었다. 언더그라운드 록 밴드의 공연을 보고 예술의 전당 연간회원권을 끊던 때가 있었다.

밥집 문이 열리고 걸인이 들어왔다. 누렇게 얼룩진 남색 점퍼를 입고 머리엔 양동이를 뒤집어놓은 듯한 벙거지가 축 늘어져 있었다. 걸인은 문가에 놓인 첫 번째 테이블 앞에 서서 우두커니 손을 내밀고 있다가 식당주인에게 쫓겨났다.

"나도 저렇게 될까 무서워."

대학을 졸업하고 이곳저곳 입사원서를 내보던 남자가 말했다. 잡지사 보조기자에서 정직원이 되려고 애를 태우던 애인이 답했다.

"거지?"

남자는 무슨 표정인가를 지으며 고개를 끄덕였다. 무슨 표정인가를. 무슨 표정이었는지는 기억나지 않았다.

"거지가 될까봐 무서워. 정말 거지가 되면 어떡하지?"

"넌 무슨, 거지가 네 꿈인 것처럼 말하는구나."

"응?"

"거지 되기 싫다는 네 말투가 거지 되기를 기대하는 사람 말투처럼 들려."

남자는 또 무슨 표정인가를 지었다. 그 표정도 기억나지 않았다.

지금의 남자라면 자신이 어떤 표정을 짓는가를 상대의 눈동자를 통해 읽어냈을 것이다.

"걱정 마. 넌 그렇게 되지 않을 거야. 넌 잘살 거야."

"뭐야, 취한 거야, 졸린 거야?"

지금의 애인이 욕실을 나오며 물었다. 이십 대 이후 몇 번째 애인인지 그도 알 수 없었다. 훈김이 욕실 유리문에 잔뜩 서려 있었다. 남자는 고개를 들고 축축한 눈을 끔뻑이며 그녀를 바라봤다. 그는 욕실로 가 세심하게 물 온도를 조절한 다음 천천히 샤워를 했다. 평소의 샤워 속도에 비하면 샤워기 아래 그냥 서 있는 것이

272

나 마찬가지였다.

남자는 쏟아지는 더운 물 아래서 뼛속까지 젖고 있었다. 초로의 나이가 된 그의 두껍고 질긴 피부 아래를 적시는 건 그의 가슴 속부터 시작된 장맛비였다. 샤워기에서 나온 더운 물이 아니었다. 아직 겨울도 끝나지 않은 시애틀에서, 호텔방 창밖엔 눈이 내리고 있었지만.

다음 날 아침, 애인은 잠을 못 자 충혈된 눈에 다크서클까지 생긴 남자를 보곤 놀라 자리에서 몸을 일으켰다. 둘은 씻고 옷을 걸치고 호텔을 나섰다.

"오빠, 피곤해? 오늘 나 쇼핑하는 날인데 혼자 가?"

"같이 가."

둘은 베이글 카페에서 늦은 아침을 먹었다. 남자는 게살 크림 치즈를 바른 참깨 베이글과 양파 베이글을 삼십 분 넘게 느릿느릿 씹었다. 애인은 훈제 연어 베이글을 먹었다. 식사를 하고 둘은 쇼핑가로 가 옷가게 몇 곳을 들렀다. 어제 쌓인 눈에 햇살이 반사돼 눈이 따가웠다. 시애틀에 와 처음 맛본 눈부신 햇살이었다. 지난 며칠, 해는 겨우 두어 시간 나타나 하늘 한 귀퉁이에서 지저분하게 반뜩이곤 했다.

애인은 피팅룸을 들락날락하며 봄옷들을 입어보고 있었다. 남자는 이름도, 용도도 알 수 없는 옷들이었다. 여자 옷은 그가 모르는 것투성이였다. 이른 시간이라 다른 손님은 없었다. 애인은 숄 몇 장을 들고는 피팅룸으로 들어갔다가 잠시 후 청자색 숄을 두르고 나왔다. 그녀는 한번 봐달라며 햇빛 비치는 쪽으로 한 발을 옮겼다. 남자는 물의 장막을 통해 그녀의 숄을 바라봤다. 숄이 물결을 따라 일렁였다. 초점을 한 자리에 붙들어 매기 어려웠고 조금 어지럽기도 했다.

쇼핑을 하고 하루를 더 놀다가 한국으로 돌아왔다. 남자는 월요일에 출근을 했고 애인은 또 무슨 모임에 나갔다. 그는 의자에 몸을 파묻고는 시애틀에서 봤던 그 가짜 거리의 악단에 대해 또다시 생각했다. 그는 걸인이 되지는 않았다. 그는 걸인이 아니었다. 그가 마음 깊은 곳에서 걸인이 되길 바랐든 아니든 결과적으로 걸인이 되지 않았다. 하지만 걸인이 되어본 적이 없으니, 자신의 삶이 걸인의 삶보다 행복한지 아닌지도 알 수 없었다.

머리맡에서 신을 찾는 목소리가, 남자가 의식을 되찾기를 기도하는 소리가 들렸다. 애인이었다. 애인이 교회에도 다니고 있었나. 그러고 보니 일요일 아침에 등산을 같이 가자고 몇 번 졸랐다 거절당한 기억이 났다. 그녀는 울고 있었다. 어느 정도 진심인지는 알 수 없지만 울고 있었다. 그리고 그 너머에서 전처의 목소리가 들렸다. 어학연수에 대해 아들과 상의하는 듯했다. 전처와 아들과 애인이 서로 인사를 나누었는지는 알 수 없었다. 그의 의식은 정상이 아니었고 주변의 일들을 세세하게 챙길 수 없었다.

고향인 대구에서 아버지와 어머니도 올라와 있었다. 병실에 그들이 있었다. 부모님은 애인과도 말을 섞지 않았고 전처와도 말을 섞지 않았다. 부모님은 전처에게 맺힌 것이 많았다. 어머니가 특히 그랬다. 이혼 소송 중에 대구에서 달려와 전처에게 빌었다고 했다. 무릎을 꿇었는지는 알 수 없었다. 아버지는 어머니가 전처에게 사정하는 동안 방문 밖에 나와 있었다고 했다. 여자들끼리의 일이라고 여긴 모양이었다.

비좁은 병실에서 전처는 아들하고만 이야기를 나눴고, 부모님은 당신들끼리 이야기를 나누다가 이따금 손자에게 말을 건넸고, 애인은 입을 다물고 있거나 하나님과 대화를 나눴다.

"어디서 그랬대요?"

"잠실에서 길을 건너다 그랬다나 봐."

"찻길로 건넜대요?"

"얘가 어디 그럴 애야? 횡단보도로 건넜대."

병실에 와 있는 누구도 남자가 횡단보도를 건널 때 어땠는지 알지 못했다. 그의 가슴속에서 시작된 장맛비는 점점 거세져, 차에 치일 때쯤 해서는 마침내 물로 된 터널 속을 걷고 있는 듯했다. 그가 기억하는 순간은 그 물의 터널이 정수리 위에서 무너진 바로 그 순간뿐이었다. 머리 위로 물의 터널이 무너져내렸고, 그가 감당할 수 없는 물살이 그를 덮쳤고, 그의 삶은 엄청난 파괴력에 휩쓸려 의식불명이라는 암흑 속으로 사라졌다. 코너를 돌아온 그란투리스모 따위는 아무래도 상관없었다.

병실에 그란투리스모의 운전자도 나타났다. 운전자는 합의를 해달라고 했다. 아버지가 역정을 내고 운전자의 어깨를 후려쳤다. 남자는 볼 수는 없었지만 알았다. 그리고 아버지에 이어서 어머니가 운전자의 멱살을 잡고 흔들었다. 애인은 하나님과 다시 대화를 시작했다. 전처는 아들을 데리고 병실을 나갔다. 보이지는 않았지만 알 수 있었다.

남자는 할 수만 있다면 그만두시라고 하고 싶었다. 침대에서 일어나 다정하게 부모님의 어깨를 끌어안고 그 사람은 괜찮으니 보내주자고 하고 싶었다. 사람이 그럴 수도 있으니 그만하시라고 하고 싶었다.

"책임은 다하겠습니다. 하지만 억울한 감이 없지 않습니다. 아드님은 그렇게 가까이 차가 달려오는데 한 발짝도 물러서지 않았다고요."

뺨을 갈기는 소리가 났다. 어머니가 울고 있었다. 남자는 손이라도 흔들어 이제 그만 됐다고 하고 싶었다. 하지만 그는 손가락 하나 까딱할 수 없었고, 자기가 보고 듣는 이 모든 게 실재인지조차 확신할 수 없었다.

남자는 시애틀 올리브 웨이에서 봤던 거리의 악단을 생각했다. 그들의 줄 끊어진 바이올린과 깨진 통기타가, 이제 많은 것을 잊어버린 그에게 어떤 사실 하나를 떠올리게 했다. 그는 걸인이 되고 싶지 않았다. 걸인으로 살지 않겠다는 의지가 그를 계속 살게 했다. 참 소박한 꿈이었지만, 그 소박한 꿈을 이루는 데만도 그는 안간힘을 써야 했다. 몰락한 삶에 대한 공포가 그를 몰아붙였다.

남자의 주변엔 벌써 그렇게 된 친구들이 있었다. 걸인이나 다름없이 된 친구들이. 쉰도 되지 않았는데 이혼을 하고 집을 나오고, 파산신청을 하고 뇌졸중을 겪고, 고시원을 전전하는 친구들. 세상은 살면 살수록 더 살기 어려워지고 가난하면 할수록 더 가난해지는 곳이었고, 그도 점점 친구들의 처지를 닮아가고 있었다. 지금 당장은 아니더라도 조만간 그리 될 것이었다.

하지만 곰곰 생각해보건대, 구태여 자신이 걸인이 되지 않을 이유가 없었다. 이미 남자의 머리 위에서 물의 터널은 무너졌다. 그는 삶의 에너지를 소진해버렸을 뿐 아니라, 도래할 가능성, 미래에의 희망까지 죄다 탕진해버린 것만 같았다. 그러니 그는 죽음이 싫지 않았다. 죽음이란, 비를 피하기 위해 처마 아래 서듯 비그늘 아래로 스스로 걸어 들어가는 일이나 다를 바 없었다.

(『한국문학』 2016년 여름)

작
가
의
말

　내 다른 책들도 그렇듯이, 이 책에도 내 삶의 육성들이 담겨 있
다. 물의 터널 속을 지나는 듯 살아온 것이 바로 나 자신이다. 오
늘처럼 햇볕이 쨍쨍한 날에도 뼛속까지 젖어 출렁이는 기분으로
살았던 한때가 있었다. 요즘도 내 삶의 한 귀퉁이에서 뚝뚝 떨어
지는 검은 낙수 소리를 듣는다.
　이 연작은 이어달리기처럼, 앞선 단편의 주인공이 이어지는 단
편의 인물에게 주인공 자리를 넘겨주는 방식으로 쓰였다. 삶의
순환, 인연의 고리를 표현하고자 내가 만들어낸 순환의 서사형식
이다. 나중에 업보를 갚듯이 이야기는 결국 첫 편의 주인공에게
로 다시 돌아가 끝난다.

　내 다른 소설들처럼 이 『수림』에서도 비도덕적인 인물들이 등
장한다. 나는 인간의 선량함이 그냥 주어진다고 생각하지 않는

다. 인간의 선량함은 자기와의, 그리고 자기를 둘러싼 환경과 사회와의 투쟁을 통해 어렵사리 얻어지는 결과물이다. 나는 다행히 『수림』의 인물들처럼 살지는 않았다. 하지만 선량해지기 위한 싸움에서 물러나고 적절한 기회만 주어졌다면, 나 역시 전반적으로 비도덕적인 삶을 살았을 것이다.

이 책의 출간을 맡아준 예담 출판사에 깊은 감사를 드린다.

2017년 여름, 백민석

국립중앙도서관 출판예정도서목록(CIP)

수림 : 백민석 소설 / 지은이: 백민석 — 고양 : 위즈덤하우스, 2017
 p. ; cm
한자표제: 첫霖
ISBN 978-89-5913-548-6 03810 : ₩13000

한국 현대 소설 [韓國現代小說]

813.7-KDC6
895.735-DDC23   CIP2017020626

수림

초판 1쇄 인쇄 2017년 8월 25일
초판 1쇄 발행 2017년 8월 31일

지은이 백민석
펴낸이 연준혁

출판1본부 이사 김은주
출판1분사 분사장 한수미

펴낸곳 ㈜위즈덤하우스 미디어그룹 출판등록 2000년 5월 23일 제13-1071호
주소 경기도 고양시 일산동구 정발산로 43-20 센트럴프라자 6층
전화 031)936-4000 팩스 031)903-3893
홈페이지 www.wisdomhouse.co.kr

값 13,000원 ⓒ 백민석, 2017
ISBN 979-89-5913-548-6 03810